当爱情遭遇试用期

DANG AIQING ZAOYU SHIYONGQI

朵冉 著

广西人民出版社

图书在版编目（CIP）数据

当爱情遭遇试用期／朵冉著. —南宁：广西人民出版社，2012.3
ISBN 978-7-219-07661-3

Ⅰ.①当… Ⅱ.①朵… Ⅲ.①长篇小说-中国-当代 Ⅳ.①I247.5

中国版本图书馆CIP数据核字（2011）第239956号

监　　制　彭庆国
策划编辑　郑　洁
责任编辑　周月华
责任校对　覃结玲　张雪芹
封面设计　王　霞
印前制作　麦林书装

出版发行　广西人民出版社
社　　址　广西南宁市桂春路6号
邮　　编　530028
网　　址　http://www.gxpph.cn
印　　刷　广西大一迪美印刷有限公司
开　　本　880mm×1240mm　1/32
印　　张　9
字　　数　200千字
版　　次　2012年3月　第1版
印　　次　2012年3月　第1次印刷
书　　号　ISBN 978-7-219-07661-3/I·1444
定　　价　23.80元

目录

第一章　惊鸿一瞥

淡淡的黑色烟熏妆、黑色暗花短裙、淡紫色公主鞋，妍晴看到镜子中的自己，少了些清纯，多了点低调和另类。一旁的唯莹，粉色吊带衫、黑色热裤，明亮妩媚的眼妆风情万种。雨佳是一条绿色连衣裙，白皙的皮肤，淡淡的妆容，像一朵安静的睡莲站在那里。

妍晴忽然觉得，唯莹像夏天、雨佳像春天，而自己就像寒风凛冽的冬天，心里冰凉得透彻。

Moonlight 酒吧，坐落在衡山路安静的一隅。

这间酒吧算中档，来的顾客都是一些白领和学生，其中有许多外国人。

她们找了个僻静的位子，开了一瓶香槟。不管怎么说，毕业典礼日总要庆祝一番。

“我先去巡视一圈，看看帅哥都在哪里，回来向你们汇报。”唯莹朝吧台走去，留下一个婀娜的背影。

吧台的台面看起来像一块天然水晶，在蓝色为基调的布置中显得格外晶莹剔透，炫彩的光明亮或幽暗，绚烂或柔和，四处是前卫怪异的墙面和五光十色的液体、迷离的眼神。妍晴觉得自己的头脑也迷离起来。

“你猜我看到谁？江旭宁，他和一个女人在一起，两人还耳鬓厮磨的。”唯莹急促的声音在耳边响起。

“无所谓，我们去跳舞吧。”妍晴示意她们俩。于是，三个女生也加入了舞池黑压压的人群中。疯狂地扭动身体，忘记一切不快，妍晴感觉有种从未有过的酣畅淋漓。忽然，一个女人坏笑着朝妍晴的方向走来，然后，重重地在她脚上踩了一下。她是江旭宁的那个新欢！妍晴脑中灵光一闪，忆起了这个女人的身份。剧痛让妍晴重心不稳，她向后仰了过去，心中只有三个字——遇难了，脑间闪现的都是踩踏事件中伤亡者的面孔。

忽觉腰间一阵冰冷，一双冰冷的手稳稳地扶住她的腰。妍晴定睛一看，那人一双深邃的黑眸正斜睨着她，嘴角有一抹笑，淡淡的古龙水味道让她有点眩晕。

“你想让我一直抱着你吗?”

妍晴急忙直起身，说了声“Thank you”，慌乱中看了他一眼，他嘴角的笑意更深了。

回去的路上，雨佳在一边计算着今天吃饭和泡吧的支出，一边提醒那两位即将当上班族了可一定不能做月光族云云。

唯莹则在一旁问道，“对了，妍晴，江旭宁不会是有新女朋友了吧?”

说到江旭宁的新女朋友，妍晴把在酒吧的遭遇和她们俩说了一番。唯莹和雨佳两个人都睁大眼睛，“抢了人家男朋友还故意踩人家的脚，这个女人实在太不要脸。”

“算了，不说这些不开心的事。明天就得开始找房子了，毕竟毕业了便得搬出学校。”妍晴伸了一个懒腰，对于未来，她有茫然，但她更是满怀憧憬的。

“嗯，其实……”唯莹的脸有点红，好像做错事的孩子，这种表情在她身上从来没出现过，她一直都是心直口快的。

“其实，我爸爸在浦东买了一套房子给我，刚买的，我可能没法和你们一起租房了，如果不是父母要过来，我就让你们搬过来一起住了。”唯莹一口气把话说完，然后好像轻松了很多。

“恭喜你，有父母在身边照顾你，好幸福啊!”妍晴由衷为她高兴。

“嗯，以后你要多来看我们。”雨佳说。

回到宿舍已经凌晨2点了，妍晴打开手机，有两条短信，都是“妍晴，对不起”。是江旭宁发的。妍晴想了想，把他的号码从手机中彻底删掉，心里也在他名字上画了一个大叉叉。

不一会儿，唯莹婴儿般的微鼾就传了过来，雨佳那边已没有动静——她睡觉一直很安静。该结束的都结束了，妍晴想到了和江旭宁分手的那一幕。

七月的上海，骄阳似火。

S大学毕业典礼刚结束，身着学士服的莘莘学子个个神采飞扬，学生时代的点点幸福追忆，随着快门的咔嚓声定格为永恒的瞬间。

妍晴无精打采地坐在图书馆旁安静的一隅，相比那边的喧闹，她只想享受片刻的宁静。

她在等人，确切地说，是在等男朋友。刚刚江旭宁的一条短信飘然而至，她抑郁了几天的心情马上变得开朗起来。

在一个多星期的分分合合后，妍晴感觉累到了骨子里。这一次是彻底的摊牌，想到这，妍晴轻轻嘘了一口气，心情也开始变得舒畅起来。

远远的，一个魁梧的身影开始接近，那么熟悉，却又那么陌生，夏日的阳光正笼罩在他身上，泛出光圈。在她心里，他迷人的身影也许只能永远定格在这一瞬间了。

“你来了。”

“嗯。”

“我知道你会来。”

“我知道你知道。”

沉默……

一分钟，两分钟……

树枝间知了的鸣叫声也似乎微弱了下来，像是被这离愁别绪所感染。

还是江旭宁打破了沉默，“妍晴，我想我们……不适合。”

“为什么，江旭宁？”妍晴的语气很认真，却有种说不出的淡定，带着点点感伤和丝丝忧愁。

“妍晴，我和她家父母都认识，各方面条件都差不多。爱情和婚姻是两回事，你以后会明白的。”

“你的意思是说，你背叛我，好久了，是吗？”妍晴慢慢站起来，走到他的面前，轻轻质问道，语气中有种不容置疑的力道。她只是欺骗了自己，假装一直不知道。

“只有一个月。”

“江旭宁，你真心喜欢过我吗？是那种真心的喜欢。”妍晴注视着他的眼眸，要望进她的心底。

她的眼前是一团氤氲难辨的雾气，湿润润的。她的目光清透，照射到了江旭宁骨子里不安的灵魂。

“一直是真的喜欢。可是在未来，我需要的是循规蹈矩的婚姻。妍晴，你真的不适合我。你太别致，又太剔透，你就像是一颗晶莹的露珠，而我需要的是温暖身心的甜汤。”

“的确，江旭宁，我需要的是在阳光下晶莹璀璨的露珠之爱，虽然那么短暂，但是美丽无限。可惜的是，你不是陪我走到爱情之路最后的那个人。我们的爱情，只是无意中的时空错乱铸就而成的霜花，冷得沁人心脾，却无论如何也无法收藏在内心最深处。”

“也许我们两个的爱情模式本来就是不同的，现实和这种理想之爱差得太远了。”

“我明白了，爱情就是用来败给现实的。”妍晴嫣然一笑，像静静绽放的百合，清新而纯净。

江旭宁有一刹那的失神，继而恢复冷静，“妍晴，我还是无法抗拒你的笑容。”

啪，妍晴的手拍在江旭宁的肩膀上，“一切都过去了，祝你幸福。”

一转头，妍晴潇洒地大踏步向前走去，却一眼瞥见后面站着一个人，那人正是她的死党之一，桑雨佳。

雨佳轻轻地握住妍晴的手，“你没事吧?”

“你都听到了?”

雨佳点点头。

她们回到宿舍，“老远就听见你噼里啪啦地讲电话，昨晚有人过来抗议寝室声音太大呢。”雨佳望着对面床的人说。

“别生气嘛。”唯莹大大咧咧地拿起雨佳的苹果，咬了一口，“今天终于解放了，咱们下午拍纪念照，晚上去泡吧，怎样啊?”

“开一瓶香槟，不醉不归。”妍晴的语气颓废而淡漠。

谁知道，去泡吧都能见到江旭宁和他的新欢，妍晴叹了口气，幽幽睡去。

租的房子是两室一厅中的一间，5 楼，水电煤气宽带俱全，房租每月 1400 元人民币。

小区很干净，交通又方便，还有外国人居住。

这是妍晴和雨佳在综合考虑各方面条件之后决定租的房子。房东是本地人，操着一口上海味很浓的普通话告诉她们，她也有一个上大学的女儿，知道大学生出来不容易，说得她们心里暖暖的。

租房合同很快签好了，付三押一。虽然对刚毕业的学生来说有点贵，但是两个人分担还算好，毕竟两个人马上就要工作了。

下午，妍晴和雨佳去市场买菜，“以后我们每天自己做饭吃，周末找唯莹出来聚聚。”雨佳说。妍晴突然觉得，雨佳像个会过日子的小媳妇。

到了家门口，雨佳忽然愣在那里：房门竟然是大开的，门口一双大号球鞋躺在那里。这年头，入室抢劫还会脱鞋？雨佳啪的一声踩在那双鞋上面，原本纯白色的鞋面立刻多了一个黑色的大印子。一抬头，她发现一双亮晶晶的眼睛正调皮地对她眨着，对方不但没生气，反而对雨佳伸出手，“你好，新房客，我叫许哲宇。”雨佳的小脸忽然变得有点红，她低着头，甩掉鞋子，从男生旁边跑开了。

许哲宇好像发现了奇怪的小动物一样追着她的背影看，眼中似笑非笑。

妍晴这一下惊讶非同小可，这个男生不是别人，正是前天在酒吧救她免于摔倒的男生。

“这么巧，不倒翁小姐。”许哲宇笑着。

妍晴和他握过了手，然后尴尬地笑，并向他道歉。许哲宇也挺大方，说没关系，然后又用非常认真的语气问：“我是不是看起来不太正经，以至于会让你们产生误会?”妍晴一愣，没想到他会蹦出这问题。仔细端详这个男生，高高大大，身高 185 厘米左右，健康的肤色，眼睛黑黑亮亮的，妍晴脑海忽然闪过大黑狼和两个小红帽共存的画面。“嗯，我只能说，你的球鞋看起来挺正点的，其他的呢……”妍晴又伸出手，歪着头，对他优雅地微笑。许哲宇不假思索地从口袋取出了身份证和租房合同，妍晴仔细核对一番，将东西还给他，然后径直走进房间门口，回头说道：“许哲宇，很高兴认识你。”

许哲宇扑哧一声笑了出来，露出一排洁白的牙齿。

雨佳一直很安静地待在房里，过了一会儿，听到客厅没动静了，才一溜烟小跑出去，把门口打扫干净，鞋子摆放整齐，然后又一溜烟地跑回来。妍晴倚在门口，笑容诡异，心想：雨佳，这么多年来我们都不知道你喜欢的类型，没想到你终于露馅了。

晚上，关灯睡觉之后。

“雨佳，你喜欢什么样的男人?”妍晴问。

雨佳偏着头想了一下，“不喜欢不干净的，脚臭的。你呢?”

“我喜欢有头脑的男人，不一定要帅，但要聪明，要有能力，最重要的是要有责任感。”妍晴笑了。

于是，刚搬进来那一周里，许哲宇一回来，妍晴就跑回卧室，找各种理由让雨佳去客厅，雨佳每次都面红耳赤找理由不愿意出去。结果，每次许哲宇在客厅的时候，雨佳都不会单独出去，妍晴称之为“大黑狼恐惧症”。

雨佳和唯莹已经上班一个星期了。

妍晴于是乎变成了煮饭婆，每天雨佳回来都可以吃现成的。

说到做饭，这俩女生各有千秋。雨佳做的东西味道清淡可口，家常菜居多，比如炒土豆丝，将土豆切得细细长长，洗得干干净净都发白了，远远看上去像萝卜丝。妍晴不太注重这些，她最喜欢搭配和创新，每天吃饭要红、黄、绿、黑、白各种颜色俱全，才能勾起她的食欲。妍晴经常有点新作，比如有时候心血来潮，会把柠檬、红枣、蔬菜一起炒，味道酸酸甜甜的。雨佳也不挑剔，但吃之前总会问：“会拉肚子吗?”妍晴就笑眯眯地说：“应该不会，不过可能会拉出罗曼屎来，五彩缤纷的呗。”

周末，三个女生好不容易凑到一起。唯莹的嘴又像机关枪一样不停讲话，“妍晴，给你说个我们公司的浪漫故事。我们在小组面试的时候，一个男生对一个女生一见钟情，然后就写了一张纸条扔给她，还留了手机号码。”她一边说，一边继续喝她的咖啡。

“哦，这个故事告诉我们一个道理，爱情的发生不分时间地点，面试的时候也是可以谈情说爱的。”妍晴说。

“不是，他没扔准，那张纸条正好落两个女生中间了，结果，一个女生看完了，觉得应该不是给自己的，就给旁边的女生看，结果大家传来传去都看了个遍，你知道结果怎样了吗?”

“他被所有女生鄙视了呗。”

“结果他竟然被录用了，面试官拿起他的纸条看了一下，说这个男生有做市场营销的天赋，短时间内让所有的人都认识了他。”唯莹眉飞色舞地说。

“然后，他和他喜欢的那个女生都进了我们公司市场部。”

“对，那个女生就是你。这个故事我早就知道了，这件事早就在我们策划部传开了。”雨佳来了一句。

唯莹气得跳起来，“雨佳你这个妖女，敢拆我的台。”

“办公室恋情，哈哈，唯莹你刚进公司就出名了。”妍晴在一边乐不可支。

一阵开门声响起，“应该是许哲宇回来了。唯莹，给你介绍认识噢，我们的邻居许哲宇。”

妍晴刚说完，唯莹端着咖啡就冲出去了，“我对你们室友最感兴趣了，我先出去看看咯。”

噗！唯莹将一大口咖啡都喷在许哲宇身上了，“许哲宇，你住这?”

许哲宇也不生气，反而开心地笑着，嘴角和眼角都弯弯的，“周唯莹，你说周末要和朋友聚会，没空，害得我好伤心。没想到在这里遇到，看来我们两个也不是完全没有缘分噢。”

唯莹没理他，一把把妍晴和雨佳拽过来，“我们现在就出去吃饭。”然后，回头丢给许哲宇一句，“那就缘尽于此吧。”

许哲宇亮晶晶的眼睛突然变得黯淡无光。

说到处理感情，唯莹一向是快刀斩乱麻，不喜欢的人不管对方多么死缠烂打都会严词拒绝，如果遇到喜欢的也会主动追求对方，但是每段恋情都不长。妍晴最喜欢的是双方彼此吸引，但是都没捅破那层窗户纸的感觉，一般会主动诱导对方来追求她，如果对方没有来追求她，她也会主动追求。雨佳的心思一向比较隐秘，她俩都猜不透她究竟会对什么样的男人动心，她好像从来没喜欢过什么人。

但是照现在的情况来看，有点复杂，许哲宇对雨佳来说，应该是特别的，可是……雨佳今天可能会有点小难过吧。想到这里，妍晴握紧了雨佳的小手。

雨佳忽然扑哧一声笑了，“妍晴，你知道吗，许哲宇就是那个办公室恋情的男主角。唯莹，你今天真是太泼辣了，呵呵。”

外面阳光明媚，小区里出来遛狗的居民很多，宠物时尚，时尚的宠物，在这里可见一斑。

“妍晴，你还记得吗？快毕业那会儿，那天中午我们也是这样一起散步，结果发现一只野猫被夹在墙缝里，怎么都出不来。它的叫声好可怜啊，大家都在想着怎么去救它。妍晴最有创意，打 110 了，哈哈。”

“又拿这件事情来说我，已经被你笑话好久了。”妍晴一脸不满。

“要是有一个动物 110 就好了。”雨佳忽然说。

“这个想法好，我喜欢。”妍晴忽然来了兴致，“这个动物 110，是专门对虐待动物，或者对动物之间出现打架斗殴事件进行监督和处罚的部门。虐待动物的人按照人的法律来处置，虐待动物的动物嘛，给它戴上爪铐，关在许哲宇那里，让它不能回去见女朋友，看它还敢不敢欺负人。”

“那你在路上看到两只蚂蚁打架呢？怎么管？”雨佳说。

妍晴想了想，“对啊，也许人家只是在打情骂俏呢。动物的感情人类也无法理解，动物之间只要不出现流血事件，就不在监管范围内。”

“也许人家喜欢 SM 呢。”许哲宇的声音从身后传了过来，“我也想出去吃饭，只是碰巧遇上了。”

“男人就喜欢想龌龊的事情。”唯莹瞪了他一眼。

“人类要当动物的警察，对动物是不是很不公平？”唯莹说。

“动物之间的打斗，是动物的本性，并不是教育它们就能够听话的，妍晴你太温柔了。”雨佳说。

“那被咬死的动物谁为它维权呢？人类打架出现流血事件，会有法律裁决。如果不是威慑于法律的处罚，杀人打架斗殴这种最原始最野蛮的行为可能会泛滥，不就和动物一样了吗？人类的法制越健全才能越进化，越文明。”妍晴说。

“那人吃动物的肉，谁来为动物维权呢？小猫小狗因为可爱招人喜欢，或者血统比较名贵，会有人高价买下它们，让它们过上了比人都好的生活；那些血统不好的流浪猫、流浪狗虽然吃不好穿不好，但起码有自由；而那些猪牛马羊鸡鸭呢，没有自由，最后的结果都是成为人类的食物。如果要维权就一视同仁，不能搞双重标准。”雨佳说。

“那样的结果就是，动物无限繁殖，有一天动物把人都吃了。”唯莹说。

“这是个弱肉强食的社会，人类就是这样，自己的社会很先进文明，公民权利有法律的保障，因此被征服的动物必须迎合人类，让人类喜欢。作为被征服的对象，它们的权益无法被保障。人类是世界上最虚伪、最会搞双重标准的动物。”许哲宇说。

“我觉得一视同仁这个词不应该出现在人类的字典上，因为人类根本做不到，以后所有说一视同仁的人，我们都叫他非人类好了。”妍晴说。

“那以后有人要骂别人‘你不是人’，我们就说，你‘一视同仁’！”许哲宇说。

于是三个女生一起对许哲宇说：“你很一视同仁！”

“那好，我先闪了。”许哲宇一溜烟跑远了。

“我们别理他，继续讨论。”唯莹说。

“你说，原始人土不土？”妍晴问。

“连衣服都不穿，原始人还是比较落后的。”唯莹答。

“可人家学会了取火种，发明了工具，逐渐改善了自己的生活，逐渐征服了其他动物呢！”雨佳说。

“这个嘛……”

“那原始人和二奶相比呢？”妍晴问。

“妍晴，我想大多数人宁可选择做二奶也不会做原始人。”唯莹说。

“也许是我太理想主义了。”妍晴说，“这个世界上有很多事情无法改变，但你可以在你力所能及的范围内做你想做的事情，比如爱护动物，有很多人不吃肉，也有很多人收养流浪小动物，这些人都是以自己的方式爱护它们，我想我能做的也只有这些。”

“行了，别说了，我们也去吃饭吧。”唯莹饿了。

“如果米饭也组织一个110，谁吃它，它就自焚呢？”雨佳问。

“雨佳，米饭一般会选择先自焚，然后让人类来吃它。”唯莹答。

“大米饭长那么大也不是白吃饭的，我们不能随便侮辱米饭的智商。”妍晴说。

“我的天，妍晴，在你看来好像一切生物都是有智商的，你实在太有智商了。”唯莹感叹。

“其实你想想，”妍晴继续说，“这也是最好的减肥办法。唯莹，如果你要减肥，你就想动物多可怜啊，别吃肉了；米饭那么有智商，别伤害它了；蔬菜水果也是有智商的，不过还是吃它们吧，谁让它们有利于身体健康呢？没办法，我是人类啊，我永远都没办法一视同仁。”

“妍晴。”唯莹说，“我觉得地球不适合你。”

妍晴忽然举起手，“我错了，我再也不妖言惑众了。”

吃晚饭回来，妍晴听到一个不幸的消息，雨佳和唯莹下周要去G市培训了。当然，许哲宇也要去。她们为了让她的伤心程度减到最低，所以决定走之前那一晚再告诉她，可是妍晴觉得这样更让她难过。

周一早上，雨佳起得很早，赶在许哲宇动身之前先去了公司。

空荡荡的房间，这周只剩妍晴一个人了。

这周过去即将上班，妍晴想着上班前应做的准备，要买职业装，要再看看英语，当然，也要抓住这个学生时代的尾巴好好放松一下。习惯了雨佳和唯莹陪伴的她忽然觉得无聊至极，于是她打开了一个著名的交友网站，一页页地随意翻着，一种索然无味的感觉涌上心头。

忽然，一张照片吸引了她的眼球，这个男人长得如漫画中走出来的人物，有种梦幻般的诱惑和神秘感，给人一种雅到极致的感觉。妍晴不由自主地把他的资料从头到尾看了一遍——年龄：27岁；职业：网络游戏设计师。

长得太好看也就算了，职业也是那么令人向往，这不是逼着我发花痴吗？妍晴想了想，注册了一个ID，贴了一张证件照上去。

给他留了言：美女，我们义结金兰吧。

看了这个留言还不回复的男人就是人妖，她想。

晚上睡觉前，看了一下他的回复，妍晴气得差点没把嘴里的牛奶喷到屏幕上，“你很man”。

好吧，看来是以其人之道还治其人之身了。

她转念一想，只是打发时间而已，无须计较，还是办正事吧。

刚在网上看到G2000的衣服这周都在打折，明天就去买职业装。想到这里，刚才的不快也就烟消云散了。

第二天下午，妍晴赶到来福士广场的G2000专柜，一眼就看中了一件套黑色职业套裙，试了一下，感觉还不错，可惜M号的只有一套了。

看了Mango，逛了Chloe，试了Zara，没有一套更令她满意，看来，这次是要妥协一下了，也许有的时候，没有选择恰恰就是最好的选择。

妍晴重新转回G2000，打算买了东西走人。

远远的，就看见一个修长的背影，伫立在那件衣服旁边，歪着头，像是在考虑。

慢慢地走近了，妍晴不自觉地发出惊叹，没想到，再回来G2000，却让她遭遇了令人咋舌的惊艳。

这人的头发如丝绸般晶亮顺滑，轻盈地流泻在肩上。虽然头发漂亮的人很多，但是，他的发质看起来有种自然而健康的感觉，并不是刻意打造出来的，有种与生俱来的华丽感。

一件纯白的T恤，简单自然，看起来很有质感，手上一款范思哲的腕表，黑白相间的经典搭配，方形的黑色表盘印有银白色的“Versace”标志，两侧各镶有一排闪亮的钻石，看起来简洁低调，却又无限精致优雅。

这个人整体上给人的感觉是——很唯美。

这是个男人吗？妍晴心想，头发那么漂亮，衣着配饰也有品位，如果配上一张青蛙脸那真是绝唱啊！

“小姐，把这套衣服帮我包起来。”妍晴向店员示意。

男人忽然回过头，妍晴再次被震到。这是一张十分清雅而秀逸的脸，优雅迷人的眼神透着一股漫不经心，皮肤如瓷器般的晶莹白皙，仿佛是知名山水画家一气呵成的名画，一切的美是那么浑然天成，让女人都觉得无比惊羡。

妍晴嘴巴微张，继而就觉得脑子有种要爆炸的感觉，凭着看了一个男人二十多张照片的记忆，她立即认出，他竟然就是她昨晚在交友网站上搭讪的那个男人，真人比照片还要美。天下竟有这等的巧事？

店员走过来，有点尴尬，“抱歉，小姐，我们店里的 M 号只有一套了，这位先生刚刚决定要这套衣服了，我试试看能不能从其他店调过来一套。”店员说完去打电话了。

“这位先生，买衣服最好带人过来，不然可能会有偏差噢。”妍晴礼貌地提醒。

“我给女人买东西从来只要目测，就知道她需要穿什么码。”男人回以微笑。

“抱歉，别的店也没有这个尺码的了。”店员走过来说。

“你先忙吧，我们商量一下然后告诉你。”男人说。女店员的脸忽然红了，小心翼翼地离开。

他身上似乎有着一种与生俱来的魅惑女人的气质，可是妍晴一点都不觉得动心，因为这个男人太小气，最重要的是，有女朋友了还上交友网站，够恶劣。

“不如这样吧，我把这套装穿起来，如果你觉得你女朋友穿得比我更好看，我就让给你，毕竟衣服也应该选一个最适合它的主人吧。”妍晴笑着对他扬扬眉毛。

男人忽然有点感兴趣地看着她，微微点了一下头。

哼，我穿起来就去结账，你还能强迫我脱下来？妍晴心里想着。换好衣服就从他身边走过去，给了他一个大大的白眼，然后径直走到收银台，刷卡结账。

回到家里，妍晴决定继续气他，在交友网站上再次留了言：“小白～～～痴，谢谢你今天的 G2000，^_^。”

晚上上 MSN，这男人竟然加了她。

妍晴略一思忖，认为有女朋友还上交友网站的人就应该加他之后继续骂他。

“客观地说，那套衣服你穿起来比较有味道。主观地说，你昨天和今天的种种表现已经成为我最最讨厌的女人类型，简直是前无古人后无来者，再见。”

那个男人在妍晴加了他之后，只说了几句话，然后，头像就黑下去了。

妍晴真想给那个头像几拳，又一想，算了，没理由和电脑过不去，而且在周一下午出来买衣服的男人，工作上肯定也经常偷懒，这人真是烂到极品啊。想到这里，妍晴又给他留言：你就是垃圾，而且是不可回收的那种。

又是周末，雨佳他们回来了，带回了很多大包小包的零食。

妍晴决定这个周末好好在家看书，早睡早起。马上就要上班了，她心中默默期待着未来，就这样过了两天。

上班第一天，所有新进员工先要到大礼堂集合开会，妍晴来得早就坐在了第三排，和旁边的人聊起来，“你是哪个学校毕业的?”

“J大。”旁边男生的回答很简短。

“你是哪个组的?”妍晴问。

“F组。”男生侧头看了她一眼，表情木然。妍晴忽然想笑，他的两只眼睛特别小，像没睁开似的，看起来很可爱。

“我也在F组，我叫梁妍晴。”

“何川。”一样简短。妍晴受不了了，看看前面，公司高层基本已经就座，会议开始了。

“下面请F组的高级经理季之轩给大家介绍一下公司的职业历程。”

一个男人大步走到前方，拿起麦克风，“大家好，我是F组经理季之轩。”贵族般的气质，优雅的绅士风度，仿佛目空一切的倨傲眼神。

就在这时，妍晴的手机不合时宜地响了起来，电话铃声是妍晴最喜欢的一部动漫的片尾曲。妍晴一低头，所有人的目光都准确地朝她的方向行注目礼，妍晴真后悔，自己如果不低头，也许别人会误会是她旁边的人也说不定。她急忙关机，然后站起来向大家道歉。

“你叫什么名字?”季之轩依然温和地微笑，声音却失去了温度。

妍晴直视他的目光，一点也不紧张，“我叫梁妍晴。”虽然知道自己不对，但是她讨厌他的态度，对，就是那种居高临下的态度。

第二章　尴尬的瞬间

从G市培训回来以后，许哲宇的作息时间和以往发生了很大变化，经常是早出晚归，有时候凌晨才回来。

那天，他一回来就开始撒酒疯，和别人又哭又闹不同，他是到处找人撒娇，看到红色的东西就汪汪地叫，妍晴一度觉得他得了某种变异狂犬病。

最不幸的是，雨佳那天刚好穿了件玫红色衬衫，毫无防备的被他一下扑过来，正坐在客厅看杂志的她根本来不及躲闪。谁知他只是抱着雨佳的肩膀，轻轻说："可以借给我靠一下吗？"

雨佳白皙的小脸霎时变成粉红色，"你的手不可以再伸过来，嘴巴朝外，有酒味。"

他的头在雨佳肩上蹭蹭，"就一下下。"

"你，放下手！"

呼……许哲宇均匀的鼾声已经传过来。

雨佳用一根手指在他头上戳了一下，又一下，直到他的脸偏离她的脸。

“妍晴，你可以找一个口罩过来吗?”

于是，客厅上就出现这样一个画面：雨佳坐在沙发上，右肩上靠着戴着口罩打鼾的许哲宇的脑袋，雨佳左手推着许哲宇的头偏离她的方向，右手翻着杂志，眉头紧蹙。

妍晴不了解许哲宇，只是觉得，这个男生有着让人不可思议的可爱的一面。

十分钟，二十分钟……他均匀的鼾声一波又一波传来，雨佳的杂志也翻了一页又一页。

“你喜欢他吗?”妍晴这次单刀直入地问。

“我讨厌臭的。”雨佳紧抿着嘴说。

“我以为你会红着脸跑开，和以前一样躲到房间去呢。”妍晴笑着说。

一个小时过去了，许哲宇终于醒了，发现自己正靠在雨佳身上，一个激灵站起来，摸摸后脑勺，“我刚才做了什么大逆不道的事了吗?”

他发现了口罩，一把拽下来，上面浸着一大坨口水。

“啊，我还流口水了，这真是太不道德了。”

“嗯，你还汪汪叫了呢。”妍晴说。

他有点窘，“这个，小时候和家人撒娇的时候经常这样，完了，我这点丑事也被你们知道了。”

雨佳合上书，“我去睡了。”然后走回房间。

“谢谢你今晚照顾我。”许哲宇轻轻说。

走到门口的雨佳略微迟疑了一下，然后，重重地关上了门。

“欢迎各位新同事来到F组大家庭，愿你们在这里生活得开心。”邱雨泽大方地举起酒杯，向所有新进员工祝贺。

邱雨泽，以学习能力强著称，大学时参加《挑战主持人》获上海赛区前三名，全国大学生创业大赛十佳，进公司后先后在几个部门工作过，绩效考核每年都是“超过期望值”，曾得到某部门最变态的一个经理的认可，马上要升经理了。据说他一直在追求某外资银行中国区运营总监的女儿。

邱雨泽身上有种清新而儒雅的气质，人看起来精明干练，举止优雅得体，加上之前他种种傲人的成绩，妍晴不由得对他有种仰慕的感觉。确切地说，他正是她最喜欢的男人类型。

“大家先自我介绍一下，然后每人表演一个节目，一定要让所有人都笑哦，讲冷笑话的会被我抓去干体力活。”邱雨泽说。

不但要笑，还要把所有人都逗笑才行，这人不是有强迫症就是有完美主义倾向。到妍晴时，她想了想，把唯莹的那个面试纸条男的故事讲了出来，结果，除了邱雨泽，其他人都笑了。

“这个男主角已经被我笑话过了，他是我的学弟。”邱雨泽说。

“我叫他小黑。”妍晴补了一句，这回邱雨泽笑了。

妍晴对邱雨泽的好感又增加了一些，活泼又会搞气氛的人总是很引人注意。

“你认识何川吗？”旁边的同事忽然和妍晴搭讪。

“啊，我见过。”

“听说他上班第一天就被季经理指名带去做项目了，项目的主管是个超级美女。”怪不得这个聚会季经理没出现，原来是出去做项目了。何川，妍晴脑海里浮现出了他那木木的表情和细细的像没睁开的眼睛。

已经连续三天没有事情做了，妍晴生机勃勃的小脸也开始变得郁郁寡欢，在这个以做项目的时间和能力来进行绩效考核的公司里，没项目做就意味着慢性自杀。

“小姐，你要的菜。”

“噢。”妍晴这才回过神来。

她下定决心，要毛遂自荐，下午就去找事情做。想到这里，妍晴把刚刚打好的饭菜放到就近的一张餐桌上，快速吃了起来。感觉有什么东西一直在动，略一抬眼，原来是一张工作牌随着主人吃饭的动作前后乱晃。妍晴眯眼一看，“ABC 娱乐公司高级游戏设计师陶瑾瑜”。

ABC 娱乐公司是非常知名的一家网络游戏公司，如果是学生时代，她可能会非常激动甚至要对方给她签个名，但是现在，她没那个心情，只是低头继续吃她的饭。过了一会儿，对方似乎也感觉有点烦，就把牌子拿下来，放在桌上。妍晴无意中抬头看了对方一眼，四目相对，一口饭差点喷出来，“是你!”此人不是别人，正是被妍晴恶整之后又遭遇其反击的交友网站男——陶瑾瑜。今天他的脸格外的臭。陶瑾瑜没理她，扒拉几口饭就急匆匆地走了。妍晴斜眼一瞧，他的工作牌还静静地躺在桌上，他忘了拿了。随手拿起工作牌来，妍晴想了想，虽然这家伙很讨厌，但还是应该将工作牌还给他。这家公司和妍晴所在的公司就在同一座大厦里面，妍晴在 16 楼，陶瑾瑜在 30 楼。妍晴坐电梯到了 30 楼，把工作牌交给前台后，觉得好开心，就像小学生捡到东西交给警察叔叔后被称赞拾金不昧一样，虽然并没人夸她。

在雷人的闹钟响第二遍的时候，妍晴终于忍无可忍，从被窝中爬了起来。为了防止睡懒觉，她找了一个最讨厌的手机铃声作为闹钟，每次闹钟一响，她基本上会睡意全消。这个方法很奏效，她因此从未迟到过。雨佳起得更早，为了不让耳朵听到虐人的铃声，她每天早上都早早爬起来去外面晨练。

但是今天还是晚了点，因为闹钟已经响过两次了。妍晴在匆忙间随手找了一件衬衫穿上，去年买的今年穿貌似有点窄，但顾不得那么多了，收拾妥当，拿着包，拎着早餐就冲出去。就在推门的瞬间，衣服最下面两个扣子啪地开了，妍晴急忙扣上，赶地铁去了。

幸好没迟到，正庆幸的妍晴刚进办公室就被通知有包裹。真纳闷，谁会寄包裹给我啊？妍晴想着，就去楼下取上来，打开一看，是一个 Hello Kitty 的咖啡杯，在 Hello Kitty 专柜大概卖 100 多元。里面附有一张小卡片，上面是一行简短的文字，“谢谢你送还我的工作牌，如果有第三次的不期而遇，就一起吃饭吧。陶瑾瑜。”陶瑾瑜，他怎么知道我的姓名地址啊，莫非那天我盯他工作牌看的时候，他也在偷看我的工作牌？妍晴想了想，把杯子放在办公桌一角。

思绪收回，妍晴手脚麻利地整理昨天去客户网站查到的资料，送到邱雨泽办公桌上。昨天的毛遂自荐很成功，妍晴嘴角笑着，准备接受指导。邱雨泽只在资料上扫了几眼，“我马上要去经理办公室和宋经理讨论一个方案，你十五分钟后把资料送过去。”说完他就走了。

宋经理，香港人，是传闻中最铁面无私的经理，从不讲任何人情，但是公平公正是众所周知的，由于为人很严肃，大家都觉得很难接近。妍晴深深吸了一口气，在规定的时间站在宋经理的门口，敲门。“进来。”沉着冷静的女声响起。妍晴进去一看，邱雨泽不在，于是把资料直接放在宋经理办公桌上，“邱雨泽让我准备的资料，请问我可以放在这里吗?”刚说完，妍晴就觉得自己这句话好像有点逻辑问题。

“拿过来。”宋旋只用三十秒就看完五页的英文资料，“以后记得用荧光笔把重要的地方画一下。”语气平淡，自始至终也没抬头。“知道了，谢谢。”貌似没被讨厌啊，妍晴终于松了一口气，正要推门而出的时候，刚好有人进来，她一个趔趄差点撞到那人怀里，原来是邱雨泽。看他那表情，先是一愣，接着立刻把头偏向一边，表情很古怪。

妍晴下意识地看了一下自己，粉色衬衫的中间两个扣子不知什么时候开了，露出里面粉红色的内衣。妍晴以迅雷不及掩耳的速度扣上扣子，双手抱胸飞也似的跑到卫生间。接下来的时间，她就坐在办公桌前，连厕所也没再去，一直发呆，直到下班。

周五，电梯间。

妍晴看看表，8 点 50 分。

自从那次爆胸事件之后，她再也没晚起，每次闹钟一响，就立刻起床，最近还和雨佳起来一起跑步。

冲动是魔鬼，匆忙也是魔鬼，总之，任何小事都不能疏忽。

想着，她连楼层也忘记按了。

叮，电梯在 30 楼停住，妍晴一回神，“你想送我进公司吗?”后面一个声音传过来。

一回头，对上一张戴了一副眼镜的脸。这不是陶瑾瑜吗，妍晴心想，以为你戴上眼镜我就不认识你了?

陶瑾瑜推了推眼镜，走出电梯外，扔下一句，“回见。”

妍晴再一次认识到，什么事都不能疏忽，不然就会像今天，再一次遇到“缘分”。

进公司，泡茶，去卫生间。正要从卫生间门出去，忽然听见外面有人说话：“你知道吗，我们组最近发生一件桃色事件，一个刚进来的小姑娘竟然色诱邱雨泽，听说故意找他要项目做，实质上是色诱，胸衣都露出来了。”

“真的啊，这么不要脸?人家邱雨泽的女朋友是银行运营总监的女儿，真是自不量力。”

“脸皮还真厚，发生这种事情还不辞职走人啊。”

“是啊，在这推销脸皮呗。”

“我看她肯定过不了试用期。”

两个人又聊了一些其他人的八卦。听着她们渐行渐远的脚步声，妍晴无力地头倚着门，心里有种难以抑制的痛苦。这段时间以来，她做事一直谨小慎微，虽然貌似一切风平浪静，但从同事看她的眼神和面部表情中，她还是读到了些什么。但这次这么露骨的对白，让她原本小心翼翼收藏的自尊，在刹那间支离破碎。

当时的情况只是一个意外，事情怎么会发展到这种地步？世界上没有不透风的墙，她第一次感觉到了什么叫人言可畏，这种事情解释起来也只能越描越黑。

和雨佳她们说，扣子不小心开了，怎么都难让人信服，那种无人倾诉的痛苦让她难过得窒息。辞职走人吗？大家会认为此人能力不足，使用下三烂手段色诱同事，失败后逃之夭夭。原本设想得很美好的职业生涯，就在她入职的第一个星期内给她当头一棒。

她调整了一下纷繁的思绪，自嘲地笑了一下，如果真是命该如此，怎么逃避都没有用，只要对得起自己就好了，清者自清。她决定先不去考虑是否辞职的问题，公司毕竟还是看重个人工作能力的，如果在工作上表现出色，也许会改变别人对她的看法也说不定。想到这里，她觉得轻松了一点，缓缓打开门，对镜子深吸一口气，然后迅速走回到座位上。一路上没有发现怪异的眼神，但是迎面走过的几个人都往妍晴的胸部瞟了几眼，那意思好像在说，只不过这样啊！

妍晴双手抱在胸前，整个上午一直保持这样的姿势。

“梁妍晴，到我这来一下，帮我做个 PPT。”一个个子高大的男人走过来说。

和妍晴想的恰恰相反，下午就有人找她做事情。东西拿过来一看，正是上次给邱雨泽查资料的那个项目。这么说是宋经理交代的，她没嫌弃我吗？妍晴一阵激动。忽然想到，那天她去送资料的时候，宋经理一直没抬头，所以也没看到她，否则……

妍晴是做 PPT 的高手，这些东西对她来说不难，在规定的时间内就做完了。这时前面走过来两个女同事，V 字领衬衫下，乳沟若隐若现，让人浮想联翩。妍晴决定了，从明天开始，在衬衫外面套一件黑色小坎肩，对任何瞟向她胸部的目光表示无声抗议。

周末。

“唯莹说这周有事情不过来了，下周六让我们去她家吃饭。”妍晴一回来，雨佳就告诉妍晴。

“唯莹她好幸福啊，在上海买一套房子不知道要花多少钱。”妍晴轻叹着。

“所以很多人都觉得要找个有房有车的，才不会那么辛苦，你觉得呢?”

“只有门当户对的婚姻才是幸福的吗?”妍晴没直接回答，而是问了雨佳另外一个问题。

“至少不会因为钱的问题引起矛盾吧。”

钱，妍晴心里默默念了三遍，觉得这个字念多了伤心，还是上一会儿 MSN 吧。

刚一上线，就收到一条消息：收到我的礼物了吗？

这人不是陶瑾瑜吗？那个 Hello Kitty 啊，妍晴想着，嘴角露出了笑意。

妍晴：嗯，谢谢你。

陶瑾瑜：我的那个提议，你觉得呢？

妍晴：什么提议？

Hello Kitty 她倒是记得很清楚，小卡片的事是全忘了。

陶瑾瑜：算了。

妍晴：??

陶瑾瑜没再继续说，妍晴被他搞糊涂了，不过也不惊讶，这人一惊一乍的和她对他恶劣的印象比较吻合。

过了大概有半个小时，陶瑾瑜又发来消息：我说过，如果有第三次的不期而遇，我们就一起吃饭，你有意见吗？

妍晴终于想起来了，说来和这人还真是有缘，但又想到，这人有女朋友还请别的女生吃饭，真恶心。

妍晴：你就是那种打着交友的幌子劈腿的传说中最无耻的斯文败类吗？

陶瑾瑜：你每次说话都在挑战我忍耐的极限。我没有女朋友，更谈不上劈腿。虽然这样，看在和你那么多次不期而遇的分上，我最后说一句：本周六，晚上 7 点，威斯汀一楼自助餐厅，我可以请你，请在 1 分钟之内回答我。

他没有女朋友？妍晴的脑子瞬间有点空白，那他确实不应该在她狂轰滥炸的攻击范围之内。她有点惊讶，有点窘，仔细想想，自己对他一直冷嘲热讽的，有点不好意思起来。威斯汀嘛，贵了点。

妍晴：我们去吃自助烧烤吧，AA 制。

周六，妍晴睡了一个美美的懒觉，早上可以不用听难听的闹钟铃声真是太幸福了。穿好衣服，一开门，看见许哲宇在客厅玩 PSP。

“早啊。”妍晴边伸懒腰边说。

“早。”许哲宇看起来心情不错。

“对了，你在哪家公司工作啊？”许哲宇和妍晴闲聊。

“A 公司。”

“啊，那家公司很牛的，我有一个学长在那里，前段时间还聚过，他叫邱雨泽。”

提到这个名字，妍晴心里一紧，但还是面露微笑，“这个人很出名。”

“当然了，他是我的偶像。”许哲宇开始述说邱雨泽的一些光辉事迹，末了，加上一句，“他在我们学校组织的厨艺大赛上拿过第一名，我们学校的女生追他追得死去活来，他就是不动心。”

“噢。”

这时，雨佳穿着一身运动服，娇喘吁吁地进来。“这么努力啊，周末还晨练。哎，对了，这周日我的母校 C 大有场篮球友谊赛，我要上场的，你们来观战啊。”许哲宇兴致勃勃地说。

妍晴灵机一动，心想，这次要给他俩创造一个机会，“雨佳，我们周末没什么事情，去看他打球啊。”

“好。”

“哦，对了，晚上不和你一起吃饭了，有约会。”

“好。”

“你病了吗？”妍晴摸摸雨佳的头，“晚上回来买好吃的给你。”

18点55分，妍晴准时到餐厅门口，陶瑾瑜没出现。

19点00分，妍晴再次环顾四周，陶瑾瑜没出现。

19点20分，妍晴最后一次环顾四周，陶瑾瑜没出现。

妍晴也没生气，只是自嘲地笑了一下，打算离开。

突然，一只白皙修长的手从后面轻轻扣住了妍晴的肩膀，一阵清新诱惑的香水味从后面盈盈飘来。

“你等我很久了吗?”轻快的声音从她身后传来。

妍晴一回头，看见一双温柔的黑眸，如湖面上闪烁的星光，眼里还含着揶揄的神色。

妍晴马上发现他们这里很引人注目。

“很多女生在看你呢。”

“彼此彼此，那些男人不也在盯着你看嘛。”

妍晴这天穿了件淡绿色T恤，牛仔裤，清新而随意。陶瑾瑜是一件银白色的T恤，柔顺光亮的头发泛着动人的光泽，嘴角轻盈地上扬，看不出他内心真正的想法。

那些人在看什么？妍晴想，难道是白眼狼和小绿帽的故事？她忽然被自己的想法吓了一跳，还好，我不是男人。哈哈，我是女人，我不怕小绿帽，我还想开一个绿帽专卖店，做一个绿帽代言人，头戴小绿帽，身跨绿帽包，脚穿绿帽鞋，唇涂绿帽膏。又一想，男人把女人当小红帽，女人也可以全身都戴小绿帽，很好，很公平。欢迎男生开红帽专卖店，发扬以帽制帽战略。

食物慢慢上来，妍晴停止YY，吃相文雅，她每次夹得不多，但咀嚼和夹菜的频率都很快，其实和狼吞虎咽是殊途同归。陶瑾瑜吃东西看起来优雅而随意，但是速度也很快。

两人吃饭的画面看起来很和谐。

“你是网络游戏设计师?”妍晴首先打破了沉默。

“你就是因为这个加我的吗?”

“还有一个原因，是你长得很妖孽。”妍晴直言不讳。

陶瑾瑜也不生气，“做网络游戏是我一直以来的梦想。”

“你真幸福，能把梦想实现，你知道这个城市有多少人为了生存每天都在做自己不喜欢做的事情。”

“我不关心。”陶瑾瑜耸耸肩，“我只是一个四体尚勤、分得清五谷的享乐主义者。”

“我记得你说过，我是你最最讨厌的女人类型。”妍晴刻意强调了“最最”两个字，表情十分丰富。

“为什么还会约你吃饭吗?”陶瑾瑜微微一笑，“三次的不期而遇，难道不值得庆祝一下吗？而且，可能是因为讨厌，所以不会厌倦，对我来说厌倦比讨厌更令人讨厌。厌倦的结果可能是讨厌，但如果一开始就很讨厌，大概就不会再厌倦。”

妍晴忽然想到了西方经济学课上老师讲的边际效用递减规律，即消费者在一定时间内增加一单位商品的消费所得到的效用量是递减的。就比如你饿了，吃第一个馒头觉得很好吃，第二个馒头觉得一般般，第三个看着都没食欲了。这么说，在别人都在孜孜不倦地追求身边的稀缺资源，金钱啊美女啊的时候，这个人却在一边抱怨资源过剩的烦恼？岂有此理！

“坦率地说，”妍晴毫不客气地，“你长得很有女人味。”

“你说话很有男人味。”陶瑾瑜对她轻轻一笑，眼波流转中，仿佛有十万伏特的电流直向妍晴方向射来。

妍晴的眼睛犹如避雷针，恰到好处地把所有电荷接收、释放，然后，觉得脚下一阵发麻。

好吧，关于性别错乱的攻击，到此为止。

妍晴忽然想问，那天不是给你女朋友买衣服，那是给谁买的？又一想，不大合适，就把话咽回去了。

“那天其实我不一定要买那套装。”陶瑾瑜忽然笑得很邪恶，“G2000 不在我的品牌偏好范围内，只是忽然觉得它很可爱。”

“这么说，你是故意在捉弄我了？”妍晴立即横眉冷对。

“你当时不也在捉弄我？你不觉得这样很公平吗？”陶瑾瑜夹起一粒花生米，轻轻放入口中。

妍晴真想变成一顶小绿帽，跳到他头上去，看他还嚣张。

这时，服务员端上一盘烤羊排，鲜嫩金黄的羊排香飘扑鼻，上面的油沫还滋滋作响。

“这肉看起来很结实，吃起来有点麻烦，你稍等。”说着，陶瑾瑜拿起刀叉，灵活熟练地把一片片肉从骨头上剥离出来，几分钟后，一盘整齐的羊肉片端到妍晴面前。

看来，他还挺体贴。

从餐厅出来，两人肩并肩地在路上散步。9 月的风温热地吹在脸上，流光溢彩的夜色弥漫着一种醉人的味道。

路边坐着一个衣衫褴褛的乞丐，放一个缸子在地上，两人走过去，竟然不约而同地都扔去一枚 1 元硬币，然后，相视一笑。

“既然在同一个办公楼，以后有空一起吃午饭咯。”陶瑾瑜的眼神很认真。

妍晴忽然觉得有点无法抗拒那种眼神，低着头，沉吟了片刻，又抬起头，对着那双眼睛说：“好啊，你来找我吧。”

第二天下午，妍晴、雨佳去C大观看篮球赛。C大是上海最好的财经类高校，高考录取分数也是国家一流大学标准。许哲宇上场之后，立刻表现出矫健的身手，数次以三步上篮赢得围观众人的掌声。妍晴发现，雨佳的眼睛一直追着许哲宇的身影，时而眉头紧蹙，时而喜笑颜开，但当许哲宇朝这边投来笑脸时，雨佳的脸立刻别过去。

雨佳恋爱了，妍晴心想。

比赛终于结束了，许哲宇大汗淋漓从场上走下来，雨佳递过去一条毛巾。

“啊，刚才有同事发了个短信给我，约我7点钟去吃东西，我要先回去换套衣服，不好意思噢。雨佳，回来记得去超市买瓶酱油。”妍晴说着就跑了，一想到雨佳和许哲宇一起去买酱油的场景，不由得呵呵笑出来。

眼前走过来一个人，咖啡色T恤和牛仔短裤，游移灵动的眼神，斯文淡雅的气质，好像把一切看在眼里，又好像什么也没看到。

那一刻，妍晴的笑容僵住，呼吸好像也停住，就像机器人一样定在那里，眼神和心神却无可救药地追随那个身影。邱雨泽拎着两大袋矿泉水，从妍晴身边走过，没打一声招呼，没有一丝意外的表情。

妍晴觉得，自己就像一个傻瓜，明知道会被无视还呆呆地站在那。

心里有种天寒地冻的感觉。

第三章　初识办公室政治

这是妍晴和雨佳第一次去唯莹家。

房子在世纪公园附近的一个小区，买的时候一万三千元一平方米，现在已经涨到两万多元一平方米了。

房间整体上以米色和咖啡色为基调，看起来宁静而典雅，却不失现代感。家具是古色古香的，细节的装饰考究得体，体现出主人卓尔不群的品位，和谐的布局和空间感给人一种浑然一体而又落落大方的印象。

唯莹穿着睡衣，袅袅婷婷走过来，给她们一人一个香吻，然后拉着她们去了自己房间。

“给你们看看我最近在淮海路 H&M 的战利品。”唯莹神秘一笑。

一拉衣柜的门，哗啦，一堆衣服掉了出来。

“啊，那个……”她的脸红了，“这个前几天刚刚整理的，不知道为什么又掉出来了。”

她说完，两个女生一人给了她一个白眼，“你要是能整理衣服，太阳就从北边出来了。”雨佳一边数落她，一边帮她收拾。

妍晴打量了一下四周，蕾丝的窗帘，蕾丝的床单，蕾丝的桌布，唯莹的睡衣也是蕾丝的。

“以前没发现你这么喜欢蕾丝啊，你的房间看起来很公主嘛。”

“一般，我爸帮我布置的，我和他说随便弄。”

“哈，找到了，就是这个。”唯莹拿起一件玫红色吊带短裙，用严肃的语气说，“别回头，谁敢偷看我亲死她。”

唯莹威胁别人的口头禅就是：我亲死你。

妍晴把头转过去，映入视线的是墙上的一排照片，附有一行歪歪扭扭的小字：小莹的成长图片集。小时候的唯莹胖嘟嘟的，被抱在妈妈怀里，笑得阳光灿烂。接着是一家三口的合照。咦，最后几张照片看起来有点残缺不全，旁边的人都被剪掉了。

“可以了。”

一回头，眼前的唯莹可以用风姿绰约来形容：玲珑的身材，诱人的S曲线，夺人心魂的性感迷人。无疑，她很适合玫红色。

妍晴和雨佳两人突然像想起了什么似的，“唯莹，你千万不能穿这身衣服去我们家。”

“为什么?”唯莹很不解地问。

“啊，那个……许哲宇买了一只宠物狗，看见红色的就咬，我怕它吓到你。”雨佳急忙说。

“谁吓谁还不一定呢。”唯莹撇着嘴说。

正说笑间，门开了，进来一个笑容满面的女人，看起来保养得很好，“吃点水果吧。”

“谢谢阿姨。”

“你们慢慢聊，我先出去了。”

唯莹自始至终都没说一句话，气氛看起来有点尴尬。

“唯莹，你妈看起来很年轻啊！”雨佳说。

“她才不是我妈。”唯莹一改甜腻的声音，变得乖戾而敏感。

“别看她满脸堆笑的，其实这个人最假，以前我爸出差的时候，她就给我穿小鞋。”

雨佳走过去，轻轻拍着她的肩，“别生气了，以后她再欺负你，我们帮你。”妍晴在一旁若有所思。

“莹莹，吃饭了，让你的朋友一起过来吃饭。”唯莹的爸爸不知什么时候站在门口。很明显，那个女人走的时候没关门。

饭桌上，唯莹的爸爸不停地往妍晴和雨佳碗里夹菜，“唯莹从小脾气不好，难得你们都能包容她。今天来到这里你们就当是自己家，千万别客气。”那个女人则不停往唯莹碗里夹菜，“莹莹，这是你最喜欢吃的菠菜。”唯莹没理她，而是一根一根地将菠菜夹出来，放在桌上。

唯莹的爸爸叹了一口气，没说什么。

“叔叔，唯莹的房间很漂亮，我们都很羡慕。”妍晴由衷地说。

“当然了，唯莹爸爸是S市有名的室内设计师。”那个女人接过话。

唯莹一脸嫌恶的表情。

吃过饭，妍晴和雨佳要走了，唯莹送她们下楼，“下周我要去你们家，看你们可爱的狗狗。”唯莹开心地说。

“嗯。”妍晴答应着，心想你可别穿红的来。

“妍晴，你鬼主意最多，帮我想个好办法整整那个坏女人。”唯莹央求着。

“我刚才也在想这件事情。”妍晴顿了顿，然后只轻轻拍了拍她的肩，“冤冤相报何时了，你以后就不用和她相处了吗？”

唯莹咬了咬嘴唇，没说什么。

“我以为你会答应她。”雨佳轻声说。

这一阵子被爆胸风波搞得精疲力竭的妍晴，锋芒毕露的个性也收敛了一些。当然，这一点，雨佳并不知道。

回到家里，就被一阵“汪汪”声刺激到的妍晴和雨佳，忽然发现，许哲宇正抱着一只白色的博美狗，向她们笑嘻嘻地走来，“我新买的狗狗，叫牛牛。”

“这就叫心有灵犀，雨佳。”妍晴用略带深意的眼神看着雨佳。

雨佳的小脸又一次变成粉红色。

又是周一。自从穿了那件小坎肩之后，妍晴发现，盯着她胸部的目光越来越少了。她的穿着打扮也越来越中性，以冷色调为主，看起来清新而帅气。

“听说今天早上F组最高级的经理季之轩和蔡以纯会来办公室呢。”坐妍晴对面的女生说。

季之轩要回来了吗？妍晴脑中忽然闪现上班第一天的糗事，看来最近一直没项目也许和这件事情有些干系，这对于她在公司原本已经很尴尬的处境无疑是雪上加霜。妍晴忽然有点绝望，如果F组最高级的经理说她不好，那她可能真要卷铺盖走人了。

正想着，季之轩不知何时已经推门走进办公室，一路上所有的员工都毕恭毕敬地和他打招呼，他的嘴角只微微动了一下，没和任何人说话。他走过妍晴时，“经理早。”妍晴乖乖地打了个招呼。即使不喜欢他居高临下的表情，但现在不是讲个性的时候，现在面临的是生存问题，无论如何不能给任何经理留下任何坏印象，妍晴心里想着。

“梁妍晴，你吃什么？”一个个子小小的女生走过来，拿着一个甜品外卖的单子，“邱雨泽请所有女生吃甜品。”

邱雨泽，妍晴最不想听到的名字再次刺激着耳膜，“我……想好了再告诉你。”

女生撇撇嘴，“你待会儿想好了自己去和他说吧。”然后就走了。

妍晴心里很难受，忽然明白了以后在公司最难面对的人不是季之轩，也不是别人，而是邱雨泽。因为，只要和他有关的东西都会刺激她敏感的神经，而她却无从遁形。

当所有女生都笑呵呵地吃着甜品，议论着邱雨泽人很好的时候，妍晴一个人望着窗外发呆。

“你没有东西吃吗？”一个软软的、甜甜的声音传来，一转头，一个大眼美女正友好地看着她，手里拿着一盒芒果布丁。她的眼睛宛如一潭秋水，清澈而迷人，睫毛又长又密，像把小扇子上下忽闪着。“我那里还有两个，邱雨泽请客，我就多要了几个，你过来拿吧。”美女边说还边回头对她笑了一下，真是回眸一笑百媚生，妍晴不自觉地跟了过去。

蔡以纯，办公桌名牌上赫然写着这几个字，原来她就是传说中的美女经理。确实很漂亮，连自己也不由自主地被吸引了。

最重要的是，她是个平易近人的美女，让妍晴对她的印象又好了几分。

吃着手里的芒果布丁，眼睛盯着电脑屏幕，“希望这盒甜品可以给我带来好运。”妍晴心里默念着。

一封新邮件就在她默默的祈祷中飘然而至，妍晴顿时眼中一亮，“请把附件的 PDF 文档翻译成英文，后面附有以前的模板供你参考，明天一早给我。如有任何问题，可以直接来找我。邵一衡。”

妍晴心中有一刹那的欢呼，继而又平静下来。打开文件，她不由得皱了下眉头。二十几页的资料，还有很多汽车工业的专有名词。虽然她的英语不错，过了六级，成绩优秀，还拿到了上海市英语高级口译证书，但是对这个工作，还是得非常认真地对待。妍晴看了一下以往的模板，了解了大概的翻译风格，就着手开始工作起来。

在把所有内容检查了三遍之后，妍晴一看，已经晚上 7 点了，伸了一个懒腰，才发现旁边的同事几乎都走了。

妍晴把资料打印出来装订好，拿到主管邵一衡的办公桌前。邵一衡还没走，看到妍晴，他显得略为惊讶，“这么快就做好了？哦，对了，这个是宋旋的项目。”

宋旋的项目吗？妍晴的心就像久旱禾苗逢甘露一样的滋润起

来，心里有了些踏实感。最重要的是，这让她从几乎自我否定的边缘慢慢找到了方向感和被认同感。所有郁闷、压抑的感觉在那一刻纷纷举手投降，走路的步子也变得轻快起来，她准备上一下洗手间，然后回家甜甜睡一觉。

“你说，你要怎么感谢我？”一个软软的、甜甜的声音从旁边的办公室轻轻传出来。

妍晴不禁停住了脚步，这不是蔡以纯的声音吗？向左边一看，办公室的门牌赫然写着季之轩，她心里不由得一惊。

门虚掩着，从门缝看过去，蔡以纯一只手搭在另一个人的肩上，脸上笑盈盈的，由于角度关系，看不到对方的表情。

回去的路上，妍晴有点后怕，还好自己一溜烟就跑远了，应该没被发现。原来蔡以纯和季之轩的关系也非比寻常！发现天大秘密的妍晴觉得，先前那些郁闷、压抑的感觉又都纷纷杀回来，而且比以往更加来势汹汹。

看来办公室里人际关系的复杂，远远超过了她的想象。

那个周日上午，本来一切都很正常。

妍晴在房间上网，雨佳在卫生间刷鞋子，许哲宇在房间喂他的宝贝狗狗牛牛。

这时，房门咚咚地被敲响起来。

雨佳放下手中刷着的运动鞋，许哲宇抱着小狗从房间走出来，妍晴的思绪从网络小说里回到现实，三个人立马跑到门口，从猫眼一看，是周唯莹！

“这么多人来给我开门啊，看来你们挺想我的嘛，太荣幸了。”

一进门，唯莹就摆摆手，意思是不用这么兴师动众。

“干吗敲那么大声，震得我耳朵都聋了。”雨佳说。

“我敲门的声音就代表我想你们的程度，今天敲得这么大声，就代表我想死你们了。”

“汪汪!”许哲宇手中的小狗实在受不了她了。

“这就是传说中的小狗狗？给我玩一会儿。”

“不行，牛牛不是一般的狗，很有个性，我怕你待会儿受不了。”许哲宇说。

唯莹一甩手，冲进雨佳和妍晴的房间。

“别生气嘛。”许哲宇跟着进去，“它很作的，而且喜欢随地大小便，我怕……”

“你，放下它，我不要房间被弄得臭臭的。”雨佳在一边抗议。

许哲宇放下牛牛，小狗一溜烟就跑了。

“既然凑够四个人了，我们来打牌吧。”妍晴建议。

咣当——咣当——

“糟了，这家伙又惹祸了!”许哲宇急忙冲出去，被眼前的一幕吓傻了：盆子翻了，水洒了，垃圾桶也倒了，牛牛正叼着一只湿漉漉的白色运动鞋，拼命撕咬着鞋带，爪子在鞋帮上刨来刨去，抓出一道道黑色的印痕。

“把鞋放下!”许哲宇怒喝。

三个女生跟着跑出来，小狗吓到了，叼起鞋子就跑。

“你给我站住!”唯莹随手拿起一把拖把追了上去。

“我的鞋，我可怜的鞋啊!”雨佳在一边小脸气得通红。

妍晴大吼一声，“追!”

牛牛很灵活，在客厅不停兜着圈子，一会儿跳到沙发上，一会儿跳到椅子上，一会儿又跳下地，嗖的一声，从窗户跳到阳台去了。

“不好!”许哲宇有种很不祥的预感，四人急忙跑到阳台，看见小狗正叼着鞋，站在靠阳台的一个纸箱子上，离阳台边缘只有几十厘米远。

“你们不要再逼它了!”

牛牛一脸视死如归的表情，眼睛瞅着窗外。

“牛牛，乖，爸爸给你拿肉骨头吃。”许哲宇比画着。

这时，雨佳走过去，把刚从冰箱拿出来的排骨在手里晃了晃，往小狗面前一抛，小家伙嘴巴一松，一口接过排骨，边吃嘴里还呜呜地叫着。

话说那只鞋从牛牛嘴里出来之后，没有直接呈自由落体，而是一半在阳台里边，一半在阳台外面，晃悠了两下，才从阳台掉下去。

众人已被折磨得精疲力竭，正要走出阳台，“谁家的破鞋啊?把我的头都砸破了。”一个很响亮的声音从楼下传上来。

四人一愣，从窗户往外一看，一个秃顶男人，正张牙舞爪地脸朝上怒骂。

然后，他从地上捡起一个头发状的东西，往脑袋上一扣，骂骂咧咧地离开了。

“啊，把人家的假发都撞飞了，这只鞋也太不道德了。”许哲宇感叹道。

唯莹瞪大眼睛，“你说谁不道德？”

“我，我知道，我最可耻。”许哲宇声音痞痞的。

“好吧，今天的房间我负责打扫，中午我请大家吃饭，牛牛我回去会教训它的，你们，会原谅我吧？”招架不住众人的怒视，许哲宇说。

“那雨佳的鞋子呢？”妍晴问。

“中午吃完饭我就出去买。”许哲宇爽快地说。

“不，不用了。”雨佳小脸微红，摆摆手。

“不行，下午我们一起去，如果你能买到一双雨佳喜欢的，我就佩服你。”唯莹扬了扬头。

说到买东西，这三个女生差别很大。唯莹只要看到喜欢的，眼睛就开始冒亮光，然后在身上比画比画就买下来，有时候甚至懒得去试。妍晴一般货比三家，选一个最满意的。雨佳最犹豫不决，经常在几件东西上面举棋不定，有时候逛了一圈什么也没买回来，挑剔得很。

“下周吧，下午我也要好好收拾一下东西。”雨佳说。

“下午我们就来一个全民大扫除吧。”妍晴建议。

“所有女生做监工，其他人做小工。”唯莹加一句。

“我最喜欢干活了，劳动最光荣了，谢谢你们让我从一个可耻的人变成一个光荣的人。”许哲宇嘿嘿笑着说。

自从那天撞到季之轩和蔡以纯的暧昧场面后，妍晴每天在公司都小心翼翼，她不希望本来就已经一片灰暗的职场生涯变得更加不幸。可是，人算不如天算，周一早上刚进办公室她就收到一封新邮件：各位将从下周开始参与位于B市的X项目，请于上午10点在第二会议室集合，季之轩会在会上分派工作任务。另，请稍后将身份证和手机号码发给我，客户会给大家订机票。蔡以纯。

季之轩的项目？妍晴觉得非常不可思议。他怎么会找我，难道是给我最后一个机会，让我做他的项目看看我的工作能力，如果不行就直接辞掉我？想来想去也就只有这一个理由，妍晴怀着忐忑的心情，在9点55分到达会议室。

刚一进去，她就看到一个熟悉的面孔，“何川?”

“你也来了。”何川坐得端端正正，桌上放一个小笔记本，就像一个乖乖等老师上课的学生。他旁边是一个长得小小的女生，妍晴一眼认出来她就是那天邱雨泽请客，拿甜品单子过来询问她的女生，“你好，我叫陈菲扬。”我还李跛扈呢，妍晴心想，但还是给了她一个微笑，报了姓名。陈菲扬听见她的名字之后，嘴角一撇，一副不屑的样子。

妍晴明白陈菲扬为何有如此反应，她没办法制止。这段时间她对别人的白眼和议论都已经麻木了，任何人都不能再拿这件事情让她难过，只有一个人除外。

“邱雨泽，他来了!”陈菲扬眼睛一亮，立马起身去开门。

“谢谢，我自己来就可以了。”邱雨泽的目光迅速扫了一圈，然后找了一个位子坐下来。

“邱雨泽，我是第一次做项目，以后如果有什么不对的地方，还请你多多指点。”陈菲扬眼睛紧盯着邱雨泽，好像要使出浑身解数获得他的好感。

邱雨泽只微微一笑。

“何川。”何川的讲话一如既往的简短。

邱雨泽略微颔首。

妍晴咬着嘴唇，在想要不要和邱雨泽说话的时候，门开了，季之轩大步走进来。他今天穿了一件黑色衬衫，戴黄色领带，挺拔的身材，倨傲的眼神，有种不言而喻的威慑感，但看他的表情，却笑得很邪魅。

“不好意思，我迟到了。”

一听这个声音，妍晴就判断出此人是蔡以纯，她一路小跑进来，眼睛在季之轩身上瞄了两下，在邱雨泽旁边坐了下来。

“相信大家都已经认识了，不用自我介绍了吧？这次的项目要与三家公司合作，都在B市。我们的计划是先分两拨人，分别去两家公司做一周，然后一起回到第三家再做一周。关于具体人员安排，你们有什么意见吗？”

“我带何川，蔡以纯带两个女生去好了。”邱雨泽说。

“不。”季之轩摇了摇两下手，“抽签决定。”

这下大家都觉得有点奇怪，以往项目主管也有权选择人员的，这次怎么抽签决定？

“邱雨泽你去那家房地产公司，这三个助理你抽到谁的名字就带谁去好了。”

“纸条我已经准备好了，你选一个吧。”蔡以纯的纤纤玉指在邱雨泽面前晃了晃。

“你直接帮我抽一张不就好了？”邱雨泽懒洋洋地说，“反正谁都一样。”

“梁妍晴，呵呵，恭喜你啊邱雨泽。”蔡以纯轻笑。

邱雨泽一点也不惊讶，只是对着季之轩微笑，“我对这样的安排没有任何意见。”

季之轩没说什么，只是嘴角微微翘了一下。

妍晴没有惊讶，也没有激动，只是有着一种自己也无法言喻的复杂情绪。还有，她要确认一件事情。

散会的时候，妍晴一直坐着没动，等所有的人都走了，她把散落地上的纸条都捡起来看，不由得一惊，三张纸条上都是她的名字。

正想着，会议室的门开了，蔡以纯飘进来，“你比我想象中的聪明，中午一起吃饭吗？”

这是一个离公司较远的、安静的西餐厅。

“你现在是不是很怀念大学的美好时光？”蔡以纯轻啜了一口咖啡。

妍晴想起了大学时和雨佳、唯莹三人一起占座上课，一起上晚自习，一起组织社团活动的情景，忽然觉得，那些无忧无虑的纯真年代真的离她远去了。

“关于那件事情，我也略有耳闻。”蔡以纯微微一笑，夹起海鲜色拉中的一粒虾仁，“开始我和别人的看法不同，也许那真的只是意外。我以为你是一个很迷糊的女生，迷糊到连衣服扣子开了都没发觉，但是现在我发现，你很聪明。”

再聪明的人也有偶尔迷糊的时候啊！妍晴想。

“确实是我太不小心了，才会造成现在的局面。”妍晴叹了一口气。

“你知道自己为什么可以留到现在吗？你要知道，在这个公司里，‘众口铄金，积毁销骨’。”蔡以纯目光炯炯。

“因为宋经理坚持说你工作能力还可以，所以，他们就打算考验一下你。你知道，以你目前的状况，得到谁的认可最难吗？”

“邱雨泽。”妍晴轻叹一口气。

“所以我说，你比我想象中的要聪明。从现在开始，就只有邱雨泽找你做项目，只要得到了他的认可，你就可以留下来。你知道这件事的难度系数有多大吗？你完全不了解邱雨泽那个人，他最会考虑利弊得失，拥有无比精明的头脑，而且，非常难以相处。不过他确实是一个非常棒的男人。如果你真的是色诱他，说明你很有眼光。”蔡以纯呵呵笑了起来。

那一刻，妍晴觉得自己窘得要命。

“虽然他人缘一直很好，可是，还有很多人视他为眼中钉，而你，只是这个游戏中的一颗棋子。我之所以告诉你，是因为我觉得一个刚毕业的大学生不应该承受这些，你也可以选择现在就辞职。”蔡以纯若无其事地说。

“我不辞职。”妍晴一字一板地说。

这是她人生中的第一份工作，她不希望自己还没有来得及成长，就已经一败涂地。

下午，妍晴坐在办公桌前发呆，她有点不太习惯这突如其来的转变，这就是传说中的办公室政治吗？来得也太快了。

每个人都是那么难以琢磨，特别是季之轩，他是这件事的策划者吗？或者，一个刚入职的大学生，在他们眼里就只配做他们权力斗争的一颗棋子？想到这里，妍晴不禁握紧了拳头：我要战斗！

“唯莹，你为什么不喜欢许哲宇？”

“他太粘。”

“至少，他能容忍你的任性。”

“那是因为他脸皮厚。”

“这样，”妍晴随意搅动着杯中的果汁，“如果有一天，雨佳和许哲宇在一起了，你会不会觉得难过？”

“我会为他们的幸福开心得哈哈大笑。”

“心里会酸酸的吗？”妍晴看着唯莹的眼睛，希望可以捕捉到答案。

“虽然不喜欢，但是也没有办法讨厌他，如果雨佳和他在一起，我会祝福他们的。”唯莹回以平淡的语气、波澜不惊的眼神。

妍晴的心放了下来，她很在意唯莹的感受，如果撮合他们俩会伤害到唯莹，她会难过。

“妍晴，其实我最近老不开心。”唯莹嘟着嘴，叼着吸管在橙汁里一上一下地玩，但是却不喝。

"我的上司是一个变态的老女人，大家私下里都在说她的坏话，可是那些人在遇见她的时候却表现得很乖巧，又很会说话。明明他们都是那么讨厌她，这些人太虚伪了。"

妍晴想，我已经不做愤青好多天，衣服不小心"愤"了一次，结果被别人利用做了炮灰。

"慢慢习惯就好了，谁让我们只是公司的一个小螺丝钉呢。"

"那天她就当着众人的面，说我和客户说话不讲究分寸，还说什么大小姐脾气收敛点，这里没人惯着你！我好没面子。但让我意想不到的是，许哲宇站出来帮我说话，还把大家全逗笑了。公司所有人都知道他喜欢我，也都知道我不喜欢他，可他还是会帮我。"

"他就是那种从来不用去奉承别人，却让人觉得比被奉承了还开心的人。"妍晴想了想说。

"这可能就是我没法讨厌他的原因吧，甚至还很羡慕他。但是，爱不上。"

妍晴不知道该说些什么。

沉默。

这时，妍晴的手机响了一下，是雨佳，"鞋子买到了，现在小肥羊江宁路店，快过来一起吃火锅。"

今天本来是三个人一起出来陪雨佳买鞋，妍晴途中借口脚脖子扭了，要和唯莹找个地方休息一下，其实，是想多给那两位一点独处的时间。这一点，唯莹当时并没发觉，但现在，好像发现了端倪。

"我们去吗？你……"

"你看那两人！"唯莹忽然打断她。

妍晴顺着唯莹手指的方向，看到一对男女，穿了黑色情侣装，男的T恤上写着“风度”，女的T恤上面写着“翩翩”。这男的正是江旭宁，女的是他的新女朋友。“我看是风度便便。”唯莹没好气地说。

江旭宁两人一转身，进了对面一家餐厅。

“啊，疯肚扁扁了。”妍晴张大嘴巴说，“待会他们吃多了疯肚就便便（pián pián）了，然后呢，自然会去卫生间，于是疯肚要便便，之后……”

“疯肚继续扁扁。”唯莹补上一句。

“精辟！来，干杯。”妍晴拿着果汁和唯莹碰了一下杯。

旁边的人用奇异的眼光看着她们俩。

两人再也忍不住，爆笑出来。

服务生走过来，“小姐，请问还要加些什么吗？”

“去雨佳那边吗？”妍晴问。

唯莹摇摇头，两人结了账，开始漫无目的地在街上走。吴江路改建之后，火锅店生意依然火暴，港式茶餐厅开得不咸不淡，铁板烧烤生意稍冷淡——炎炎夏日也难免，小杨生煎还是那么多人排队，而且多了星巴克、热风这些店，看来这条最具民间特色的小吃街也开始逐渐西化。

一转弯，到了南京西路，充满浓郁小资情调的一条马路，一到周末，就更加拥挤。一路上遇到诸多帅哥美女，唯莹不时评论两句，“那个男人不错，很有型。”

妍晴嘴里应和着，心里却想着下周要出差的事情，不由得开始烦躁起来。

“啊！舞工坊Salsa培训班！”唯莹的一声惊叹让妍晴立刻从思绪中回到现实。

唯莹的眼睛亮起来，“这家舞蹈班我同事推荐过，据说老师教得很好，我们一起去学吧。”

“你有舞伴吗？”

“我和你啊。”

“两个女生在一起跳，会不会让人觉得有点那个……”

“谁敢，我瞪他个魂飞魄散！”

进门，登记。

“400块，8课时，一周两次，具体时间另外通知。”服务小姐简短的一句话就把所有问题一一包括，然后微笑地看着她们。

“不如把雨佳和许哲宇一起叫来吧，大家一起跳更热闹一些。”唯莹建议。

“雨佳，三十分钟后和许哲宇到南京西路××弄这里，有惊喜噢，不来我回去亲死你。”唯莹说完就挂了电话。

两人在周围随便转悠，看看舞蹈教室，挺宽敞的，设施也很齐全，然后转出来，却正好碰到迎面而来的“风度”和“翩翩”。

奇怪的是，这次江旭宁的新女朋友没来找茬，只是瞪了她们一眼，就挽着江旭宁的胳膊进去了。

“这女人上次占到便宜了，这次就没发作。”唯莹说。想到刚才在甜品店看到他俩那一幕，两人不禁又相视一笑。

“我们来了。”许哲宇气喘吁吁地跑过来，后面跟着小脸通红的雨佳。

“我们一起学 Salsa 吧，人多热闹。”唯莹开心地说。

“400 块，8 课时，一周两次，具体时间另外通知。”服务小姐又一次机械地重复以上话语，妍晴在想：难道她是最新开发的智能机器人？

“我们有四个人，可不可以打折？”雨佳试探着问。

“九点五折。”服务小姐再次微笑。

“六个人呢？”江旭宁的新女朋友不知什么时候凑了过来。

“九折。”服务小姐第三次微笑。

江旭宁的新欢急忙打了一通电话，“一会儿我们会有 8 个人过来，请问可以打多少折？”她的眼睛因为即将到来的优惠而闪闪发亮。

“十折。小姐，我们这里从来都不缺学员，如果你想占便宜，不如每天搬个小板凳到我们舞蹈教室来，不用花钱的。”服务小姐一改招牌式的微笑，带着不屑的语气说。

连“机器人”都发飙了。妍晴心想。

看来脸皮这东西也是没有最厚，只有更厚。唯莹心想。

江旭宁的新女朋友家不是很有钱吗，怎么占起便宜来这么夸张？雨佳心想。

这女生不是来学跳舞的，是来批发人头的，最后还想来个大甩卖。许哲宇心想。

“走吧。”江旭宁一把拉起自己的女朋友，朝门外走出去。

服务小姐舒了一口气，“四个人，可以九折。”然后又一次现出招牌式的微笑。

B市。

妍晴把行李箱里的东西拿出来，整理好，分门别类放在柜子里，然后洗了个澡。

由于B市两家客户公司离得比较远，她和邱雨泽住到另外一家酒店，和其他人暂时分开。

她和邱雨泽将在一家酒店入住，一个餐桌吃饭，一间办公室办公，还要独处一个星期，不管是谁，都会觉得他们有些暧昧。

特别是，之前还有那个让人百口莫辩的绯闻事件。

妍晴躺在床上，望着天花板出神。

一条短信发过来，“一起去吃饭吧。”

套上一件粉蓝色连衣裙，白色平底鞋，妍晴走出房门，在电梯口遇见邱雨泽。

他看起来有点疲倦，“我们就去楼下吃自助餐，你有意见吗？”

“我没意见。”妍晴说。

两人找一个靠窗的位子，然后各自拿着盘子去取食物，邱雨泽在前，妍晴在后。妍晴发现他喜欢的东西恰恰也是自己喜欢的，结果，他刚去夹完的东西，妍晴也去夹，在外人看来，好像她在故意和他选一样的东西。她决定不让这样的情况继续下去，于是，把所有食物都原封不动放回去，只要了数块刚烤好的牛仔骨和几片三文鱼、草莓派。

沉默。

十分钟过去，“有一件事我想和你说一下。”妍晴打破沉默。

“我知道。”

“即使这样，我还是要说，那件事情只是一个意外，不管你是否相信我。”

“我的字典里没有偶然，也没有意外。”邱雨泽轻笑了一下，优雅地擦了一下嘴唇。

“半个小时后来我房间，我和你说一下明天工作的事情。”邱雨泽只撂下一句话，便先离开了。

妍晴抬表，已经晚上 7 点了，半个小时后要去他的房间。

她心里很乱，有一种无法言喻的紧张和不安，还有一丝虽然极力抵抗但仍无法消除的期待而又无奈的感觉。她喝掉剩下的西柚汁，没有直接回房间，而是走到外面去透透气。

十月的 B 市已经有点凉意，温柔的夜风轻抚她白皙的面颊，人变得清醒许多。也许真的只是交代工作，是自己想多了吧，无论如何都要表现得镇定自若，不能让他看扁。她心想。

抬表一看，已经 7 点 25 分了。妍晴怀着惴惴的心情走出电梯，来到邱雨泽的房间 1008 室，抬起手，按了一下门铃。

门开了，邱雨泽面带微笑，搬了一张椅子到桌旁，又从公文包取出一沓资料，“这些是客户去年的报告，还有一些相关法律条文和数据信息。明天我会和他们的几个经理开会，你需要做一些在线的市场调研工作，可能还要去公司的数据库查询一些必要的信息。”

邱雨泽和她离得很近，她甚至可以感觉到他的呼吸，他身上有种好闻的、淡淡的味道。妍晴左手轻轻放在胸前，慢慢抚平那因为紧张而变得散乱的呼吸。

妍晴低着头，翻阅着资料，有点手足无措，一缕头发落下来，刚好落到邱雨泽的手上。他拾起她的头发，放到鼻尖上闻了一下，然后轻轻地挂在她耳后。

妍晴的脸红了，“我，我先走了，这些资料我拿回去看好了。”

她起身，往门口走去，却被邱雨泽一把拉住，一抬头，刚好对上他黑白分明的眸子。

“还没结束，我的工作任务还没有交代完，你那么着急想要离开吗？”他的眼睛含着深深的笑意。

妍晴咬着嘴唇又一次坐下。

“不开心吗？”邱雨泽用一只手扳过妍晴的脸，让她面对他，“你难道不珍惜和我独处的机会吗？”

妍晴甩掉他的手，朝门口跑去，却又被他在门口拉住了。邱雨泽双手撑在她肩膀的位置，俯下头，“你不是想诱惑我吗？如果你能让我心动，我就让你留在公司。”

妍晴的心不由自主地轻轻颤抖，脸颊变得酡红，亮晶晶的眼睛像蒙上了一层轻纱，有种梦幻而迷离的神采，让人不觉怦然心动。

他的脸慢慢靠过去，就在他的唇离她的唇只有几厘米距离时，妍晴注意到了他眼神中那种深深的嘲讽，还有一种她无法解读的复杂而又深沉的情绪。

砰！邱雨泽弹了出去。

用尽了全身力气推开他的妍晴，身子一软，坐在地上，“你太龌龊了！”

妍晴勉强站起来，推开门，跌跌撞撞地离开他的房间。

面无表情的邱雨泽，静静坐在那里。

第四章　不按牌理出牌

当清晨的第一缕阳光透过窗帘照射到妍晴的脸上时，她停止了思考。

昨晚的彻夜未眠让她觉得有些头晕目眩，那种感觉很难受，但更难受的还是心里。

邱雨泽不相信她！

尽管“偶然”是一个很单纯的词，但如果被别有用心的人利用，就会变得复杂晦涩而又难懂。

或许，他们的关系本不必变得这么别扭而敏感，昨夜的事，使他们之间若有似无的暧昧色彩变得更加奇妙而绚丽，如果不是她关键时刻的冷静，或许梁妍晴早已被宣布出局。

昨夜，至少说明，她成功地通过了来自于邱雨泽的试探。

可是，她还没整理好心情，不知道如何去面对这样一个曾让她的理智接近于崩溃的男人。

即使她的工作表现令他满意，也不代表她就能留下。其他人可能会展开更加丰富的联想，特别是那些早就视他为绊脚石的人。或许，她无意的一次疏忽，对他来说就是一个灾难。

至少，不能对他再抱有任何幻想。她下定决心。

她从容不迫地换上衬衫和套装，拢了拢头发，镜中略显憔悴的面庞仍掩盖不住自信的眼神。推开房门，刚好撞见从对面推门而出的邱雨泽，笔挺的淡蓝色衬衫，黑色西裤，有种扑面而来的清新而洒脱的气质。

“这几天我有朋友过来，我待会儿会退房，噢，对了，这几天不和你一起吃饭了。”

妍晴点了一下头。

两人一前一后在楼下餐厅用了早餐，然后坐上客户早已等候多时的车子，驶向客户的公司。

整整一周，妍晴除了上班时间，都没有看到邱雨泽的身影，一个人吃饭，一个人住酒店，虽然有点寂寞，但觉得格外安心。

每天都能收到雨佳和唯莹的短信，这对她来说就是最大的安慰。

这天，意外的，她收到了陶瑾瑜的短信，“最近好吗？”

妍晴想想，自从那次一起吃饭后，他们已经有半个月没联系了。

“我在B市出差呢。”

“这么巧，我在T市出差，很近的。”

“哈，我要在B市待两周呢。”

“那好，周末我去B市看你。”

妍晴忽然觉得最近压在心中的阴霾一扫而光，心里有种淡淡的期盼的感觉。

可能是人在脆弱的时候就更渴望关怀吧，她为自己的期盼解释着。

“梁妍晴，今天晚上可能要加班，这周要把这家公司做好。”邱雨泽走过来说。

“没问题。”本周第一次，妍晴给了邱雨泽一个笑脸。

她，就是这样的情绪化。

周五，B市某房地产公司的会议室内。

妍晴和邱雨泽面对面坐着，各自忙着手中的工作。

妍晴不停看着手表，已经下午6点30分，陶瑾瑜说过晚上7点之前会到的。

冷静，先把工作做好，妍晴定了定心神，决定不再看表，埋头苦干。

这时，邱雨泽的手机忽然响了，他没起身，拿起电话，脸上忽然涌现温柔的笑容，声音清晰而迷人，“不用了，在那乖乖等着我。”

“我五分钟后就走了，这些东西你可以拿回酒店去做。做好了发e-mail给我，我周末会看。”

妍晴不禁心花怒放，急急忙忙开始收拾东西。

“有约会?”邱雨泽有点诧异。

“你不也是吗?”妍晴没抬头，继续整理她的东西。

两人整理好东西，一起走出大厦。外面不知什么时候下起了小雨，淅淅沥沥的，空气中有种清新的泥土气息。

妍晴双手盖着头，眼睛四处张望，希望可以找到陶瑾瑜的身影。

一阵久违的清新诱惑的味道传来，头上不知道什么时候多了一把黑底紫花的雨伞。

“我就在你眼前都没看到，就这样对我视而不见吗?”

陶瑾瑜一身黑色的风衣，就站在她面前，细雨蒙蒙中，他的眼神柔亮而清幽，像倾洒在大地的银色月光。

半个月不见，他又比以前美了。妍晴心想。

“陶瑾瑜，这么巧。”一旁的邱雨泽忽然发话。

陶瑾瑜的笑容凝固在脸上，眼中忽然闪现一种惊讶而复杂的表情。

“你们?”

妍晴刚要说话，被邱雨泽打断，“我先走了，周末愉快。”

“你们认识?”

“这是秘密。”

“你不说我也不想知道。我们去哪里?”

“一家希腊餐厅，我已经在网上订好位子了。”陶瑾瑜优雅地笑了一下。

天蓝色的淡雅门窗，欧式古典的沙发，暖融融的壁炉，白色小桌几，屋顶是透明的，四周墙壁上挂着古希腊神话题材的装饰画，这是一家颇具浪漫情调的希腊餐厅。

服务员拿菜单过来。

“黄瓜酸奶酱配面包、鲜虾蜜瓜色拉、Mousaka、两份奶油蘑菇汤、两份核桃派。”

妍晴心里在郁闷着，表面看起来却若无其事，无聊地翻弄着另一份菜单。

“你不喜欢奶油蘑菇汤？”陶瑾瑜的眼睛略带笑意。

被猜到了想法，妍晴心中顿觉惊讶。

“啊，我对 Mousaka 比较感兴趣。”她不喜欢被别人猜到心思，马上转移话题。

“半个月了，你一条短信也没有发给我。”陶瑾瑜的话中似乎含着一丝嗔怪。

“我说过了，如果有时间，你可以来找我。”

妍晴拿起一片餐前面包，沾了些许酸奶和橄榄油配制的黄瓜酱，送入口中，一种清香而微酸的口感传来，她不禁皱了皱眉头。

“你是唯一一个可以把我晾在一边半个月不闻不问的人，你就那么讨厌我吗？”陶瑾瑜说这话的时候语气很无辜。

妍晴不禁有点心软，“我最近工作比较忙。”

这是真的。不过也确实，自从前两次见面的惊艳之后，妍晴脑子里再也没想起他。对于这种惊为天人的男人，妍晴就像看风景一样看看就过去了。她最喜欢的是聪明有头脑的男人，比如邱雨泽那样的。但现在，她什么都不想，也不敢去想。

“邱雨泽是个很复杂的男人哦。”陶瑾瑜看了妍晴一眼，表情忽然变得高深莫测。

又一次，妍晴觉得，她被看穿了。

她有点懊恼。

她觉得，似乎要对陶瑾瑜这个看似花瓶的男人有一个新的认识。

“啊，你嘴边有黄瓜酱的酱汁。”

妍晴拿起餐巾纸，在嘴巴上擦了一下。

“不是这里。”陶瑾瑜抓起妍晴拿着餐巾纸的手，在她嘴巴另一侧轻轻擦拭，动作细腻而温柔。

他纤长的指滑过脸庞的温柔触感让妍晴有点不自在。

“这是什么?”陶瑾瑜的手没松开，而是轻轻把妍晴的手拉到身边，仔细端详她中指那枚闪亮的戒指。

那是初恋男友江旭宁送的，原本已忘得差不多了，陶瑾瑜的无心之举却勾起了她尘封已久的记忆，心情变得微微压抑。

“好朋友送的。”妍晴的语气尽量轻描淡写。

“看起来很特别，我喜欢。”

说着，他灵巧的手指以迅雷不及掩耳的速度从妍晴的手指上将那枚戒指取下。

“你!”妍晴的血液一下子涌到头部，“还给我!”

“不要这么激动。”陶瑾瑜在灯下细细端详那枚戒指，回过头来，对她妩媚一笑，“看来你很在意。”

原本的怒意就这样消逝在他妩媚的笑容之下，妍晴心中漾起一种无法言喻的悲哀感，以往临危不乱的敏锐才思和伶牙俐齿似乎已经随着邱雨泽的伤害在渐渐消失，这一刻，她似乎体会到了飞不起来的鹅的悲哀。

“我对你在意的东西很感兴趣。”陶瑾瑜盯着着妍晴的目光蕴涵浓浓的兴致。

“是吗?”妍晴调整了一下坐姿，“你想怎样?”

“你要帮我一个忙，来我住的地方吧。”

“什么忙?”

“这个，你到了我住的地方自然就会知道。”

“我不去呢?”

陶瑾瑜起身走到妍晴的身边，“你会来的。来找我吧，我在家里等你。”他在她耳边轻轻地呢喃，一种化解不开的诱惑自空气中弥散开来。

波诺菲斯国际公寓。

在周围规模庞大的购物中心和高档写字楼的环抱下，这幢古典欧式建筑风格的公寓显得格外玲珑而雅致。

红色弧形屋顶，纯白色的墙面，圆拱形的巨大落地窗，阳台颇具温馨情调，仿佛一个温柔的可人儿，掩映在巨大的梧桐树下。庭院中间是一片花海，周围环绕着郁郁葱葱的绿化带，修剪得很别致。

据唯莹说，这幢公寓是一位西班牙著名设计师的神来之笔，刚建成不久就掀起了抢购的风潮。

有钱人的无聊游戏，妍晴心想。

陶瑾瑜穿着丝质的黑色睡袍，胸前微敞，笑容可掬地开门。

“我等你很久了。”

白色雕花的一段长廊。

屋子弥漫着淡淡的茉莉香，浴室水流哗哗作响。

“有什么可以帮你?”妍晴平静的语气透着一种淡定。

“等一下里面的人出来，你就知道了。”陶瑾瑜慵懒地躺在宽大的布艺沙发上，一只手撑着头，静静地看着妍晴。

“你可以让她离开这里吗？她可是一个很难缠的女人。”陶瑾瑜漫不经心的语气，却透着一股冷漠。

“这和我有什么关系，我只是来拿我的东西，对于其他的事情不感兴趣，特别是对你糜烂的私生活。”

妍晴一口气说完，并特别强调了“糜烂”两个字。

“不要激动，这和你很不相符。”

陶瑾瑜姿态从容地从透明的玻璃酒柜拿出一瓶瓶身印着德文字母的果啤，随手拿起一只酒杯熟练地斟满，“草莓口味，或许你会喜欢。”

妍晴接过来一饮而尽，口感很清爽，有种浓郁的草莓味道和淡淡的啤酒的醇香。

“我不想让她扰乱我的情绪，我甚至懒得和她说不，对于厌烦的人，我从来不会浪费任何感情，包括厌恶。”陶瑾瑜用一种近似无聊的口吻，仿佛在说一只不知名的阿猫、阿狗。

妍晴不禁为里面的女人感到悲哀。

“这就是你那个讨厌 VS 厌倦理论的实际运用吗？你想用理论和实践来证明自己有多无耻吗?”

“即使是平淡无味的矿泉水，如果加了威士忌在里面，也会变成色彩绚丽的鸡尾酒，我只是想知道，你是不是我的那杯威士忌。”

“那威士忌上面一定要加半片绿色的青柠檬哦，而且，我会让你成为即使有了威士忌和矿泉水也调不出鸡尾酒来的最蹩脚的调酒师。”妍晴挑了挑眉毛。

这时，水流声停了，从浴室伸出一条修长而丰腴的腿，紧接着，一个女人，头上裹着白色的浴巾，姿态婀娜地从浴室出来。轮廓清晰的五官，淡雅的蓝色瞳孔，性感的嘴唇，标准的混血美女，裹在胸前的白色的浴衣，掩盖不住胸前的丰满。

“陶瑾瑜，她是?”女人看见妍晴，不由得一惊，声音也提高了八度。

“她叫梁妍晴，是我女朋友。”

“不可能，她不是你喜欢的类型。”女人带着审视、挑衅的眼神斜睨着妍晴。

“可是我偏偏很喜欢她。”陶瑾瑜说得慢条斯理，还朝妍晴眨眨眼。

女人立即用充满敌意的口吻说：“就算你是他的女朋友，可今晚他会和我在一起。”

“梁小姐，我们要睡了，如果不介意的话，你可以一直在那站着。”女人扭摆着翘臀走到陶瑾瑜身边，坐在他的腿上，得意地看着妍晴。

妍晴的脸由红变紫，由紫变青，最后又变成白色。

然后，她竟然笑了。她随手拿起陶瑾瑜放在桌上的手机，在他面前晃了晃，然后放进包包里。

“陶金鱼，记得，打电话给我。”

一闪身，她溜出门外。

“你，把手机放下！”女人追到门口，脸上是大惊失色的表情。

“你是想就穿成这样追我下楼吗？”

女人低头一看，自己已经酥胸半露，头上的浴巾也不知什么时候掉了，棕色的发丝散乱在肩上。

妍晴对她轻蔑地笑了一下，“我对你的男人没兴趣。”

走出公寓外，她大口呼吸着新鲜的空气，情绪变好很多。虽然没拿回来戒指，但起码，有了可以作为交换的资本。她心想。

她下意识地回头望去，3 楼巨大的落地窗前斜倚着一个男人，如丝般的长发和黑色的绸质睡衣随风轻轻舞动，宛如一座完美的雕像。妍晴的目光不由自主地被他吸引，但只有两秒，她立刻收回目光，步子，也似乎变得沉重起来。

她不知道，那个身影一直目送她远离，直到消失。

“邱雨泽，听说这周你女朋友过来了？”蔡以纯说得若无其事，手在键盘上飞快地敲击。

“她刚好在 T 市出差，离这里近，就开车过来。”

“每天开车在两市之间跑，挺辛苦的嘛。”

邱雨泽只是微微一笑，不再说话。

妍晴终于明白了，这一周他一直和女朋友在一起，就是那个银行运营总监的女儿吗？妍晴心想，这样一来，他和她之间的暧昧就降到最低了。看来没有什么可以担心的了，妍晴终于把心放下，心里却不由得奇怪，他女朋友也在T市出差，和陶瑾瑜一样，貌似他又认识陶瑾瑜，看来这关系还真有点奇怪。

“梁妍晴，我已经看过你发来的报告，修改后发到你邮箱了。”邱雨泽迅速扫了妍晴一眼。

这段时间以来，邱雨泽和她很少有正面的谈话，即使说话，两人也从来不会对视。

妍晴打开邱雨泽改过的报告一看，有很多红色的标记，改了不少，甚至精确到每个标点符号。

“以后报告的格式要注意，公司都有标准模板，你参照一下就知道了。”邱雨泽提醒她。

妍晴心里松了口气，看来内容是过关了，问题出现在细节方面。如果是雨佳，肯定不会犯这样的错误。妍晴继而又开始对自己无比痛恨，上次的绯闻事件就是因为粗心导致的，这次还那么粗心，简直是无可救药。

“邱雨泽、蔡以纯，请喝水。”

陈菲扬给邱雨泽和蔡以纯一人倒了一杯水，然后回到自己座位上。

“这周的工作主要是做市场调查，这是英国公司转给我们的项目，他们负责客户海外市场的调研工作，我们在国内展开。具体方案是在客户超市的角落设置专门的图像识别软件，观察和了解消费者的购买状态和购物心理，这在国内尚属首次。其中一系列的沟通、协调问题，就是你们三个这周的主要工作。”邱雨泽清晰而又简短地介绍了工作内容。

“我们会在超市分为 A、B、C 三个区域，你们三个要协助我们的分析团队参与观察消费者的购买行为。”蔡以纯语速飞快地补充。

“当然，对于这个调查，消费者有知情权，所以，对于有异议的顾客，你们要协助客户进行沟通协调工作。”

蔡以纯扫视了一下他们三个的表情，“我和邱雨泽会先和客户的管理层开会，你们先去现场。好了，现在就出发。”

这是位于闹市区的一家大型连锁超市，一共有三层，虽然是工作日的上午，但是川流不息的人群显示，他们生意不错。

妍晴他们先到服务台，和超市员工一起，开始对有异议的顾客做思想工作。

“我去趟卫生间。”陈菲扬一闪身离开了，这一去时间很长。

陆陆续续有人过来质疑，“小姐，购物是我们的私人行为，我们可不希望被监视。”一个胖胖的中年女人说。

“啊，我们主要是想了解你们的购物特点，然后更好地为你们服务。”妍晴笑答。

“那是你们的事，我被人家看着买东西就是不舒服。算了，我今天不买了。”女人说完就要离开。“今天的优惠活动是以往的好几倍。”何川的一句话，让女人的脚步立即停住。

“其实你可以把今天的活动看成是演电视剧，你们是演员，我们是观众，如果你不想演主角，那也可以只做群众演员，我们不会选你作为观察对象的。”何川露出了憨憨的笑容，两只眼睛眯成一条缝。

中年女人笑呵呵地看着何川，“这小伙子挺会说话的。”

妍晴第一次发现，看起来很沉默的何川，其实能说会道。

在妍晴说得声音嘶哑、口干舌燥之后，质疑的人群终于陆续散去，一旁的何川给她递过来一杯水。

“谢谢。”说着感谢的话，妍晴心里也不得不对何川佩服起来，无论是多么难缠的顾客，他都有办法让对方开开心心地接受，言语听起来又很真诚很替对方着想，加上他人看起来很滑稽，顾客都被哄得乐呵呵地去买东西了。

正当两人打算各自去分派区域的观察室时，号称去卫生间的陈菲扬终于出现了。

“你们辛苦了。”语气像高高在上的长官。

“你也辛苦了，在卫生间过得还好吧。”何川笑呵呵地说，那语气，就像多年不见的老朋友。

妍晴不禁哑然失笑。

巨大的液晶屏中，人头攒动。

妍晴第一次在屏幕上盯着别人买东西，如果是平时没事盯着看，非被说神经病不可，但现在是工作，一切就变得那么理所当然。

每个人的眼神、动作、表情，都显露无遗，犹如一幅超市众生态的图画，深深地印在她的脑子里。

这分散的购物人群，不正像下雨天搬运食物的蚂蚁吗？蚂蚁搬运食物，看似跑得杂乱无章，但是人家蚂蚁肯定知道自己家在哪，只不过不走直线而已。人类使用货币购物，有固定的购物场所、购物流程，其实和蚂蚁搬运东西回家本质相同，都是为了储存必需品，为了生活。

妍晴发现，这其实是很有技术含量的工作，信息量太大，每个人的购物习惯、选择方式都不一样，要从中找出共性，看来是一定要专业人士才可以。

不过，作为一个小助理，这不是她该操心的问题，旁边的同事正在用专业的分析软件进行紧张而有序的工作。除了做一些简单的协助工作自己还能干点什么呢？妍晴喜欢思考，渐渐地，她发现，超市的某几个角落一直无人问津。

妍晴不禁好奇，看向那几个角落，细细观察了一番。那里主要是个人护理用品，产品少，东西摆放也不整齐，是那么的不起眼。

如果是观察消费者的购买状态，那这个地方一定是一个死角，因为几乎没看到有人来买东西。别人都在观察消费者是怎么买东西的，估计不会有人写消费者为什么不来这里买东西吧。

哈，那我就写一个超市死角的促销大法。

想到这里，她忽然来了兴趣，与其让时间这么无聊的打发了，不如随便写点东西，也许会有用也说不定。

她不知道，她在角落里看那些商品时，有人正从大屏幕看角落里的她，那个人正是邱雨泽。他盯着她看的眼神，若有所思。

“梁妍晴，我记得在分派任务的时候说过，你们三个助理主要做沟通和协调工作，你怎么会写一份调查报告出来？在项目的预算上也没有给你安排这个时间。”邱雨泽的语气冰冷。

“我只是觉得，这是我参与观察中发现的问题。”妍晴说得很平静。

“你的这篇报告不在我们业务承接的范围内，你回去好好看一下和客户的业务约定书，我们只针对客户的购买状态和购买行为进行分析，超市死角的营销策略，不在我们签订的合同范围内。”邱雨泽的语气冰冷中透着一丝讥讽。

妍晴心中有些郁闷，拿出客户的文档，重新找出业务约定书来看。

“不过，”邱雨泽话锋一转，“你写的这个与其说是报告，不如说是一个建议，如果季之轩觉得你的这个点子有价值，他会和客户谈，作为服务的附加部分，另外收取费用，但这要看滞销产品占客户销售量的比重，以及客户管理层是否打算对此作出重大改善。总体来说，你的这篇报告专业性不强，但是视角比较特别，也许会为公司获得新的业务机会。”邱雨泽恢复了温和的语调。

“至于花在这上面的时间，如果这个项目谈成了你可以填写在这个代码上，暂时先算做PD（Practice Development）。”

PD是对于潜在的业务项目或者知识整合等事情花费的时间所可以填列的代码，项目真正谈成的时候可以转换到项目的代码下。

“梁妍晴，你那么喜欢不按牌理出牌吗?”蔡以纯忽然笑了。

“以后我会注意，多研究一下客户约定书。”妍晴轻声说。

不过妍晴心里还是有一点安慰：看来在这个团队中，自己还是发挥了一点作用的。她从来没有想过刻意的标新立异，也许是性格使然吧。

她不知道，角落里有一双眼睛，正恨恨地盯着她看。

终于可以歇一下了，累了一天的妍晴，身体就像散了架一样。

“我先去洗澡。”陈菲扬好像有点不高兴，不管妍晴是否同意，她先进了浴室。

妍晴打开笔记本，上 MSN。

“亲爱的，好久不见了。”唯莹发来一个笑脸和一串红彤彤的心。

“什么时候回来?”

“这个周末就回去了。”妍晴慵懒地打着字，有种久违的宽心感觉。

“最近有个大消息。”唯莹速度飞快地发来信息。

“听雨佳说你们房间被偷窥了，好像就是对面楼的，她不想打扰你工作还没告诉你，可是我实在忍不住了。”

偷窥？妍晴一下从椅子上跳下来。

“你回来之后，我们好好商量一个对策，把那个人揪出来。”唯莹说。

“偷窥事件吗？而且是对面楼的，看我回去怎么收拾那个变态。”妍晴回复。

“我洗完了，你可以洗了。”陈菲扬从浴室出来，扔下冷冷的一句话。

“我不着急，睡觉前再洗。”妍晴在一边飞快地打字。

“只有我洗过了，你才能洗。”陈菲扬的脸上有一种傲慢而愤恨的表情。

接着，她啪的一声打开了电视机，声音放得很大。

妍晴回过头来，“你知道吗，我小时候睡觉有个习惯，就是要开着电视才能睡，而且声音越大越好，不然就睡不着。原来你也有这个习惯啊，呵呵，那我也省得去开电视机了。”

啪，陈菲扬把电视机关掉。

妍晴终于享受了片刻的宁静，心中似乎也明白了几分，她的表现抢了陈菲扬的风头。

她心中对陈菲扬充满了不屑，工作上投机取巧还总想把别人都踩到脚下，职场还真是什么样的人都有。

忽觉一阵头晕目眩，上周连续好几个晚上没有休息好了，早些休息吧。想到这里，她结束了和唯莹的聊天。

周五。

“今天熬过去，大家就可以回家了。”邱雨泽轻松地宣布。

“但是今天的任务可能会比较艰巨。客户的国外总部自主研发了一种个人护理用品——新型防汗除臭剂，在正式推进中国市场前委托我们做一下市场分析。我们会从宏观和微观两方面着手，宏观方面的市场分析主要依据数据库和网络资源；微观方面就需要走访防汗除臭剂的使用人群，了解他们使用的品牌、特性、使用习惯等。你们三个一个人留下来查资料，两个人出去做市场调查。”

除臭剂？妍晴不觉犯难，拿这样的市场调查问卷让人家填，肯定遭白眼。就算有这种问题的人，也不会在大庭广众之下填表，那简直就是在向众人宣布我有狐臭一样。

“我留在客户这边查资料吧，我夏天很容易中暑的，担心在外面做问卷调查发病了，给大家添麻烦。”

陈菲扬看准时机，把最有难度的工作抛给了另外两个人。

“好，你就留下吧。”蔡以纯说。

妍晴已经懒得再对陈菲扬这种避重就轻、只会溜须拍马的人浪费自己的任何表情，即使是不屑。

“梁妍晴，你和何川两个在出去之前要商量好具体的调查方法，我们的问卷是开放式的，不是选择题，需要面对面的访问，时间就是今天下午。如果拿不到结果，就会影响项目的进度。”

蔡以纯说得慢条斯理，但却透着一股无形的压力。

陈菲扬用一种得意的、等着看好戏的表情看着妍晴。

“你用过吗?”何川转头问妍晴。

“没有。”

“你呢?”妍晴问。

“没有。”

两人互相看了一眼，然后忍俊不禁。妍晴很喜欢何川这种解压方式，两人互相幽了一默，继续想对策。

“不如我们去超市的除臭剂柜台，守株待兔等顾客来。”妍晴建议。

“如果一天都没有人来买怎么办?”何川抛出了一个问题。

“这个……”妍晴咂咂嘴。

“我们不如买一些小礼品，对参与调查的人员给一些小奖励，可能会比较吸引人。”何川建议，“我们就在人多的地方，比如大型商场或者地铁口摆一张桌子，摆一些小商品，每个参与调查的人都赠送小礼物。”

“不知道的人还以为我们是做小生意的，也不能保证顾客是不是只是想要赠品而胡编乱造啊。还有，防汗除臭剂的使用人群也不太喜欢大庭广众之下填这样的问卷啊。”妍晴提出看法。

“这个……”这回换何川咂嘴。

“你们需要考虑操作成本，还有顾客是否愿意配合等诸多因素。”邱雨泽提醒。

妍晴想，一定要找到有这种疾患的人聚集的、又能畅所欲言谈论病症的场所，那应该是——医院。

妍晴为这个突如其来的灵感开心不已。

“我们去找治疗狐臭的专科医院，对里面的患者做市场调查。那应该是一个开放的、大家可以无所顾忌地谈论病症的场所。一般去医院的人应该是用了很多产品都不见效的重症患者，他们可能对除臭剂也更熟悉。或者我们其中一人扮演患者，和其他患者闲聊，另外一人负责记录。”妍晴咬着圆珠笔，若有所思地说。

“呵呵。”蔡以纯忽然笑起来，“亏你想得到。”

一直没怎么说话的邱雨泽，嘴角也微微翘了一下。

从医院出来的妍晴，觉得什么都是香的。所有调查任务都已完成，她戏称何川为查臭专家，何川则向她兜售他臭臭得香的最新感触，两人就这样说笑着走进客户的会议室。推开门，忽然觉得气氛有点不对。

一个男人正向门口的方向走来，表情冷漠，但看着妍晴的眼神却是目光炯炯。这个男人正是季之轩。

季之轩略皱了一下眉，大步迈向门外。

妍晴一愣，失措间，刚刚做好的调查资料散落了一地。

第五章　办公室潜规则

一回到上海，妍晴就病了。

连续多天的辛劳，白天辛苦的数据整理和问卷调查工作，晚上赶报告，还要和陈菲扬斗智斗勇，疲惫的不只是身体，还有心。

“原来我抗压能力这么差，才出差三周，就累倒了。”

妍晴歪倒在床上，不停地咳嗽，脸上是自嘲的表情，手里则把玩着陶瑾瑜的手机，一款诺基亚 8800SA。

自从那次波诺菲斯公寓事件之后，陶瑾瑜一直没联系她。

她也把他的手机一直关着，对他的短信、电话都不感兴趣。

他这么放心把手机放在她这吗？她可是一点都不担心拿不回她的戒指。

“妍晴，我熬了一锅皮蛋瘦肉粥，我去盛给你喝。”雨佳的小手在妍晴头上摸了一下，就去盛粥。

“雨佳，我不在的这段时间，你和许哲宇进展怎样啊？”妍晴用开玩笑的口吻问。

“不像你想的那样。”

砰砰砰，重重的敲门声传来。

“这么嚣张的声音，肯定是唯莹来了。”

“啊，雨佳，不如我们把唯莹的敲门声录下来当起床铃声吧，这么虐的铃声肯定比先前的还奏效，更加没睡意。”

“我没意见啊。”雨佳也开始笑起来。

“妍晴，你终于回来了！”唯莹一阵风似的冲进屋内，“你家的门铃什么时候能修好啊？敲得我手都疼了。”她一进来就开始抱怨。

“你怎么来了？又不是周末，明天还要早起上班呢。”妍晴有点惊讶。

“我想死你了。”说着，在妍晴脸蛋印了一个红色的唇印。

“肉麻。”雨佳摇摇头，出去给唯莹也盛了一碗粥。

“这次来还有一个原因，就是关于那个偷窥事件，那个……”

“偷窥事件吗？”许哲宇忽然从房间探出一个大脑袋，“作为本室的居民，我应该也有一定发言权才对。”

雨佳顺便给许哲宇也盛了一碗粥，但明眼人都看得出来，许哲宇的那碗明显皮蛋瘦肉居多，唯莹和妍晴心照不宣地笑了一下。

“怎么发现的？”妍晴开始切入正题。

“那天晚上我去阳台晾衣服，无意中看见对面5楼的窗帘缝露出一个望远镜，正对着我们房间窗口这边，我急忙跑到房间，把窗帘拉上了。”

“每天下班回家就得拉窗帘，平时白天也担心被偷看，这日子太难过了。”雨佳叹着气。

“无论如何要把这个人揪出来，太可恨了。”唯莹粉拳紧握，一副誓不罢休的样子。

“我在网上搜了对付偷窥的办法，有说把网络美女的照片贴窗户上的，有说买个望远镜反偷窥的，还有说扮鬼吓他的，可是觉得都不能根本解决问题，最好的办法就是一回家就把窗帘拉上。”雨佳的表情很无奈。

“雨佳，不能这样逆来顺受！哼，我们买一把大弓箭，把牛牛的粪便搜集起来，装进垃圾袋，套在箭上，啪地射进他家窗户，附带飞箭传书：卸粪‘专家’。”唯莹气势汹汹地说。

“很美好的想法。”妍晴答。

“把他的偷窥样子拍下来，放大，做成传单，在小区门口每天分发，让小区所有人都联合起来把他揪出来。”雨佳说。

“这个有可操作性，但只拍下望远镜，单凭这个还是抓不到人啊。”这回唯莹的表情也很无奈。

“许哲宇，你怎么一句话也不说啊？你是不是本室的居民啊？”唯莹有点不满了。

“听你们讨论好有趣。其实我今天发现一个很重大的事情，小区门口贴了一个租房的广告，我观察了一下，正巧是偷窥的那家人家。”

许哲宇从椅子上跳下来，继续说：“我还有一个秘密武器，叫‘针孔遥控录音喇叭’。我有一个设想，就是把这个东西装到他家阳台上，在这之前录上音，比如‘偷窥啦！’等他拿望远镜偷窥的时候，我们就启动遥控器，他会在偷窥的时候突然听到自己家阳台有人喊‘偷窥啦’，却无法消除。想想邻居们的反应吧。”

“好主意！”妍晴忽然来了精神，“我们要录就录他的声音，让他偷窥时听见自己的声音。既然他贴出了租房广告，我们就扮房客去他家，引诱他说出‘偷窥’两字，录下来，然后把这个针孔录音喇叭装他家阳台上。”

哈哈哈哈哈，屋子里回荡着四个人的笑声。

周末，妍晴一行四人来到B幢501室。

按门铃后，开门的是一个40岁左右的中年男人，看起来很普通，特别一点的就是他鼻梁那副绿色框架的眼镜，这比较少见，因为看起来像青蛙。

“我们看到下面的租房广告，是来看房的。”

男人眼中闪过一丝惊异的神色，“你们谁住？”

“我们俩。”妍晴指着自己和雨佳。

男人好像有点放松警惕，领他们进了房间。

“你们家现在几个人住？”妍晴问。

“我一个人。”

“咦，房间怎么连个窗帘都没有，这样我们晚上很可能会被那个……”雨佳故意没继续说下去，引诱这个男人说“偷窥”两个字。

“不会的，我们这里很安全。”

一计不成，再施一计。

“我们要去阳台看看。”许哲宇说。

“那要经过我的房间。”男人领着他们进了他的房间，妍晴一眼看见放在桌上的望远镜，很好，还没来得及收。

“这位先生，你喜欢晚上拿望远镜偶尔观察一下星星月亮，运气好还能看到个宇宙黑洞，是吗?”妍晴装作随意地问道。

“小姑娘，你说对了，我确实是天文爱好者。”男人一把把望远镜拿过去，表情极不自然。

“你不会也拿它来偷窥女生吧?”唯莹直奔主题。

“我偷窥?”男人额头渗出了汗，“这位小姑娘，请你说话注意一点，不然我可以告你诽谤。”

“我偷窥?”三个抑扬顿挫、歇斯底里、带点唱腔却还五音不全的字，被等候机会已久的许哲宇录下来了。

“这个女生最喜欢胡言乱语，你别生气，我们都觉得你看起来很亲切，不可能会做出那样的事情。”许哲宇在一边打圆场。

唯莹在一边恨恨地瞪了许哲宇一眼，许哲宇一脸得意的表情。

最后一步，就是去阳台。

“小心地滑，我刚拖的地板。”

许哲宇回头向她们做了一个V字手势。

男人刚说完，许哲宇就一个趔趄，趴在地上，手上攥着的秘密武器也不知道掉到哪里去了。

“许哲宇，你没事吧?”众人急忙把许哲宇拉起来。

“我没事。”但是许哲宇心里却郁闷到极点。

回去的路上，“我把事情搞砸了。”许哲宇垂头丧气地边走边踢着石子。

“别不开心了，也许已经掉到阳台的某个角落，你都不知道。”雨佳安慰他。

“不过还好遥控器没丢，晚上试试吧。”许哲宇叹口气说。

夜幕降临，妍晴故意把房间的灯全开着，窗户开着，窗帘也拉开。

不久，对面5楼501黄色的窗帘最边上露出一条缝，一个筒式望远镜探头探脑地朝这边望过来。

许哲宇手上拿着遥控器，有点犹豫不决。

“把声音调到最大试试吧。”唯莹说。许哲宇依言按下了遥控器。

“我偷窥?”那个抑扬顿挫、歇斯底里、带点唱腔还五音不全的声音突然大声响起来，源头就是那个男人家的阳台。

成功了，四人激动地互拍手掌庆祝。

寂静的居民楼传来一阵骚动。

“喂，怎么回事？谁偷窥了?”十几个脑袋从窗户伸出来。

望远镜消失了，对面501室的灯也灭了。

过了一会，一个男人出现在对面阳台，四处找着什么东西，借着路灯的光线，雨佳发现他没有头发。

“原来他今天戴了假发，怎么总感觉好像在哪见过呢?”雨佳若有所思地说。

原本骚动的居民楼渐渐恢复了平静。

“我们也关灯。”妍晴说。

十五分钟过后，眼尖的许哲宇看到对面5楼的窗帘又开始蠢蠢欲动。

“这个东西还可以快放和慢放，先来个慢放。”许哲宇心情大好。

“我——偷——窥?”

寂静的居民楼忽然又传来虐人的声音，只是这次是慢条斯理的。

“我偷窥?”“我偷窥?”这次是欢快型的。

整个居民楼像炸了锅一样的，无数个脑袋伸出窗户来。

“哪个神经病，大晚上的叫什么，还‘我偷窥’，疯子!”

“纯粹是变态!”

“快点把他揪出来，明天就送到精神病院去，真是扰民!”

“声音就是从那边传过来的!”

“对，把那人揪出来!”

有人爆笑，有人指责，有人愤怒，安静的居民楼变成了喧闹的海洋。

四人笑到肚子痛。

“我总觉得那人有点眼熟，好像在哪里见过，但是就是想不起来。”雨佳拍拍脑袋。

“牛牛!”唯莹一语道破。

此人正是那天被牛牛扔下阳台的鞋子砸到的那个人。

第二天，据说这人因扰民被社区管理部门处罚。

过了一周左右的时间，据小区保安说，此人已搬走。

月夜，夜凉如水。

妍晴躺在床上，辗转反侧，略微隐忍、压抑的咳嗽，使她的胸前微微起伏。她坐起身，披了一件衣服，推开阳台的门。清冷的风吹来，她单薄的肩膀微微抖动，但她仍然偏爱这样的温度。她已经很久没有享受这样寂静的月夜。

思绪又回到大学，就在这样一个月朗星稀的夜晚，蛙声一片的湖边，江旭宁附在她的耳边，第一次说出了“我喜欢你”。她从来都不缺乏追求者，但在那样的夜晚，她格外动心。情不自禁的，两人的唇瓣碰到了一起，她的初吻就在温柔的夜被夺走了。

都是月亮惹的祸。她轻笑，而此时此刻，她有一个大胆的想法：给江旭宁打一个电话。

蓝色的手机外壳在月光下显得那么清灵而神秘，她忍不住开了机，就在她在打还是不打之间举棋不定时，意外的，她的手机响了，诙谐可爱的日本卡通片尾曲刹那间打破了她脑海中的浪漫回忆。那一瞬间，她已经从那样的情景中走了出来，心中暗自庆幸没有拨打那个电话。人往往会在特定的环境下变得脆弱而感性，尤其是夜晚，会做出不够明智的举动。这一刻，她对那串陌生的号码忽然有了一点感激之情，毫不犹豫地接听起来。

“梁妍晴，看来你是一个寂寞的女人，不然不会在这样的深夜接听一个陌生的电话。”那边传来了慵懒的声音，比以往低沉，却更富有磁性。

“我应该感谢你让我从一个不切实际的想法中回到现实。”妍晴顿了顿，清了清略带沙哑的嗓子。除了最要好的朋友，她不喜欢被别人看出她生病的迹象。安慰的话语，会让她不由自主地变得脆弱，她心里无法接受。

“我以为你是 个理性至上的女人，没想到，也有沉溺于幻想的时候。”

“请问，你这么晚找我有什么事吗？”妍晴终于把话题拉到了正轨上。

“我们安排一次别开生面的约会吧。”那边的语气忽然变得调皮而欢快。

“好，记得带上我要的东西。”

“周日上午10点，长宁茅台路×××号。”

妍晴不知道那是什么地方，心想大概就是咖啡馆之类，便欣然赴约。她只想拿回属于自己的东西，然而事情发展却远远超乎她的想象。

××敬老院。

在仔细核对三遍地址之后，妍晴确定，地点没错。

陶瑾瑜是个让她捉摸不透的男人，他每次的安排都出乎她的意料，从而也让她不停地对他有新的认识。

比如这次，约会地点安排在敬老院。

他是找我来做义工的吗？推开敬老院的大门，看到干净的玻璃窗，宽敞而明亮的活动室，三三两两的老人在林荫道上散步，还有几个人坐在草地上安详地晒着太阳。就在他们的中间，坐着一个看起来很年轻的男人，戴着一副黑色框架眼镜，字正腔圆地读着报纸，老人在一边乐呵呵地听着，还不时回头来和他聊两句。

那个年轻人，正是陶瑾瑜。他今天把长发整齐地束在耳后，身穿白色T恤，戴了一顶白色的鸭舌帽，与以往优雅而慵懒的气质相比，他今天显得格外的阳光和清爽。

妍晴没直接和他打招呼，而是捡起老人旁边的扇子，为他轻轻扇着，以驱赶10月上旬仍残留的酷暑。

“你来了。”陶瑾瑜朝她微笑地眨眨眼。

“小陶，以前都没见你带小姑娘过来，这个是你女朋友?”

陶瑾瑜笑而不答，妍晴不自然地往旁边挪了挪，以行动来和他保持距离。

“噢，10点半了，今天有人过生日，我们去活动室吧。”老人说道。

活动室的桌子摆成了一圈，中间是一个精致的奶油蛋糕，一共有三层，每层都插了五颜六色的蜡烛，细细查看，竟然有70根。

“今天齐伯伯70大寿，我们一起为他庆祝吧。在此之前，我为大家准备了一首钢琴曲——《云中漫步》。”陶瑾瑜微笑地说。

一阵清新优美的旋律飘进耳朵，悠远流畅的乐曲，让人的心感觉到淡泊而宁静，一些老人已经闭上眼睛，露出陶醉的表情。

陶瑾瑜灵巧的手指在琴键上轻盈地弹跳，神态优雅而从容，嘴角有心满意足的微笑。这一刻，妍晴有点不敢相信自己的眼睛，前几天还声称不会对厌倦的女人浪费任何感情，包括厌恶在内的冰冷而残忍的陶瑾瑜，今天却像一个爱心和温情的使者。淡淡的感动在妍晴心中萦绕。人都是复杂的，她认为，今天的一切至少说明，陶瑾瑜是一个有爱心的人。

一曲终了，很多人仍陶醉在动人的旋律中。片刻后，一片掌声响起。陶瑾瑜鞠了一躬，从台上走下来，径直走到妍晴的身边。

在妍晴还来不及明白他的用意的时候，他的一只手已经轻轻抬起了她的手指，为她戴上那枚她一直设法拿到，但却被他作为筹码来调戏她的戒指。这一刻，妍晴心中明白了别开生面的约会的真正含义。

众人一片欷歔。

“小陶，你和这小姑娘已经谈婚论嫁了？”

“挑今天的日子戴订婚戒指真是喜上加喜了。”

“小陶真浪漫啊，老头子你学学现在的年轻人，你那年给我买了一枝花，愣是要我帮你养几天，最后花都蔫了，你也没好意思说出那几个字来。”一个头发花白的老太太神情有些激动地说，旁边的老头脸红了。

屋里传来哄堂大笑。

妍晴此刻的心情，非常复杂。

让她欣慰的是，他终于肯物归原主了。

让她窘迫的是，竟然是在这样的一个场合，面对那些老人给予的真诚的祝福，她不忍说不是这样的。

让她气愤的是，陶瑾瑜竟然利用此刻的气氛来捉弄她，让她无法拒绝，而她，更无法接受和他之间莫须有的亲密关系。

天，明明就是我的东西，我终于拿回来了，却让我如此无奈。

她心里琢磨着如何反败为胜的方法。如果揭发他，那些老人一定会觉得很失望吧，她不想让这些笑逐颜开的老人换上失望的表情，那样，好像有点残忍。

妍晴捉住他的手腕，暗暗用了力道，“我有话想对你说，我们出去聊。”陶瑾瑜也不怕痛，眼里有一抹妍晴熟悉的，若有似无的笑。

“陶瑾瑜，你很无耻！”一出门，妍晴就一改她拐弯抹角骂人的习惯，劈头盖脸地来了一句。

“噢，这个词，比糜烂进步一点。”陶瑾瑜慢悠悠地说，“你不觉得这样的场合很浪漫吗？接受那些老人的祝福是很令人欣喜的事情。”

“但那明明是我的东西，你却故意让别人误解。”

“你的意思是说，让我单独买一个送给你吗？”陶瑾瑜一脸漫不经心的表情。

妍晴恶狠狠地盯着他看。陶瑾瑜迎着她的目光，眼神清澈得好像泉水，一副我本来就没错啊，你随便看的意思。

噗，妍晴终于忍不住笑了，“陶瑾瑜，捉弄我你很开心是不是？”

“梁妍晴，你不是很聪明吗？那就主动来找我啊，随时欢迎你来报复我。”陶瑾瑜一脸挑逗的表情。

“我要回去切蛋糕了，你来吗？”他对她钩钩手指。

啪，一个优美的弧线，陶瑾瑜的手机落到了他的手中。

“保存这么完好，我还以为它早就被你折磨得体无完肤了呢。”

走出敬老院的大门，妍晴心中有种十分复杂的感觉。陶瑾瑜，一个爱又不能爱，恨又恨不起来的男人，每次都令她瞠目结舌。

那天中午，敬老院过生日的齐伯伯收到了一大束康乃馨和百合，未署名，但是陶瑾瑜微微上翘的嘴角说明，他已经知道了送花者是谁。

“梁妍晴，帮我整理几份文件。”耳边传来邱雨泽沉稳而又明晰的嗓音。

啪，三本厚重的黑皮文件夹落到妍晴办公桌上。

“按照最前面一张标准表上列明的顺序整理，把和客户的往来邮件、合同协议和我们出的报告中间用隔页纸隔开，中午前给我。”

邱雨泽简单地提示了几句就走了，清新淡雅的香水味道也渐行渐远。

妍晴发现，他今天换了香水，是 Kenzo 的“风之恋”。这是以前江旭宁最喜欢用的一款香水，那年的情人节江旭宁送给她的礼物是“风之恋”的情侣系列“水之恋”。

妍晴的那瓶“水之恋”，还在抽屉的角落里躺着，上面或许已经有了层淡淡的灰尘。熟悉的味道让妍晴本来已经心如止水的心情，掀起了微微的涟漪。

然而只有一瞬间的失神，她随即恢复了理智。

心里滋生出淡淡的落寞，和之前的工作任务相比，今天的工作过于枯燥。她还是喜欢做 PPT 或者翻译，或者去数据库查资料，那样可以锻炼专业的分析能力。要不去做市场调查也好，那样可以锻炼沟通协调能力。这种文件整理工作实习生就可以做了，她心里有点微微的丧气。

一上 MSN，便收到对面的苏姗的问候，“梁妍晴，好久不见了。出差这段时间感觉怎样?”

“还好，你呢?”

“有点郁闷……”

妍晴随手搬过来一本文件，慢慢地翻阅，一边继续和她聊，“怎么?”

“这一周以来找我做项目的海迪太难伺候了，每次明明按照她的意思去做，但是总被挑毛病，都是些细碎的工作比如整理文件，修改 PPT，而且她脾气也很大，当着那么多人的面说我工作不认真，那么简单的事情都做不好。”

苏姗一口气打了很多字，妍晴没抬头，已经感觉到从对面发出的劈头盖脸的抱怨。

海迪，妍晴第一次听到这个名字是因为她有“Zara 女”的称号，无论春夏秋冬，浑身上下只穿 Zara，没见她换过牌子。公司里只要有一些特点的人都会被传来传去，品牌忠诚度高似乎也可以成为人们议论的话题。

“听说这个人是从英国公司借调过来的，工作能力应该很强吧，和她一起工作应该能学到很多东西。脾气嘛，适应了就好了，我们是刚进来的助理，不管上司怎样，都要忍。”妍晴劝慰她。

“我最难以忍受的是她说我工作不用大脑。本来都是最简单的工作，实习生都可以做，根本不需要动什么脑筋的啊。”

“她脾气很大吗？但至少她很直率地表达不满，给你改正的空间，总比那种表面上对你挺好的，其实背地里在经理面前说你坏话的人要好。”

妍晴想到了宋旋，虽然表面看起来很冷漠不好相处，但是人是公平公正的，如果没有她为自己说话，恐怕自己已经撑不到今天了。妍晴的安慰使苏姗的牢骚少了一些，打字的速度也慢了很多，但是她接下来的话却让妍晴心里不由得一惊。

“梁妍晴，我最近发现了我们组的一个潜规则，其实很多级别高一点的人都已经很清楚，只是我们新人还不太明白。我们组经理们的明争暗斗其实挺厉害的，基本上可以分为两派：以季之轩为首的经理是一种风格，听说他最喜欢乖巧、懂事的人，对细节非常在意；另外一派是以郑繁曦为首，听说他比较喜欢有想法、有个人见解的下属。到了级别高一点的时候一般就已经有比较清晰的区别，谁是哪边的人。不过，据说只有邱雨泽，两边的经理都挺喜欢他的，他总能做到让两边都满意，我实在是很佩服他。”

“那是大人的事，我们这些做小孩的把自己该做的事情做好就可以了，别的不用管那么多。”妍晴手指飞快地在键盘上敲击，心里在琢磨邱雨泽究竟是怎样的人，虽然一起工作了三个星期，但是她还是没有办法对他有多一些的了解，正如陶瑾瑜所说，这个人似乎很复杂。

正想着，忽然接到邱雨泽的电话，“梁妍晴，中午之前务必把文件整理好给我，季之轩要看。”

又是季之轩，是在考验她的细心与耐力吗？梁妍晴不是那么容易被打倒的。

妍晴心里暗暗决定，她要帮助邱雨泽，做好每一件他交代的事情，甚至是没有什么技术含量的小事。

再一次翻动文件，发现很多是随意夹在里面的，正反颠倒，或者时间顺序不对。妍晴很有耐心地按照时间顺序把文件排好。与此同时，她忽然发现，里面有很多和客户交流需要的书面英文和在学校里学的并不一样，在和客户往来的文件中还包含了很多对项目进度的分析和总结，基本上阅读一遍所有的文件，对于项目的整个流程、客户关注的问题和双方不断沟通的焦点都有了大致的了解。看起来非常简单机械的工作，其实是一个学习的好机会。

手忙脚乱，争分夺秒，在她把最后一堆资料整理好的时候，已经11点30分，还有半个小时的时间。

她不太擅长这么细致入微的工作，即使现在都做好了，她心里还是惴惴的，因为看文件的是季之轩，那个最看重细节的男人。这个时候，她忽然有点理解海迪，她的吹毛求疵也是因为上面的经理要求很高，如果做不好，她的能力就会被怀疑。

这种级级施压的后果是使得最下层的员工最辛苦，但是他们承受的压力却不是最大。

“整理好了。”妍晴把三本文件放在邱雨泽办公桌上，轻轻嘘了一口气。

“噢，这还有。”邱雨泽头也没抬，指了指旁边小山一样的资料，妍晴不禁倒吸一口凉气。

“把这些东西复印一份，另外开一本文件夹。这是出差这三周积累的工作，都是客户原件资料，有一个保密性的问题，记得千万不能弄丢或者弄散了。”

妍晴的心里像打翻了五味瓶一样滋味复杂，开心是因为这其实又是一个学习的机会，对客户的行业背景、产品业务会有一个大致了解；郁闷的是先前曾有一个员工因为把客户原件弄丢了，最后导致合伙人出面和客户道歉，此人最终以辞职谢罪。

不但要有工作压力的承受能力，客户问题的分析解决能力，还要具备耐心细致的品质，工作上任何小的差错都可能铸成大错。

“这些资料今天下班前给我。”

妍晴看了足可以复印一天的资料，有种无法言喻的悲壮感。

拔掉订书钉，复印，排好页码顺序，装订，分门别类地摆放。

妍晴机械地重复着上述五步工作，看上去像一个设定好程序的机器人，只有大脑是飞速运转的，她把了解到的客户信息都装到脑子中去，而这是她想做好这一简单体力活的唯一动力。

下午3点30分，小山下降了三分之一，妍晴心里默念，哈利路亚。

下午5点30分，小山又下降三分之一，妍晴心里默念，哈利路亚。

公司的同事已经陆陆续续离开公司。

“梁妍晴，看你一下午都在复印，连一口水都没喝。”

苏姗背着包走到她旁边，“要帮忙吗?”

“不用了。”妍晴干裂的嘴唇挤出一丝笑意，继续做着相同的机械运动，大脑则不停做着扫描运动。

7点30分，当终于把最后一份合同装订完毕之后，妍晴觉得身子像散了架一样，只想找个地方歇会儿。

“还在复印啊，做不完可以明天给我，没关系的。”邱雨泽不知什么时候走到她身边。妍晴算了算，她已经连续复印了6个小时，当好不容易全做完时，邱雨泽却和她说，可以明天再做。

妍晴用一种难以置信的哀怨的眼神盯着邱雨泽，她相信这一定是自己最难看的表情。

“你的工作态度赢得了我的尊重。”撂下一句话，邱雨泽走了。

妍晴慢慢回味着他的话，苦涩的心不由得多了一丝淡淡的欣慰。

回到座位上，她一口气喝了一大杯水，也不顾形象了，随便在嘴上抹了一把，打算回家好好休息一下。

一个略有些婴儿肥的女生走到她面前，“你是梁妍晴吗？下周有一个项目是一家汽车发动机厂商的，你跟我一起做。小项目，只有我和你，可能会比较累。”

“哦。”妍晴累得眼睛都要睁不开了，不过有人找她来做事毕竟是件好事，据蔡以纯所说，她一直觉得就只有邱雨泽才会找她做事情。

“哦，对了，我叫海迪。”女生回头对她一笑。

传说中的Zara女？妍晴一个激灵，头脑也清醒了许多，就是苏姗今天抱怨的，脾气很大，细节要求多又很会骂人的项目主管吗？

我的命怎么这么苦啊！妍晴不禁心中哀叹。

“我先走了，下周一你一上班就来找我。”海迪说完就离开了，留下呆若木鸡的妍晴。

第六章 酒吧的艳遇

“我们先来复习一下基本舞步，来，one，two，three，four，five，six，seven。”

“注意胯部的8字形扭摆。”

“女士转圈。”

随着老师抑扬顿挫的口令，十几对年轻男女翩翩起舞。虽然只是最基本的动作，但扭起来已经颇具味道。

场上最抢眼的是两对组合：一对是男男组合，其中一人看起来清秀细腻、伶俐优雅，而另一人看起来内敛洒脱、冷酷不羁，这对组合舞步优美，配合默契，俨然一对标准模范生。另一对是两个女人，一个性感迷人，一个清丽典雅，但令人大跌眼镜的是，两人步伐混乱，手臂经常扭成麻花，狼狈不堪。

这鲜明的对比使得老师Paul时而啧啧赞叹，时而眉头紧皱，末了，他大步走到两个女生面前，“你们两个还没掌握要领，Salsa

最重要的是跳男舞步的一方要主动暗示和引带女伴，达到一种默契的配合度。很明显，你们两个女生的配合很糟糕。”

妍晴无奈地耸耸肩，“老师，我们不是情侣，所以没有默契度，这个很正常。”她们这对女女组合在整个舞蹈教室格外引人注目。

“老师，有什么方法可以增加默契度吗?”唯莹终于忍不住问。

“这其实是心有灵犀的事情，凭感觉判断的。我一直不太赞同男生学女步，或者女生学男步，这不太有利于以后的社交需要，Salsa本来就应该是男人和女人跳的舞。”Paul抱着肩膀，直言不讳地说出他对Salsa的理解。

继而，他忽然指了指那对标准模范生的方向，“如果你们能说服他们俩交换一下舞伴，也许可以弥补一下不足。”

“这个老师有点过分啊，谁规定的一定要男人和女人跳，和谁跳是我的自由。”唯莹小声嘀咕。

她没有当面对Paul说出不满，妍晴真是谢天谢地了，如果再得罪老师，她们的舞蹈就别指望再进步了。看来她太过冲动、直率的性格工作以后还是有所收敛了。

“不过，他的建议还是可以考虑一下的。”唯莹的眼睛闪出了一丝感兴趣的神色。

“唯莹，你真要去问他们啊，我觉得成功的概率很小。”那两个男人默契度跟情侣一样好，让妍晴心里有种不可说的想法。

“与其一直背着跳得最差的名号，不如去试试。”唯莹拉起着妍晴的手，“妍晴，陪我去嘛。”

“唯莹，失败会很丢脸的的。”妍晴觉得那两个男人给人感觉难以拆散。

“我才不在乎他们怎么看，又不会少块肉，越是挑战性强的事情，我就越感兴趣。”

看了唯莹的表情就知道，多说无益，妍晴虽然对唯莹热情奔放的性格早已见怪不怪，但还是替她捏了一把汗。

中途休息时间。

“雨佳去洗手了。”

许哲宇走过来，百无聊赖的样子。

“这个女人有洁癖的，你习惯她就好了。”妍晴提醒他。

“我来爆料，她的内衣和袜子总是香喷喷的，而且，大部分都是可爱的白色小胸衣。”唯莹戏谑道。

“哈，那我，我也去洗手了。”许哲宇以迅雷不及掩耳之势跑了。

“你为什么老是折磨他呢?”

“许哲宇脾气太好了，除了欺负他，我还特喜欢拆他的台。”

“脾气好又对你好的你不喜欢，还老是折磨人家，我都看不下去了。你是不是喜欢被虐啊?”妍晴数落她。

“行了，先不说这些，我们去办正事。”唯莹拉着妍晴就朝模范生组合的方向走去。

“你不后悔?”妍晴用手指捏了下唯莹的鼻子。

“当然，首先在气场上要压住他们。”

妍晴打算少说话，她不太喜欢和男人主动搭讪，而且冲动又不计后果的事情她一般不会去做。最多在唯莹需要帮助的时候拉她一把，或者，在唯莹被气哭的时候递上一张纸巾。

“嘿!”唯莹大方地拍了一下穿黑色 T 恤男人的肩膀，由于高度关系，身高 168 厘米的唯莹站在他面前也显得娇小可人。

桀骜不驯的眼神，微微仰起的下巴，如刺猬般张扬却颇具时尚感的头发。妍晴不觉皱了皱眉，自这个男人身上散发出来的狂妄气质让她有点不舒服。

唯莹的表情微微起了变化，手也不自觉地从他肩上滑下来。

他忽然从裤袋里掏出一袋“心相印”面纸，粗鲁地抽出一张，在唯莹碰过的地方胡乱擦了几下，然后好像松了一口气，继而微眯着眼，放肆地打量着唯莹浑身上下。

唯莹也不躲避，直视他的目光明媚而大胆。

还是迟迟没动静，两人的目光缠绕，貌似难解难分。

妍晴心想，纸巾估计不必了，没准回去要开瓶酒为她庆祝一下，看来她是找到对胃口的男人了。

“山地舞娘，你要和我换舞伴吗?”男人终于开口了，嘴角无限张扬。

唯莹白皙的脸蛋霎时气得通红，虽然她们因为跳得不好而出名，但是也不能把她们跳的 Salsa 说成是山地舞，这差别也太大了。

“是。”唯莹只回了一句。

“你同意吗?”男人忽然转过头询问旁边较斯文的男生。

“只要你喜欢。”

斯文男生表现得若无其事。

沉默。

“那我就和这个女生一起吧。”斯文男生忽然指了指妍晴。

妍晴一时呆若木鸡，原来这么轻易地就成功了。

“Hi，我叫林修洁。”斯文男生笑得很亲切。

“梁妍晴。”

妍晴看着这个打扮前卫的斯文男生，他和她年纪相仿，他的眼神如天鹅绒一般的干净，惹人怜爱。

“对了，你们常去 M2 吗?”林修洁忽然问。

妍晴不禁一愣，M2 是沪上上流社会有名的酒吧，看来他们也是欢场浪子，经常游走于各种高级社交场所。这和妍晴中规中矩的社交生活相比，确实有很大的不同。

“不常去，喧嚣的生活对我来说，还是遥远了点。”

“噢，我说嘛，你这样漂亮的女孩子如果常去，我应该知道的。”被这样夸奖的妍晴倒有点不好意思，“你常去吗?”

“我和欧若朴就是在那认识的。”林修洁咬着指甲，表情有点落寞。

欧若朴，应该就是那个唯莹舞伴的名字了。妍晴心想。

“那个女生是他喜欢的类型。”林修洁不假思索地说。

妍晴被震了一下，“他刚才……”妍晴指欧若朴急忙拿纸巾擦拭的动作。

“他有洁癖的，尤其是对陌生人。”林修洁笑道。

妍晴再度被惊倒，原来那个欧若朴性格如此怪异。

“休息时间就到这吧，我们开始学新内容。”Paul 做了一个开始的动作。

这回的练习，妍晴觉得轻松愉快，林修洁的舞跳得轻快而熟练，经常会给妍晴必要的暗示和提醒。林修洁灵活而又得体的引导方式让她很快掌握了要领。

“你以前学过?”

“我经常跳Salsa的，这次主要是陪欧若朴来学，打发时间而已。”林修洁说。

妍晴下意识地看了一下唯莹，那两人正踩着热情奔放的音乐，跳得标准而熟练。果然是男女搭配跳舞不累啊，唯莹比和妍晴搭档的时候跳得好多了。瞄了一眼四周，几乎所有人的眼睛都盯着唯莹和欧若朴看，唯莹前去搭讪的那一幕，已成为众人关注的焦点。

从总体风格来看，欧若朴的动作给人一种嚣张霸道的感觉，唯莹像风中的树叶一样在他的引领下婆娑起舞，有些凌乱的长发散在肩上有种颓废的妩媚。渐渐地，感觉唯莹有点吃不消，她开始逆着欧若朴的方向做动作，两人经常拧成一根麻花，她还不停踩他的脚。

众人已经开始议论纷纷，很明显，女生在抗议了，Paul开始喋喋不休地纠正，“男生力度不要太大，把女伴的手当橡皮筋啊！步子错了就重复跳基本舞步，直到两人能合上拍。”

但为时已晚，唯莹已经像一个陀螺一样被甩了出去，妍晴不禁为她捏了一把汗。还好唯莹没事，只是一只鞋子却飞出去了。

鞋子在空中画出一道优美的抛物线，然后躺在了地上。

唯莹的嘴巴微张，显然对于刚才发生的事情有点难以置信，脸上有种惊讶而尴尬的表情。

欧若朴慢步走上前，拾起那只鞋子，眯眼端详一下，然后，俯下身，抬起唯莹的玉脚，“它很适合你。”

唯莹的脸有点红，众人一片欷歔，甚至还有人吹起了口哨。

正当大家都沉浸在刚才的情境中久久不能自拔时，Paul 那不大不小的男中音再次传入耳膜，“你们两个不是同手同脚，就是反手反脚，错得也倒有默契啊。”

“看什么看，说你呢。”Paul 拍了拍许哲宇的肩。

“我经常看到你的舞伴用非常无辜的眼神望着我，不知道向左还是向右转，最后还是按照你错误的引导做下去。”

“老师，我手脚总是不能协调，把舞伴带得跳错了，真是不好意思。”许哲宇表情讪讪的。

唯莹忽然做了一个 V 字手势给妍晴，看来她们终于有垫底的了，弄不好还得回去庆祝一下。

“最好的女舞伴，就是能够跟着男舞伴犯同样错误的女士，这个女生看来已经领会到了 Salsa 的精髓，看来，这次的最佳女士奖要颁给这位女生，最差先生奖要颁给你了。”Paul 又是一阵打趣。

莫名其妙的夸奖让雨佳吓了一跳，“老师，其实我，我没有方向感的。”

妍晴终于明白了，Salsa 这种舞一定要有一个主导，一个配合的，她和唯莹都太有个性，在双方都不熟练的情况下，就经常各自为政了，不拧成麻花才怪。倒是雨佳这样温顺可人的小女人，在许哲宇的主导之下错也错到一块，还真有些小鸟依人的味道。

散场时，欧若朴忽然叫住了唯莹，“下周六有一个 Salsa 的派对，一起来吧。”

“带你们的朋友一起。”林修洁也微笑着发出邀请。

“如果有时间，我们会去的。”妍晴说。

“你要来噢。”欧若朴盯着唯莹，幽黑的双眸有种让人无法拒绝的魅力。

妍晴忽然想起了陶瑾瑜，如果是他，肯定会说，“你会来的。”然后，给人一个优雅而妩媚的笑容。

转身的瞬间，妍晴发现了林修洁眼中有种深深的落寞和不安，心中开始对他产生淡淡的同情。

那天早上，意外的，妍晴收到了江旭宁的短信，“今天晚上有空吗？想约你一起吃饭。”

妍晴微微诧异，好久不联系的他，找她会有什么事情？

“可以。”妍晴回复道。

无须逃避，妍晴心想。

思绪收回，本周一，也就是今天，她要和海迪一起做项目，这次机会让她很珍惜，但是如何和这个女人相处，倒让她有点担忧。

以目前的状况，是不能得罪项目主管的。

妍晴已经做好了受委屈的准备，在距离试用期评估的最后一周，她不能有什么闪失。看了下时间，9 点 5 分，她拿起便笺和一支笔，快步走到海迪的办公桌前。途经邱雨泽的办公桌前，下意识地抬头看了一下，他正盯着电脑屏幕，表情专注，妍晴微微安心。

她每天早上到办公室都会朝邱雨泽的方向看一眼，如果发现他在，就会觉得很安心。不知不觉，好像已经养成了习惯。

“客户是一家汽车发动机厂商，你帮我在数据库查一下今年海关关于进口汽车发动机的关税和进口增值税方面的最新规定，我要英文版的，如果没有，就翻译成英文给我。”她说话很快，给人一种从容而干练的感觉。

“我可以知道我查的这部分法规在整个报告中起到什么作用吗?”妍晴问。

她不想机械地工作，虽然她的职位低，但是她有权知道自己做的事情主要服务于项目哪个部分的需要。

这个问题，如果她不主动问，很少有主管会主动和她说，他们都很忙。

海迪忽然笑起来，“我在英国公司刚工作的时候，也经常问我老板这个问题，不过他人很好，给了我很多帮助。主要是做宏观分析的需要，该行业国内法律背景是我们报告中分析的一部分，客户对这个比较关注，如果有什么问题，还可以来问我。”

妍晴想，海迪还是比较开明的。

但是法律方面的查询，她还是第一次做。打开数据库，关于进口汽车发动机关税的规定很多，有几十个，但是英文版的并不多，这意味着大部分都要翻译成英文。妍晴不禁有点冒冷汗，这种涉及税收法律和汽车发动机专有名词的翻译是有难度的，不但要符合法律文体，而且词汇要求专业而精确，特别是对于海迪这种在国外工作过的人来说，对英文的要求可能更加高。

这在技术上绝对是一个挑战。

而且，她不确定这些法规哪些是需要的，如果让她来筛选，可能会把一些本来重要的忽略掉，因为她没有经验，不确定客户的关注点在哪里。她很想问，是不是找到的法规都需要，但是她现在已经明白工作和当学生的区别。在学校里经常问为什么，也许老师会比较喜欢，但是工作之后，老板并没有义务回答你。每一个问题都需要经过思考之后再问，先要有一个自己的想法，问“是不是这样”，总比问“为什么”要好，不能给别人一种不带脑子工作的印象。

略一思忖，先看一下客户资料，了解客户主要关注的问题再决定吧。她随手翻阅了一些资料之后，心里大概有数，客户主要关心的是关于进口增值税税率调整的问题。

于是，她把相关法规的关键部分用特殊颜色标记一下，拿到海迪的面前，海迪迅速阅读了一遍，“差不多都找到了，把这些全部翻译成英文，中午前给我。”

妍晴觉得这个工作有点棘手，“可不可以只翻译关键部分？如果全部翻译，时间可能会比较长。”

“客户是个英国人，他需要对法律背景的各个细节有一定了解，所以全都要翻译，我中午前一定要看到你做好的一个版本。”海迪给了她一个微笑，但是态度却不容置疑。

“在做预算的时候，给你的时间平均每天安排五个小时，你也知道，小项目客户给的钱不多，时间卡得比较紧。”海迪说。

妍晴之前没有遇到过这种问题，以前做季之轩的项目，时间都是很充裕的，邱雨泽从来都不会催她。但是现在她忽然有点明白，也许那只是他的个人风格，一般项目的时间预算都是比较紧的，邱雨泽不太会追着人要东西，其实也是不想给对方太多压力吧。想到这里，她对他的好感又增加了一些。

没有现成的模板，和上次做的汽车零部件企业的翻译也完全不同，她一定要短时间内掌握要领才可以做好。

虽然没有经验，但是妍晴有一套自己做事情的方法，她决定先去国外网站找一些法规来看，了解大概的翻译风格。一个小时过后，“中午前能给我吗?”海迪问。

“下午1点前给你。”

午饭时间到了，妍晴肚子饿了，但是她不能去吃饭，因为还没有做完。不过也就在这个时候，她第一次感觉到有点惊讶，以前中午都是和何川一起出去，不知道公司情况如何，现在才知道，中午叫外卖继续加班的人其实很多。咨询公司对工作效率的要求很高，特别是小项目，时间紧，要什么很快就得拿出来，加班加点很正常。

无奈间，忽然发现季之轩高大的身影从远处走过来，步子依然是坚定有力的，脸上依然是面无表情的。看到这个人，妍晴就觉得有些压抑。

然而，季之轩忽然开口了，“郑繁曦，你回来了。”

妍晴向他的对面望去，一个男人，个子不高，脸上挂着温和的微笑，拖着硕大的拉杆箱，步子轻快地走过来。看着那个笑脸，妍晴觉得心情愉悦了不少，快乐果然是可以传染的。

原来他就是传说中的郑繁曦，F组和季之轩风格迥然不同的经理。细细打量一下，此人看起来慈眉善目，有种亲切感。郑繁曦只是微笑地颔首，没再多说话，和季之轩擦肩而过。看到他们礼貌而亲切的问候，谁能想到两人其实是明里暗里较劲的呢？公司真是没有硝烟的战场，妍晴想，不过她也决定继续低调做人做事，邱雨泽是她奋斗的目标，她的理想就是得到双方不同风格的人的赞赏。

不过首先要通过试用期啊。想到这里，她手上不由加快了速度。

午饭十分钟就已经解决。

在打完最后一个英文字母之后，妍晴松了一口气。

没想到，任务接踵而至，“帮我做一个Excel的数据分析，两个小时内给我。”海迪发来一个电子表格。

在大学的时候有这方面的培训，妍晴并不担心，但是新问题来了，公司电脑刚换的Vista系统，很多熟悉的快捷键和以前的位置都不一样，需要慢慢找，有的一时找不到。妍晴真有些着急了，她不太习惯一直被催促。看来需要拿Vista教程来看一下了，公司上周发过的，但是她还没来得及看，看来稍一疏忽不学习新东西就要落后了。

那一整天她都在紧张而忙碌的状态下工作，那种拼命赶最后期限的感觉让妍晴觉得很压抑。

出奇的是，海迪没有传说中的那么凶，也没说她不用脑子，只是在下班前给了她一句话，“新人不能指望自己一开始就做得如何优秀，最重要的是要有很强的学习能力，并且迅速改正错误。”

晚上匆匆忙忙赶到约会的地点，此时的江旭宁早已令她心如止水。

“你最近好吗？”江旭宁穿了一件白衬衫，黑色西裤，看得出来过得比较惬意。

“很好。”

“外企工作压力比较大，虽然我知道你是一个能够适应挑战生活的人，但还是要注意身体。”

“谢谢。”

江旭宁一直是比较会关心人的男生。

“妍晴，你还是那么有个性，不知道什么样的男人才能真正驾驭你。”

“所以你找了一个可以驾驭的好女人。”

“妍晴，其实我想说的是，男人还是喜欢可以掌握的女人，男人也需要安全感。”

“所以你找了一个可以掌握的好女人。”

“很多时候，多方面条件的和谐才能保证以后婚姻的美满。”

“对，所以你找了门当户对的好女人，无论性格还是经济实力都很匹配。”

江旭宁叹了一口气，“说不过你。”

“对了，有新交往的男朋友吗？”

妍晴笑了，“你这次找我来，有什么事情？”

“其实，”江旭宁有些迟疑，“我和她本周六会在国际饭店举行婚宴，希望你能来。”说着，他从包里拿出一张粉红色的喜帖。

妍晴接过来，看了一下，里面是一张两人的婚纱照，看得出来很奢侈。

有钱人终成眷属了。妍晴心想。

“恭喜你们。”妍晴微笑着说，“喜帖我收下了，如果本周六有时间的话，我会去的。”

大方而得体的回答，虽然感觉先前有点咄咄逼人，但是还是比较有分寸，这就是妍晴的风格。

男友结婚了，新娘不是我，也许该回去好好庆祝一下，单身万岁。

“江旭宁要结婚了？前段时间还听说他和女朋友在闹分手。”唯莹在电话那边的语气也有点难以置信。

“妍晴，你应该不会去吧？”

“谁知道呢，也许我会携一个惊艳全场的男人出现也说不定。”

妍晴忽然想到了陶瑾瑜，如果拉他一起去参加她前男友的婚礼，那是再有面子不过的事情了，相信一向趾高气扬的江旭宁的女朋友也会瞠目结舌吧。但她也知道，这是自己绝对做不出来的事情，只是偶尔放肆一点的想法会让她觉得活得真实一点。

“唯莹，能给我一支烟吗？”

“妍晴，在家等我，我现在就去找你。”

自欺欺人也没有用，故作开心也没有用，其实，她心情差到了极点。

但是唯莹，她最好的朋友，很懂她。

空荡荡的房间，一个窝心的电话已经让她觉得温暖很多。

“唯莹，我没事了。我想告诉你的是，欧若朴在圈子里一直是花名在外，他的女人总是接连不断，你别被他迷惑了。”

一边的唯莹忽然不说话了。

“妍晴，明天晚上的Salsa派对，你打算去吗？”

“当然。”妍晴的回答几乎是不假思索的，之前她还会考虑一下，但是现在，她想找一个发泄情感和压力的场所，确切地说，她想放纵。

“好的，你和雨佳他们说一下，那明天见。”

“他们两个每天下班回来都在家里练习，肯定会去的。”

电话挂断，屋子又恢复了宁静。

妍晴觉得，一股异样的痛苦撕扯着她的神经，即将到来的试用期评估让她很压抑，而江旭宁结婚的消息仿佛压死骆驼的最后一根稻草。

有时候她觉得，自己对江旭宁也不是很爱，只是他的背叛成为横亘在她心中的伤口，一有与他相关的消息，都会牵动那个伤口，让她痛苦。

开门的声音让她从思绪的泥沼中出来，接着，一阵细碎的脚步传来，凭声音判断，应该是雨佳和许哲宇回来了。

这段时间以来，两人经常一起回家。雨佳下班早些，就在公司等许哲宇一起回来，还经常拎着大兜小兜的蔬菜和肉类，在外人看来，像新婚的小夫妻一样。他们的关系似乎已经很明朗了，但又似乎有点暧昧不清，因为许哲宇从来没有主动追求的表示，而雨佳又从来都不会主动，看来他们是要有一场爱情长跑了。

“你不开心。”雨佳放下手中的大包小包，走到妍晴旁边肯定地说。妍晴说出了江旭宁结婚一事。

“妍晴，你一定会找到更好的。”雨佳搂着她的肩膀，柔声说。

“看来我真是没用，要你们两个轮番安慰我。”妍晴叹气。

“不要把自己裹得太严，那样会很累。明天晚上的Salsa派对，你会去吧?”

“当然了，你们两个天天晚上练舞练到半夜，我很期待呢。”妍晴说。

“倒是你和唯莹，把一对好舞伴都拆散了。不过，直觉告诉我，和唯莹一起跳舞的男人不适合她。”

雨佳一向有着很好的判断力，这次的想法和妍晴是不谋而合。

周六晚，Zapata's。

这是沪上一家知名的墨西哥酒吧，装饰有着浓厚的拉丁风格，装饰品都是从墨西哥空运来的，原汁原味，也因其浓郁的异域风情受到沪上很多知名人士的热捧。

那天大家穿着都很随意，欧若朴已经事先订好了卡座，所以虽然是人潮涌动，但是妍晴她们还是很快找到了座位。开了一瓶芝华士，很快喝完，欧若朴和唯莹的目光开始纠缠，不久两人就开始跳起了贴面舞。雨佳和许哲宇也在音乐逐渐high起来的时候置身舞海。

“想去吗?”林修洁微笑着问妍晴。

“算了，我想喝点酒。”心情不佳的妍晴拒绝道。

“那好，我陪你。”

品着杯中的玛格丽特，看着舞池人群诱惑的姿势和妖娆妩媚的脸孔，加上纵情狂放的舞曲伴奏，妍晴感觉一种原始的热情弥漫着整个酒吧。这里可以看到众人原生态的一面，经常有穿着性感大胆的女人在和男人热辣起舞，基本上就是明目张胆的挑逗。

林修洁一杯接着一杯地喝，像是在买醉。

“为什么要折磨自己？”妍晴问。对这两个男人的关系，她一直是有点奇怪的——看着似情人却不拒绝别的女伴。

“很多时候，感情就像流沙，攥得越紧，流失的就越多。这样我才能一直陪在他身边。”林修洁抬起头给妍晴一个无害的笑容。

妍晴欣赏这个男人对感情的态度，却也为他不值。爱情虽然需要自由度，但是也不能完全放任对方。她心中开始替唯莹担心起来，欧若朴应该是一个让女人极度没有安全感的男人。

“那边那个男人不错，应该会很受欢迎。”林修洁忽然指了指一个角落。

“那么远你也能看得清？”

“从他一进来我就开始注意他了，你等我一下。”说着，林修洁朝那个方向走过去。

看不到长相，只看到那人穿了一件白色衬衫，现出一个性感的背影。

五分钟左右的时间，林修洁回来了。

“这么酷！原本看到几个美女过去搭讪，回来都一副恼羞成怒的模样，我还觉得很有挑战性，但是我也失败了，我从没被这么冷淡地拒绝过。”

林修洁一仰头，将杯子里的酒一饮而尽。

“冰山男吗？我去碰碰运气。”

妍晴端着酒杯，步伐稍有些踉跄。她没忘记，她是来放纵的，既然是这样，那就要找一个极品男人，才对得起自己。

妍晴在酷男旁边的位子坐下。

男人手中白色的液体微微摇晃。

“只喝马丁尼吗?”

男人不说话。

妍晴开始从侧面打量他，一件范思哲新款白衬衫，简洁优雅，在众多性感的装扮中显得异常低调，但是细节的设计很别致，特别是扣子。

“偏爱 Versace 吗?”

男人依然不说话。

“这位小姐，请问卫生间在哪里?”妍晴生气了，一时间给他安了一个性别错乱的罪名。

“梁妍晴，你和男人搭讪的方法还是没有长进。”男人回过头，给她一个嘲弄的笑。

妍晴嘴里的酒差点喷出来，竟然是陶瑾瑜。而且，从她一开始说话的时候，他就认出来是她，却一直在等她去发现。

今天，他看起来有点不同，精心打理的头发丝丝分明，充满动感和弹性，他的眼神，有种颓废而暗黑的美。

“陶瑾瑜，没想到你也会一个人泡吧。”妍晴有点不可思议地看着他。印象中的陶瑾瑜，女伴多如过江之鲫。

“我只是喜欢他家的酒。”陶瑾瑜傲慢地道。

“要一起跳舞吗？”陶瑾瑜问，眼中有种温柔的波光流转。

一阵天旋地转，陶瑾瑜华丽的技巧和迅速变换的动作让人眼花缭乱。妍晴觉得自己像一朵暗夜之花，在他的引领下恣意绽放，而原本不太熟练的步伐却在此刻演绎得如此生动而热情。他的手灵巧多情，温柔的触碰让妍晴的心甚至有点微微的颤抖，那种有点点迷乱又透着丝丝诱惑的感觉，让她有点无法自拔。

下面不时传来尖叫声，场面一时变得异常火暴。

一曲终了，妍晴已经开始气喘吁吁，先前喝得多了些，头不由自主地向前靠过去，靠在陶瑾瑜的肩上。

“去我家吗？”陶瑾瑜轻柔的声音混着昏暗的光晕，诱惑着妍晴。

夜风的凉意让妍晴稍微清醒了点，旁边的陶瑾瑜在专注地开车。

“如果现在改变主意，还来得及。”陶瑾瑜回头给她一抹微笑。

妍晴是想放纵一下，但是仅限于言语或者最多肢体方面，不会是一夜情。

“不开心吗？女人一般在脆弱的时候会做一些不够理智的事情，但是我可不想乘人之危。”

如果他是骗子，也是一个高超的感情骗子，只骗感情，不骗身体。妍晴心想。

“梁妍晴，我今天才发现原来你还是有几分姿色的。”陶瑾瑜故意把“姿色”重重地强调了一下。

“是吗？既然你先前觉得我很土，为什么还会和我见面，不怕染上乡土气息吗？”

“我早就发现了你身上有乡土气息。”

“好的，土人现在想下车了。”妍晴语气轻松，丝毫不在意陶瑾瑜的讽刺。她真的想回家了。

“如果我说，我早就发现了你身上有大自然的清新气息，你会开心些吗？就比如我说男人要努力追求事业和爱情，会让人觉得人生很有目标；但如果我说追求金钱和美女，就会显得很俗。其实含义有什么区别吗？人往往就是这样自欺欺人。”陶瑾瑜像是在解释，又像是在自言自语。妍晴忽然觉得有点好笑，不过这至少说明他不是那种流于表面形式的人。这点和妍晴的想法有点不谋而合。

“甜言蜜语这种糖衣炮弹对我来说是不起作用的，恶言恶语也无所谓啊，我一向可以透过现象看本质的。”妍晴镇定自若地说。

“是吗？那你就应该明白，我说的有几分姿色，是指性感，你今天给我的感觉很特别。”说着，他在妍晴的脸颊上轻吻了一下，“下车吧，我只送女朋友和女伴回家。”

“再见。”妍晴手脚麻利地下车，心情不知怎的有点气急败坏。

拦了辆的士回去，到家的时候已经凌晨1点了。

“你去哪里了，怎么一直不接我电话？我们一直在找你。”雨佳关切地说。

妍晴拿出手机，发现手机不知什么时候没电自动关机了，心中有点抱歉，“怎么样，你们没事吧？”

“没事，不过有一个消息估计会雷到你，唯莹今天晚上会和欧若朴在一起，她亲口和我说的。”

“一夜情？她真的决定这么做？”

“你也知道，她决定了的事情，很难改变的。”

唯莹，她真的开始玩火了。

第七章　情侣香水的味道

早上的地铁一号线，一如既往的爆挤。

一到延长路站，原本还宽敞的空间被鱼贯而入的人群塞满。车内人们为了获得容身之处和舒服的站姿，开始你推我挤，用胳膊肘、大腿甚至屁股等武器为自己争得一席之地。谁被踩到脚了，谁不小心被哪个猥琐男祸害一下了，一阵骚乱不可避免，但不久便安静下来，分割局面已经形成。

最惨的是靠在门口的人，有的人连手都没地方放，只得双手高过头顶举着公文包，有的人一半衣服还夹在地铁门外，拽也拽不出来，身体只能像八爪鱼一样贴着门。你必须忍受和你对面挨得很近的人喷在你脸上的热气，而你也可能非常不幸的被后面一个男人紧紧贴着，动也动弹不得，此时也只能用包包护住关键部位。

妍晴的手稳稳地抓住上面的握环，身体则斜靠在车门口一块狭小的空间里。经验告诉她，千万不能站在中间的位置，那样蜂拥而至的人群会把她挤扁，然后她还会继续遭到下一站拥入人群的拥挤冲撞。

坐着的人大部分都在眯着眼打盹，或者摊开报纸来看。站着的人就没那么好的运气了，空间有限，如果你看报纸会招来很多人的抱怨。有人开始拿出早餐来吃，有人闭着眼睛听歌，妍晴对这些地铁众生相不感兴趣，她的手指正飞快地在手机键盘上按动。

“唯莹，玩火的感觉如何?”

那边很快传来唯莹的回复。

“很刺激，很诱惑，很难忘。”

“就当做一时的放纵，不付出感情就好。”

“鬼才会付出感情，他只是我的猎物。”

“如果我是你，以后不会和他再联系，既然是游戏，能全身而退的才是赢家。”

“你知道吗？第二天离开之前，我和他竟然不约而同地从包包里掏出一沓钱出来，我数了一下，连数目都一样。”

“看来是要互相娱乐一下了。”

“然后，我就当着他的面，把他的钱都撕成了两半，跟他说，没事，你粘粘还能花。”

妍晴扑哧一声笑出来，这个举动非常有周唯莹的风格。

“倒是你，那天晚上在酒吧和你跳舞的男人是谁啊？简直太拉风了，不过你跳的也真让人惊艳。”

“潜在的一夜情对象，不过，没有发生。”

“这样也好，你终于从江旭宁那小子的阴影中走出来了。”

不知不觉，已经到了人民广场站，人群开始往外挤，人民广场是一、二、八号地铁的中转站，四面八方的人们都朝这个方向拥来，场面很壮观。妍晴一手提着电脑包，另一只手发短信劝唯莹。唯莹浑身上下充满诱惑男人的魅力，但她很容易感情用事，妍晴担心她会受到伤害。

终于到了南京西路站。妍晴收起了话题，调整好心情，快步走向办公楼。

一切都是一如既往，最近公司女生交流最多的是人事变动的问题。

“听说这次会有10%的新进员工过不了试用期，经济不景气，公司考核越来越严了。”

“A组有两个项目主管都辞职了，客户给的钱越来越少，还没有加班费，经理又挑三拣四的，现在日子越来越难过了。”

卫生间一直都是小道消息的最佳来源地，公司里从来都不缺那些传播小道消息的人，天天拿别人说事。

妍晴没理那些人，直接走到自己的办公桌，打开电脑，手却有点颤抖。如果自己就是那10%呢？她还不太习惯承认失败。

“妍晴，我可能要和你说拜拜了。”苏姗发来一个无奈的表情。

妍晴心里很难受，苏姗是一个非常直率而又善良的女生，即使在她最艰难的那段时间，苏姗也没有给过她白眼。

“妍晴，你不用看邮件，我知道你通过了，很多人都知道了。”

妍晴有点难以置信地看着她。

“之前就有人传出消息来了，有人在试用期评估大会上说你的好话，也有人说你不好的，至于是谁我也不知道。听说邱雨泽一直都没发言，最后，他只说了一句话，‘刚刚及格’。这段时间以来一直有很多关于你的谣言在同事中流传，我也知道很多，不过没有告诉你。”

眼不见为净，耳根清净更好。妍晴心想。

打开邮件，果然有一封试用期评估通过的邮件，妍晴心里感觉很平静，可能之前已经做好了最坏的准备，心理已经被摧残过了，好消息来了反而没了感觉。

但是，被邱雨泽认可还是让她觉得很欣慰，刚刚及格吗？评价虽然不高，但是，她之前的努力总算没有白费。

正思索间，背后忽然有人拍了一下，她回头一看，是蔡以纯。

“梁妍晴，恭喜你通过试用期，来帮我做件事情吧。”

妍晴对她的印象一直很好，她身上有种让女人和男人都为之着迷的气质。

“这件事情是一个PD（practice development），也就是说不是给客户做的，是我们公司网站主页更新的调整需要，要把网站的内容做一些精简。我们组的工作就由我来负责。这里有些Excel表格需要修改。比如第一页，你把这行删掉，两边的照片对齐，这里有一些合伙人和高级经理的个人简介，也要修改……”她开始一页一页地指示，看着没有反应的妍晴，蔡以纯忽然停住了，“你明白我的意思吗？”

妍晴不太适应这种每个细节都指示得如此清楚，完全一板一眼的工作方式，这将是一个非常繁琐而庞大的工程，但是却没有太大意义。因为主页的修改只要了解一下整体风格，哪些部分需要哪些不需要就可以。之前的工作，她都是自己摸索方法，有很明显的梁妍晴风格。

“或者你可以告诉我你大概需要什么样的风格，图片和文字精简到什么程度，我得有一个总体概念。”妍晴说。

“不，你必须完全按照我的意思去做，甚至标点符号也要按照我的要求去改。”蔡以纯说。

妍晴咬着嘴唇，刚刚通过试用期的一点小小喜悦也消失殆尽了。蔡以纯是一个控制欲很强的人，而且非常追求细节。

“我在说的时候，你为什么不拿笔去记呢？虽然有人喜欢你，说你学习能力强，工作又有方法，可是我现在觉得，你怎么不太懂事呢。”蔡以纯的语气有着明显的不悦。

妍晴听明白了，她喜欢听话又招人喜欢的人，就是要处处迎合她，让她满意。

“蔡以纯，在做什么呢？”一个温和的声音突然从旁边传过来，妍晴一抬头，忽然看见郑繁曦一脸微笑地站在旁边。

从第一次见到他到现在，这个人每次出现脸上都是挂着微笑，风雨不误。

“主页修改的事情。”蔡以纯笑道，“你今天看起来很悠闲呢。”语气中有点调侃的味道，看得出来他们很熟稔。

蔡以纯和所有男经理的关系都很好，这已经成为众所周知的秘密。

“那个主页的东西不用浪费太多时间，整体风格精简、有力就可以，不要为难新人。”郑繁曦笑呵呵地走了。

没想到经理会帮她说话，但是继而，妍晴心中开始有点担忧，这样一来怕要得罪蔡以纯了。

“你就按照他的意思去做吧。”蔡以纯的语气冰冷。

一天的工作有序而清闲，终于可以准时 5 点 30 分下班。妍晴为难得清闲的一天感到高兴，心里面一直压着的一座大山也终于在今天土崩瓦解，换成了潺潺溪水，轻盈地在她心间流淌，一种悠游自在的感觉萦绕着身心。

回到家里，她第一件事情就是去健身房，连续长时间的紧张工作已经让她觉得身体有些吃不消。

在健身房里肆意挥洒汗水，尽情宣泄心情，让她觉得情绪放松，心情舒畅。

正打算离开的时候，忽然看见一个熟悉的身影向门口走来，是许哲宇。他之前声称每天下班都会来锻炼一会儿，今天刚好和妍晴碰了个正着。

“哟，妍晴啊。”许哲宇看起来心情不错。

他穿了一件耐克的背心，边走边拿毛巾随意擦拭身上的汗水，黝黑的肤色闪着健康的光泽，有种洒脱不羁的阳光气质。

妍晴决定，利用这个机会探探他的口风。

“许哲宇，那天晚上我在客厅听到你说梦话叫雨佳的名字，你说你是不是暗恋我们雨佳啊?”妍晴一脸故作严肃的表情。

许哲宇经常在客厅沙发上玩 PSP，玩着玩着就睡过去了，每次都是雨佳去叫醒他才回房间睡，他有时候还会迷迷糊糊走错房间，雨佳就捏他鼻子，直到他懋醒，发现自己的失态。

“我有说过吗？”他一脸茫然，马上又反应过来，“妍晴，你诈我呢，和你这种高智商的美女说话一不小心就掉进去了。”然后就调皮地笑起来。

“雨佳很会照顾人，是让人感觉很舒服的女生。”他由衷地说。

“我觉得你们很合适。男生嘛，应该主动点咯。”妍晴终于直奔主题。

“她太纯了，我怕会伤害她。”许哲宇忽然不笑了，语气变得很认真。

他对雨佳一直都很有绅士风度，从来没有和她开过分的玩笑，但是和妍晴一起时，就露出了他更活泼的一面。

“我一穷二白的，没有房子，又刚刚工作，一旦雨佳有更好的选择呢？”

“那唯莹呢？”

“唯莹是一个会让男人产生追求冲动的女生，雨佳是一个让男人产生保护欲的女生，雨佳可能更适合那种负责任的好男人吧。”

许哲宇用一种难得的冷静口吻说。

“妍晴，你是那种会让男人产生挑战欲望的女生，正是我最怕的那种。”他忽然又变得笑嘻嘻的。

“许哲宇，你敢怕我？”妍晴故意用挑衅的语气说。

“呵呵，不敢。”

“那么你敢不怕我吗？”妍晴依然是酷酷的表情。

“呵呵，妍晴，被你玩死了。”他一脸无奈。

走到家门口，两人继续有说有笑，许哲宇又施展他的表演天分和诙谐幽默的本性，让妍晴忍俊不禁。

“我先回去了，谢谢。”声音虽然很轻，但是妍晴就算闭着眼睛也能辨认出来，这个声音是雨佳的。

再看一眼许哲宇，他的表情忽然僵住。

雨佳正从一辆黑色本田车里出来，轻轻关上车门，还朝里面的人挥挥手。

她低着头，慢慢地朝他们的方向走来，似乎在想什么事情。忽然好像意识到了什么，她抬起头，正对上许哲宇略微震撼的目光。

四目相对，许哲宇脸上笑意未减，但眼神却变得复杂。

雨佳也不逃避，眼神淡定而自然，没有说话。旁边的妍晴，有种风雨欲来的感觉，直觉告诉她，雨佳和许哲宇之间那种心有灵犀的、暧昧的关系，宣告结束。

整整一周，雨佳和许哲宇没有说话。两人都在小心翼翼地保持沉默，也有默契地不同时在客厅出现。

许哲宇这段时间下班就直接回到自己房里，看他表情还是一如既往的痞样，和妍晴一如既往地开不大不小的玩笑，但只要雨佳一出现，他就立刻刹住闸，找一些看似很合理的借口，不着痕迹地离开。

雨佳和往常一样平静地上下班，只是，经常有一部本田车停在他们楼下。妍晴不止一次看到雨佳轻巧地从车上下来，轻巧地关上车门，轻巧地挥手告别，然后迈着轻巧的步子上楼梯。她从来不透露关于那个男人的事情，仿佛一切都是理所当然的。日子波澜不惊地过着，雨佳的心也看似波澜不惊。

雨佳和许哲宇原本纯洁而微妙的关系似乎陷入了危机。

妍晴有点看不下去了，她打算找个机会在两人之间斡旋一下。“雨佳，可以透露一下你最近的感情生活吗?”妍晴用一种开玩笑的口吻问。

“那个男人只是我们公司一个项目的战略伙伴，在一次酒会上认识的，偶尔送我回家，和他没什么的。”雨佳笑了。

她回答得倒也直率，似乎早料到了妍晴会问。但如果妍晴不问，她也不会主动说。

但目前看来，这个“偶尔”是要打些折扣的，因为频率在逐渐加大。

“他在追求你?”

“没有，我们都是聊工作上的事情，他送我也只是顺路。”雨佳的语气轻描淡写。

“貌似许哲宇不这么想，你打算和他继续冷战下去吗?”

“我没有和他冷战，他可能有些误会，但是，我也没有必要和他解释什么。”雨佳的语气依然不温不火，“他从来没有表示喜欢我，好像这一切也和他没有太大关系，我又何必自作多情呢?”

妍晴一时语塞，问题就在于，许哲宇太不主动了。

“我知道，你喜欢他。”

“我是喜欢他，但是又能如何?”雨佳面无表情，推门而出。

就在那一瞬间，她忽然定住，许哲宇身上裹着浴巾，正快步走向自己的房间。但是，速度还是不够快，他似乎是想在雨佳出来之前消失的，但是，没想到撞了个正着。

“雨佳，你最近越来越漂亮了。”他声音很轻，低着头，看不清楚他的表情。

雨佳没说话，径直走向卫生间。

妍晴猜，雨佳最后那句话，许哲宇肯定听到了。

“这样也好。”妍晴在一边自言自语。

何川迅速升迁了，这是公司快速升职的一种制度，他不是应届毕业生，在通过试用期评估之后，表现优秀，便升为高级助理。

季之轩身边的红人，自然惹来不少艳羡。妍晴之前想不明白为什么每次季之轩的项目都会指定他做，现在倒觉得这是理所当然的。和他合作过一段时间，她对他为人处世的风格是比较赞赏的，低调而冷静，睿智而不乏幽默，有很好的语言天分，他是那种乍一看很容易被忽视却在关键时刻让人眼前一亮的人。看来季之轩看人，还真是精准。

令她觉得略微惊讶的是，陈菲扬也还在。她最近异常活跃，有事没事就往何川那边跑，不是问问题，就是有一搭没一搭地聊，两人看起来很合拍的样子。

何川应该不会不知道她是什么样的人，妍晴还真佩服他能和那种势利小人和平相处，如果是她自己，肯定做不到。

陈菲扬常游走于各种红人之间，努力拓展自己的交际圈子，连她的饭搭子也是精挑细选，组里最爱传播小道消息的几个人都和她打得火热。

“梁妍晴，好久没看到你了，最近好吗?”陈菲扬像花蝴蝶一样飞到妍晴旁边，她穿得很花哨，似乎这样更能增加关注度，眉宇间有种居高临下的倨傲。

“我很好，而且忙得要死。”妍晴一脸无奈的表情。

“你在忙谁的项目呢?”陈菲扬问。

“季之轩、宋旋。”

“季之轩啊，呵呵，我这两天也在做他的项目，就是那个 HAT 的项目，关于超市死角促销的。”陈菲扬不无得意地说。

HAT，就是妍晴他们去 B 市出差的项目，关于超市死角促销问题的想法，是妍晴先提出来的。邱雨泽说那是潜在的业务机会，但现在看来，业务是谈成了，但讽刺的是，却没有妍晴参加的份。看来，蔡以纯和季之轩一点也不喜欢她，即使她为他们获得了新的业务机会，但是那又如何呢?

“事情太多的话我帮你做一点啊。”陈菲扬厚脸皮地说。

“好。”

“噢，那你慢慢忙。”陈菲扬对她挤了一个笑容，走开了。

看来只有工作能力，但是不会做人，还是寸步难行。连邱雨泽都说，梁妍晴你刚刚及格，她又有什么可开心的呢?

过了一会，妍晴忽然收到陈菲扬发来的短信，“绯闻女王，虽然你很成功炒作了自己，但是没想到，刚通过试用期就没人找你做事了。”

妍晴不禁笑了，貌似陈菲扬一直把她当做竞争对手。公司里即使大家再看不顺眼对方，但还是会保持表面的和气，不太会那么直接地表现出敌意，是自己哪里得罪她了吗？但是继而，她有点想明白了。自从那次去B市出差以后，就再也没看到邱雨泽找陈菲扬做过事，貌似陈菲扬把那次看成是她和妍晴的PK大赛，虽然她使出浑身解数要赢得邱雨泽的好感，但是最后还是输了。

看来起码邱雨泽不会选择陈菲扬那样的人做项目。

不过倒也被陈菲扬言中了，这两天她一直都没什么事情做，眼看又要5点30分了，妍晴收拾了一下桌面，做好下班的准备。她觉得，能够准时下班就是上帝的恩赐，自己要珍惜这种不多得的机会。

然而，事实证明，这确实只是昙花一现的恩赐。5点25分的时候，一封新邮件映入眼帘，发件人是蔡以纯。妍晴心中有种不好的预感，自从上次得罪蔡以纯后，她心里就隐隐有些担忧。她仔细看了一下邮件，大多是机械而细碎的工作，比如校对数字、庞大的数据分析处理等。时间紧迫，邮件要求当天晚上必须交，而且，不能回家做，蔡以纯声称关键部分要和她讨论。

妍晴不禁有点郁闷，偏偏是下班时间才让她做，但也忍了下来。

问题是，连续一个星期皆是如此，白天一整天闲得要死，晚上5点钟左右蔡以纯会发邮件给她，她加班到10点左右才能回家。在公司，一般项目主管级别的会经常加班，项目助理一般晚上7点之前差不多都走了，项目助理经常加班，会给人一种工作效率不高的印象。

根据公司规定，晚上7点开始算加班，是有加班费的，但是要经理批准。而这个项目的经理，正是季之轩。

妍晴心里明白，蔡以纯在故意为难她，她每天那么晚走自然是有目共睹的，但是她闲了一整天却没人知道，这样一个星期下来，估计有很多项目主管已经开始怀疑她的工作效率了。

最让她郁闷的是讨论的过程中，蔡以纯经常会说："不是这样的，你没理解我的意思。"而且声音很大。

妍晴心里憋了一肚子气，却无处可发，她现在知道什么叫穿小鞋了。

"梁妍晴，你可以走了。"蔡以纯走到她身边，拍了拍她的背，"客户的这个项目预算很紧，加班费估计挺难批的。"然后，给了她一个意味深长的笑。

"我明白了。"妍晴笑答。

这是一个个性与服从的问题，职场新人要低调，要服从。何川做得很好，但是他依然闪闪发光，不是那种唯唯诺诺只知道听话做事的人，这是妍晴最羡慕他的地方。

和邱雨泽的绯闻事件已经让她明白，在公司里，一个疏忽或者一时的冲动都可能被别人利用，一不小心就成为众矢之的，太过张扬的个性也是如此。但是忍耐也是有底线的，每天故意让新人加班那么晚还不给加班费，其实就是变相剥削，这已触动了妍晴的底线。超过底线的事情，她决不妥协。

填好申请加班费的单子，她径直走向季之轩的办公室，里面灯依然亮着，房门虚掩着。敲门的时候，她有点紧张，她的心理素质一向很好，但是季之轩身上有一种压迫性的、让人很难对抗的气质，让她每每感到不安。

“进来。”低沉的声音响起。

“经理你好，我叫梁妍晴，我最近一周都在做 FAM 的项目，晚上都有加班，请您看一下。”

季之轩抬头，“这个项目时间应该很充分的，怎么你经常加班吗？”脸上有种不可思议的表情。

果然，蔡以纯故意下班的时候来找她。

妍晴咬着嘴唇，沉思着，这个时候，她有了一丝动摇，因为这次一得罪蔡以纯，或许以后都没有机会再弥补她们的关系，她需要考虑清楚这件事情的操作成本。

“没关系。”季之轩微微一笑，大笔一挥在加班单上签了名。妍晴来不及解释，嘴巴微张，有点惊讶于他的反应。

“你有什么要说的吗？”季之轩调整了一个舒服的坐姿，目光深邃。

妍晴深吸了一口气，“最近一周我每天都是 5 点 30 分左右才接到工作，所以才会产生加班问题。”

然后，她谦恭地道别，离开。

好吧，就算我在经理面前揭发她好了，因为就算我不说，她以后也肯定把我吃得死死的。

最重要的是，她故意让别人怀疑我的工作能力，这一点我绝对不能容忍。

妍晴慢慢地收拾东西，正打算离开，忽然听见有人喊了一声，

“邱雨泽请加班同事吃草莓派了，大家来拿。”

一听到草莓派两个字，妍晴就很激动，那可是她最喜欢的点心。

嘴上松软甜腻的感觉让她觉得心情倍爽，“邱雨泽，怎么想起来请大家吃草莓派啦?”妍晴在 MSN 上问。

“你不喜欢吗?”邱雨泽回了一句。

妍晴有一刹那的语塞，他这么问好像知道她最喜欢草莓派一样，有点怪怪的。

心里有种春暖花开的感觉。

第二天早上，妍晴擦了“水之恋”。

不是江旭宁送的那一瓶。她在某天忽然心血来潮，飞也似的跑到丝芙兰，不假思索地买下了它。

本来打算将它一直锁在抽屉，就当做是一段心情的记忆，聊以自慰。好不容易终于和邱雨泽摆脱了暧昧嫌疑，她打算和他尽量保持距离的，但是，先前的决定又被她一一否定了。她喜欢“水之恋”清新、冷艳的味道，就这么简单，这是一款能给她带来恋爱感觉的香水。除了它，没有什么可以代表她的心情。

风尘仆仆地赶到办公室，她在位置上坐定，蓦然发现，对面坐着一个陌生的男生。不是第一眼帅哥，但是，很有型。他的头发是精心打理过的，蓬松而时尚，领带随意系着，和别人把工作牌直接挂在脖子上不同，他把它整理好，放在衬衫上面的兜里。

“梁妍晴是吧？我叫乔迁。”男生向她打了一声招呼。

“你好。”妍晴轻松自然地表示欢迎，她早上的心情不错。

乔迁不再说话，专心盯着电脑屏幕。

自苏姗走后，妍晴每天都要对着空椅子，现在有一道风景线摆在那，也不会那么无聊了。

她下意识地又朝邱雨泽的方向望去。以往她只能看到他的侧脸，高挺的鼻梁，紧闭的薄薄的嘴唇。每次，不超过三秒，妍晴便会转回头，但这一次，他忽然站起身，朝她的这个方向走来，来不及躲闪的妍晴，终于和他视线相撞。妍晴立刻收回目光，心怦怦乱跳，她不希望自己小心翼翼珍藏的感情被他发现。随着脚步声的临近，妍晴心中默默祈祷他今天不要擦“风之恋”，她不想让他认为她对他有什么特别的想法。但是为了不让他误会，而把喜欢的Kenzo永远束之高阁，她又做不到。

他离开的身后，带来一阵风，一股熟悉的清雅香气传来，妍晴心里一紧，最担心的事情果然发生了。

十分钟后，邱雨泽来到妍晴身边，“有个项目需要你大概做一周，是郑繁曦指定找你的。”

“好。”妍晴回答得很简短，她不想看他的表情，她还没有做好准备去迎接他可能出现的任何反应，包括不屑，甚至厌恶。

她很清楚，邱雨泽的字典里从来没有“偶然”、“巧合”这样的词汇，他肯定会认为，她在诱惑他，在明知他有女朋友的情况下。

kenzo情侣香水，让她和他之间的关系似乎又变得有点扑朔迷离。但这一次，确实不是偶然，只是她的喜好使然，如果连个人喜好也要先理性地去分析一番，那就太累了。

邱雨泽俯下身，以十分清晰的逻辑把整个项目的情况、妍晴要做的工作和具体要求说了一遍，话不多，但是让她对所有问题了然于胸，心情也有种豁然开朗的感觉。他不会给你施压，不会硬性要求，也不会喋喋不休地讲很多，而是在最短的时间内，把所有关键问题打包传输到你的大脑深处。和其他同事交流下来的结论是，他好似可以很快地看出一个人的水平，不会让你做超过你能力的工作，但是却能利用你所有的长处去完成它。

“你还有什么问题吗?”邱雨泽的语气轻柔，Kenzo的情侣香水味道在他们身边轻轻萦绕、扩散。然而，完全不存在的亲密关系，和这甜蜜的味道是如此的格格不入，妍晴感觉到了前所未有的讽刺。世界上最远的距离，是即使擦了情侣香水，距离如此之近，你可能也知道我喜欢你，但是，我们还是像陌生人一样遥远。

这一刻，她似乎释然了。

“没有问题。”妍晴终于抬起头，给他一个自信的微笑。

他的目光理性而清澈，看不出任何波澜。只是，临走时嘴角的微笑却有点意味深长，印象中的邱雨泽，很少会这样笑。

“风之恋”的香气渐行渐远了。妍晴觉得很轻松，不用再自欺欺人了。

“乔迁吗？我这里有一个PD的工作，你现在有时间吗?”一个个子小小的女生来到乔迁身边。

妍晴认识她，A组的一个项目主管，经常在卫生间看到她和别人聊八卦，但是她会到F组来挖人做事，倒是很少见。

“你很急吗？不好意思我在忙另外一个项目，大概要一上午。”

乔迁抱歉地笑笑，女生脸上有着明显的不悦，一甩头走开了。

明天的八卦又多了一条。妍晴想。

“我看你一直很闲的呢，为什么不接她的工作。”妍晴禁不住在MSN上问。

“有些烂工作，一旦接下来就没有尽头了，我宁可空闲下来自己多学点有用的东西。”

他很有个性，目前她还没听说谁会故意不接项目主管的工作，这种有所为而有所不为的工作态度仿佛一阵清新空气，吹入妍晴的心中。看惯了小心翼翼的迎合，或者处心积虑的讨好，对于这种有的放矢的工作态度，妍晴还是颇为赞赏的。

这让她对项目主管和助理的关系又有了一个新的认识，主管人很多，助理人也很多，对于优秀的助理，主管都想找他做项目，助理其实也是有选择权的。同样一件事情，助理可以选择给他喜欢的主管先做，给别人后做。所以主管和助理搞好关系也是很重要的，她似乎明白了为什么邱雨泽总会和助理打成一片了。

但是低头看看自己的工作，还是没什么头绪，其实是那种看似简单，但是很浪费脑细胞的工作——写研究报告宏观分析的一个部分。这个工作对知识背景要求很高，对于法律、税务、国家相关产业政策、行业背景甚至市场分析理论都要有一定的基础。这对于国际贸易专业的妍晴来说，是有难度的。这个工作内容本来应该是比较优秀的高级助理做的，这是试探能力的底线，还是故意为难？

“梁妍晴，你过来一下。”邱雨泽打电话过来说。

妍晴走过去，看到他桌子上的蓝山咖啡。近段时间以来，他每天桌子上都放着一杯蓝山，这是咖啡中的极品，也许只是个人口味偏好，也许他对生活品质要求很高。

“有难度吗？如果是这样，何必知难而上呢？”邱雨泽优雅地轻啜了一下咖啡，貌似对妍晴可能的反应早已了如指掌。

“你可以主动和我讲你遇到的问题，我可以安排一个你更胜任的部分去做。”邱雨泽的目光从容而自然，语气简洁而干练，但是却有种不容忽视的——骄傲。只是只言片语，就让你感觉到自己的渺小。

妍晴懂了，她太自不量力，邱雨泽是骄傲的，妍晴的举动已经触动了他的底线。当然她也由此了解到了他不为人知的另外一面——骨子里的他是那种很难接近的人。

然而这样也好，与其把自己封闭在寂寞的暗恋世界里，没有尽头，不如见光死，然后，去追求新的生活。

“是很难，但是，我喜欢。”妍晴的语气很认真。

“如果你想把这部分给别人做，那就给别人好了，不过在你做出这样的决定之前，我会试着去做。”妍晴表明态度。

“好，那你先去做吧，今天下班前给我一个做好的版本。”

重新回到座位的妍晴，觉得很轻松，同时也大概了解了郑繁曦的用人风格，他可能会给级别低的人做一些挑战性强的工作，挖掘其工作潜力，了解其能力底线。而季之轩会让级别低的人做最基础的工作，而且喜欢听话的。

而她基本上已经明显地得罪了蔡以纯和季之轩，所以，无论如何都要得到郑繁曦的认可。

在抛开了对邱雨泽的种种幻想之后，她更能全神贯注投入到工作中去。她重新审视了一下工作内容，不由得想起了每天打印、复印的那段艰苦日子。看了很多和客户之间的往来邮件和公司出的咨询报告，大体风格和用词她是熟悉的，所以不能说没有任何概念。她忽然很感谢那段时间的工作，虽然当时郁闷，但是现在发现还是受益匪浅的。公司里学习的机会很多，关键在于你是否能够发现、抓住。

“梁妍晴，一起叫外卖吗?”

妍晴一抬头，是苏姗最好的朋友周伊，她偶尔会来找妍晴吃饭。

看来中午是没有时间出去吃饭了。“好啊，一起。”妍晴笑答。

“你最近在忙什么?”妍晴问。

“PD的事情，事情多得铺天盖地，经常要加班。”周伊的表情有点无奈。

在没有项目的情况下，有PD做也是好的，但那只能作为绩效评估的辅助参考。

刚进公司时还天真烂漫的同事，几个月之后，大家的情况迥异，原本纯洁的同事关系逐渐变得复杂起来，钩心斗角，虚情假意。她感觉真诚而又直率的几个人纷纷离开了公司。也许职场根本没有真正的友谊，如果有，也不会长久，她现在也开始这么想了。她因此很珍惜和周伊相处的时间，周伊是一个性情有些木讷，但是很真诚的人。

陈菲扬一行浩浩荡荡地从旁边走过来，经过妍晴时，她的目光充满了不屑，好像在说，像周伊那种混得那么差的人，梁妍晴你还和她一起吃饭，真是太没眼力了。

一切都以自身利益为出发点，会不会活得太累？妍晴想。

下午一阵紧张有序的工作之后，妍晴终于在下班前交出了自认为满意的答卷。

邱雨泽不置可否，只是说："这周一直都会是这种类型的工作，你要做好准备。"

身上的"水之恋"味道已经飘散尽了，妍晴心想，从明天开始，我终于可以光明正大地用"水之恋"了，不需再介意使用"水之恋"会造成什么不好的影响。

妍晴开始机械地收拾桌面，心里则慢慢体会下班来临的喜悦，她喜欢迅速经历痛苦，慢慢地享受甘甜。

然而，事实，却可能恰恰相反。一封标着小红旗的邮件再一次映入她的眼帘，"下周一开始，参与 FAM 项目的各位将去 G 市出差，请各位把身份证号码发给我，以便客户为大家订机票。"发件人——蔡以纯，同时发给了何川、梁妍晴、乔迁。

季之轩的项目会继续找我？妍晴心中打了一个大大的问号，但随即，一种非常不好的感觉涌上心头，蔡以纯是要让暴风雨来得更猛烈些吗？

不过，谢天谢地，陈菲扬不在其中。

第八章　别开生面的表白

“许哲宇，你……”站在小区门口的雨佳盯着楼梯口一片红灿灿的脚印，脸上又惊又羞，看起来煞是可爱。

“怎么了?”许哲宇一脸调皮的神情，继续向前快速走了几步。

小区干净的水泥地面上又多了几个清晰的红色印迹，左脚印出来的字为“桑雨佳”，右脚印出来的字为“我喜欢你”，而这对脚印正来自许哲宇。

“雨佳，我想带着这些脚印走遍天涯海角，你跟我来吗?”许哲宇对雨佳眨眨眼，继而以百米冲刺的速度向小区门口跑去，留下一串红色的爱情轨迹——“桑雨佳，我喜欢你”!

小区的居民原本散步的、刚下班的、出去买菜的，都开始驻足观看，“这男生花头还真多，把示爱的文字印在鞋子下面，走到哪里印到哪里。”

“哇，还有这么表白的，好浪漫!”

“你看人家，不用鲜花，不用甜言蜜语，随便在地上走两步就表白了，多特别啊。”

“是挺特别的，但这不是破坏公物吗？”

“谁是桑雨佳？这小姑娘快出来把这男生带回去吧，别在这丢人现眼了。”

那人这么一说，引起很多人的不满，“怎么能这么说呢？这叫浪漫，你懂不懂？你才是丢人现眼！”

雨佳一路小跑，追到小区门口，一副恼羞成怒的模样，“许哲宇，你玩够了没有？”

“雨佳，你不答应我，我还继续跑。”许哲宇一脸得意的表情。

一边的妍晴拿出随身携带的相机，把这段场景一秒不差地记录下来。

“原来你就是桑雨佳，快答应这个男生吧，可见他为你费尽心思了。”有人开始劝导。

“你是幸运的女生哦，这男生这么可爱，你就答应他吧。”

众人把两人围了个水泄不通，雨佳想跑又跑不掉，站在那里，眉头紧皱，表情异常尴尬，脸蛋像熟透的苹果。

许哲宇慢慢伸出手，轻轻握住了雨佳的小手，雨佳的小手奋力挣扎，最终敌不过许哲宇的强势，拉住他一根手指头，两人就这样牵着手，在众人的欷歔和祝福声中，走回了家。

妍晴心中一阵惊喜，许哲宇这厮花样还真多，不出手则已，一出手就抱得美人归了。

前几天的雨佳和许哲宇，关系起了微妙的变化。

比如，两人时常心照不宣地出现在客厅，虽然不说话，都忙着自己的事情，但是似乎很喜欢对方陪伴的感觉。

这几天收衣服的时候，雨佳都顺便帮许哲宇把衣服收好，叠整齐放在客厅里，等他回来拿。

许哲宇每次回来，都会买雨佳最喜欢吃的菠萝，削好放在冰箱里，给雨佳吃。

妍晴还真对许哲宇有点没辙，当初追唯莹的时候，是那么惊天地泣鬼神，现在面对雨佳却如此踯躅不前。

周五的早上，妍晴一进到卫生间就吓了一跳，卫生间的大镜子上多了一行粉红色的笔迹，“雨佳……”貌似是用口红写上去的。

这种欲言又止、欲语还休的婉约风格，真的很难想象是许哲宇做出来的。

当天晚上，妍晴就发现，镜子上多了粉红色的一行字：“做什么?”

她不禁莞尔，这两人明明离得那么近，却每天像对暗号一样。

没下文了。

妍晴抓住机会，对许哲宇一阵教训，“喜欢就表白啊，干吗拐弯抹角的？连我都要鄙视你了。”

一种妍晴从未见过的认真表情出现在许哲宇的脸上。

“对方现在能给雨佳的，我给不了。”

妍晴明白，他是经过深思熟虑的。

“我说过，雨佳有权选择更加优越的生活。”许哲宇平静地说完，离开了。

妍晴一直喜欢他们两个之间类似校园恋爱的那种纯纯的感觉，这在走出学校之后就再也没有体会过了。

却原来，许哲宇在了解到雨佳对他有意之后，策划了这场表白，这就叫厚积薄发。

之后一段时间里，这件浪漫的事成为小区居民津津乐道的话题。

但不久，居委会就找到许哲宇，做足了教育工作。之后，许哲宇便开始配合物业清理地面，费了很大工夫，还是没有彻底清理干净，也不知道他当时买的什么染料。

不过从那以后，那辆黑色本田就再也没出现过，“他来就好了，看到这些文字估计就要知难而退了。”许哲宇说。

如此攻防周密的作战计划，让妍晴心中也不由得佩服，戏称许哲宇为“军师”。

阳光明媚的上午，妍晴美美地睡了一个懒觉，醒来发现，桌子上多了一束纯白色的玫瑰花。白玫瑰的花语是“纯洁”，花如其人，雨佳本来就是那种不食人间烟火的人。

拉开窗帘，她发现雨佳在阳台发呆。

“怎么，还沉浸在前几天的幸福中无法自拔啊?”妍晴笑着说。

“他实在是太……”雨佳的表情虽然无奈，但言语却是欢欣雀跃的。

雨佳盼望这一天已经很久了，在经历一段小小的插曲后，两人终于如愿地走到了一起。有时候，小波折是考验，也是幸福的催化剂，对于他们而言，与其说许哲宇选择了雨佳，不如说，是雨佳选择了许哲宇。

“这样的好天气，不如明天约唯莹一起去郊游吧。”妍晴伸了一个大大的懒腰。在出差之前，她要好好放松一下身心。

“这样好吗?”雨佳轻问。

“想太多了。”妍晴一手搭在雨佳肩膀上，“唯莹不会介意你们在一起，她之前说过会为你们的幸福开心得哈哈大笑。”

距离拉近，细心的妍晴发现原来不施粉黛的雨佳今天化了淡淡的妆，和唯莹明艳的女人味不同，雨佳身上有种宁静而古典的气质，聪慧而不多言，像清凉的薄荷散发着沁人心脾的幽香。

雨佳，你的美终于开始绽放了。

“郊游?不如我们来一个结伴游吧。雨佳，记得带上许哲宇，妍晴就找上次跳舞的男人好了，我会带上欧若朴。”电话那头的唯莹看似心情很不错。

“欧若朴?唯莹，你还想和他有继续的发展?”妍晴有些不可思议地问。

“无所谓，只是现在的心情刚好想找他而已，也许明天就变卦了。”唯莹在电话那边说。

“我记得你把他给的钱都撕了，他竟然不生气?”

“他那天只是说，周唯莹，我想我们还会再见面的。”

真是一个怪人。妍晴心想。

接下来，她要想清楚的是，要不要给陶瑾瑜打电话。最后，她还是放弃了这个想法，陶瑾瑜是她不想与之纠缠不清的对象，她清楚地知道他们之间的差距，她对有钱人的无聊爱情游戏不感兴趣。想到这，头脑里又忽然出现了邱雨泽的形象，她用力地甩头，终于把他抛之脑外。

“妍晴，怎么不带个男人来?”唯莹一屁股坐到妍晴身边，松软的草地透着一种大自然的清新气息。

望着雨佳和许哲宇骑着双人自行车渐行渐远的幸福背影，妍晴心中有种说不出来的滋味，仿佛又想起了青葱大学时代的爱情感觉。

“偶尔当当电灯泡，增加一下你们的幸福指数，挺好的。”妍晴带着调侃的口吻说。随即慵懒地躺在草地上，双手枕着头，久违的青草味道和秋日暖暖的阳光让她有种身心舒畅的感觉。

她的视线刚好对着欧若朴，从来到现在，他没有说过一句话。

他一身黑色的T恤、黑色短裤、黑色的鸭舌帽，酷酷的样子，手上提了一个硕大的袋子。

他把袋子放在一块空地上，在空地上面铺了一层干净的桌布，接着从塑料袋里拿出来一堆的瓶瓶罐罐，一个专业的炭烤炉、烧烤叉、刀、鱼夹、牙签，接着是一串串的海鲜、肉类、蔬菜，一应俱全，看起来很丰富。

妍晴有点晕，“他是来野外烧烤的?”

由于事先只想随便出来玩玩，没想到野餐的事情，大家也都没准备什么，没想到欧若朴却带来了惊喜。

“这些用具看起来很专业嘛。”唯莹开口了。

“一般。”欧若朴淡淡地回应。

他开始摆弄一边的烤炉，不一会儿，火红的炭火变得旺起来。

唯莹凑过去，“要帮忙吗？”

“随便。”欧若朴声音冷淡。

一边的唯莹开始手忙脚乱地往食物上洒调料，由于不擅长做家事，调料被她弄得到处都是，欧若朴眉头紧皱，“你帮我把肉串摆在烤炉上就好了。”

妍晴用手撑着头，看着两人有条不紊地忙着，心里不由对欧若朴充满了好奇：一副居家好男人的模样，简直和之前冷酷不羁的模样判若两人。

“哎呀！”唯莹大叫一声，只见她不停甩着手指，表情痛苦，原来是手指不小心碰到烤炉，烫伤了。

“你还能干点什么呢？”欧若朴随手抓起一瓶矿泉水，慢慢滴在烫伤部位，待为其降温后，又拿起一包面巾纸，把水滴吸干，继而在包里一阵乱翻，终于掏出一小瓶绿色的药膏，为唯莹涂在烫伤处。他的眼神专注，动作细腻而迅速。

“这些东西你也有？”唯莹一脸惊讶的表情。

“野外很容易出状况的，自然要备齐这些，怎么你一点常识都没有吗？”

唯莹恍然大悟的样子。

“我讨厌没有常识的女人。”欧若朴一脸难以忍受的表情。

唯莹的表情尴尬，腮帮子气得鼓鼓的。

十几分钟之后，烧烤的香味扑鼻而来，欧若朴动作娴熟地淋上柠檬汁。

唯莹随手拿了一串，递给妍晴，妍晴细细品味，“肉质鲜嫩多汁，调味恰到好处。”

欧若朴对妍晴的赞叹仿佛置若罔闻，只是把烤好的肉类放在盘子里，又继续下一轮烧烤。

“欧若朴，你怎么不吃？”唯莹禁不住问。

“我喜欢烤。”

好怪的人，唯莹开始大快朵颐，“喂，如果有一天你失业了，就去卖羊肉串好了。”

听起来像是称赞，但却让人感觉很不舒服。

欧若朴脸色铁青，眼看就要发作。

忽然，他的手机响了，他看了一下，急匆匆走到稍远处，片刻后，他回来，“我要走了。”声音冷淡。

唯莹脸上有种意外而又依依不舍的表情，她似乎想让他留下来，但是欲言又止。

“这些用具就送给你们好了。”欧若朴稍微拉低了一下帽檐，步伐匆匆地离开了。

唯莹的表情有点气急败坏。

“很难相处的男人，但是专注的样子倒是蛮可爱。”妍晴感慨。

“长这么大，还没人当面说过讨厌我呢。”唯莹有点懊恼。

“唯莹，我觉得，他可能不是花心，而是太挑剔。”妍晴判断。

唯莹没说话，只是仔细端详着烫伤的手指，“他好温柔。”

“妍晴，我要和你打赌，下次，我一定要他开口对我笑。”唯莹气势汹汹地说。

“赌什么?”妍晴一脸感兴趣的表情。

“我的幸福。”

妍晴一直觉得，上次和郑繁曦表面上是在帮她说话，实际上却使得她和蔡以纯的矛盾激化，同时加速了她归入郑繁曦的阵营的速度。问题是，她在郑繁曦的阵营还没站稳脚跟，在季之轩的阵营却基本上已没有立足之地，基本上处于“无阵营”状态。

而这次季之轩的项目，基本上是凶多吉少。

只要不触及底线，一切都可以忍。她决定。

“梁妍晴，帮我做一个比较分析的PPT。”

何川拿来一沓资料，来到妍晴旁边。这是周一的上午，何川除了“早”之外，和妍晴说的第一句话。

从一来到G市开始，她就发现，何川对她的态度和以往发生了很大的变化。

大半个上午的时间，何川都在交代乔迁做事情，却对坐在另外一边的妍晴视而不见。

原来惺惺相惜的工作伙伴，现在变成了上下级。虽然只高一个级别，但两人的关系却已经发生实质性的变化。

看来，上下级之间根本不可能存在友谊，即使先前存在，在这之后也会荡然无存。

友谊，多么脆弱的名词。

即使是这样，妍晴仍然觉得，何川是值得她学习的对象，但是她却永远无法成为他，因为他们两人的底线不同，他能忍受的，妍晴无法忍。

但对于他交代的任务，她想做好。这不仅是完成一项工作，其中还掺杂着一种出于对他的尊重和钦佩，希望可以为他排忧解难的私人情绪。

“梁妍晴，你应该知道，你这样的排版不是蔡以纯喜欢的风格，我把之前做过的一个 PPT 发给你，参考一下。”

何川的声音不大，但足以出乎妍晴的意料，这是她没有想到的问题。

“何川，麻烦你也发给我一份。”乔迁示意。

蔡以纯不在，她和季之轩在和客户开会。

在客户公司会议室里只有妍晴、何川，还有乔迁。

妍晴从来没有想过蔡以纯会喜欢怎样排版的 PPT，那只是形式，她一向觉得，内容决定实质，而形式如何，完全属于个人风格问题，并不会对项目的质量起很大作用，做项目本来就应该对事不对人的。

一个开明的人，不应该只是纠结于让别人服从于她的个人风格。

一个优秀的人，应该用自己的风格去影响别人，而不是强迫别人去接受他的风格。

“好。”妍晴应答道，心里却有种说不出来的滋味。

如果是别人让她这样做，也许她还会问一两个问题，但这个人是何川。她一直觉得，何川不是那种刻意去迎合别人的人，不知怎的，她觉得像是某种珍贵的东西忽然被打碎了一样，心里难受。

蔡以纯和季之轩一前一后走进会议室。

乔迁立刻起身，给所有人倒了一杯水，最后却发现没有给自己倒。于是他再度起身，季之轩微笑着把自己身边的水放到乔迁前的桌面上，“谢谢，我只喝咖啡。”

而会议室这里并没有咖啡，乔迁的表情有些尴尬，但是马上就换上另外一种从容自在的表情。

“刚才和客户开会，了解到客户打算研发一种新型休闲饮料，目标消费群体主要是年轻的白领和学生，在主题和瓶体设计方面暂时还没有敲定，需要我们做一下市场调查，了解一下现有休闲饮料市场的竞争情况、各种品牌的市场占有率、消费者的品牌偏好情况，研究一下当前消费者所青睐的潜在产品形态。”蔡以纯顿了顿，继而用更加缓慢的语调说，“这次主要采用重点抽样调查方法，会在G市主要几所大学的学生和主要办公楼的白领中选取一些采访对象，了解他们的消费习惯和品牌偏好度。”

“何川，你分派一下工作任务。”蔡以纯示意。

何川点头，“乔迁，你去做问卷吧。”

“梁妍晴，你留在客户这边。”

这次的问卷，相对于上次防汗除臭剂的项目来说，容易很多，妍晴不介意她被分配到什么工作，对于没做过的，她都感兴趣。

“好了，大家准备准备，五分钟之后下楼，我们会和客户一起吃饭。”蔡以纯的语调很轻快，看得出来，她心情很好。

这是一家离客户公司不远的粤菜馆，规模适中，但是装修得很有韵味。

一进门，扑面而来的粤土风情让妍晴感觉心情愉悦，她一向喜欢原汁原味的菜肴，对清淡可口的粤菜也是情有独钟。

简单的几句寒暄后，季之轩和客户营销部的老外总监 Fred 一见如故，两人开始谈笑风生。

客户的营销部门经理熟练地翻阅菜单，不时征询大家的意见，而蔡以纯报出的几个菜名让妍晴顿时食欲全无，那正是她最讨厌的几个菜。

一向沉默寡言的何川开始和营销部门主管侃侃而谈，拉近关系。

乔迁在和服务员沟通，让他们尽快上好茶水、碗筷，一副乖巧机灵的样子。

每个人都在季之轩面前做尽善尽美的表现。

只有妍晴，一时间她不知道该做什么，因为能够做的事别人已经做了。

菜品渐渐上来，“烧鹅是这家店的招牌菜，味道还不错。”

在营销经理的推介下，大家纷纷夹这个菜。事实上，这正是妍晴最讨厌的菜，但她还是夹了一块轻轻放在嘴里，然后做出了一个味道不错的表情，心里却是无比郁闷。

梁妍晴，等你有一天做到高级经理的时候，就可以点自己喜欢的菜了，她心里自嘲地想着。

靓汤终于上场了，乔迁微微欠起身，开始为大家盛汤。

然而由于座位的关系，他的服务范围终究有限。汤转到了 Fred 那里，Fred 拿起碗开始舀汤。不知是不是不太擅长用中国的汤勺，一碗刚刚盛好的汤被他不小心碰翻，汤汁溅了一身。

众人都瞠目结舌，但是没有一个人说话。一时间，场面尴尬无比。

旁边的营销经理急忙拿起面巾纸，帮他清理。

“You are so charming that the soup can’t help embracing you.（你太有魅力了，以至于连汤汁都忍不住要拥抱你。）”妍晴急中生智，语气中带着一点调皮，一点幽默。

“Oh，that must the most charming hug I’ve had.（那一定是我所经历的最有魅力的一次拥抱了。）”

Fred 也幽了一默，场面一时变得热络起来。

其实这个时候，妍晴的想法很简单，每个人都有因为疏忽而令场面尴尬的时候，这个时候他需要有人帮他一把，妍晴毫不犹豫地选择帮他，正如她在遭遇绯闻事件的尴尬时，多么希望有人帮她一把一样，她很了解那种感觉。

“梁妍晴，这里有一份数据校对的工作，季之轩今天晚上要看这些数字。”

何川拿来一本厚厚的打印稿，来到妍晴身边。

一看这形势，妍晴就知道这个项目的核心工作没她的份了。市场调查乔迁去做，其他方面的分析应该是何川去做。数据校对是烦琐而又机械的工作，只要错一点，就满盘皆输，即使先前多么认真都没有用。而且，这个工作甚至不用通过蔡以纯，资料会直接交到季之轩手中，那样梁妍晴就可以名正言顺真正出局了。

她似乎更明白为什么这个项目要找上她了，看来蔡以纯是想要在年终评估的时候参她一本。但是如果没有找她做过项目，说话自然没什么分量，所以才会拉她进这个项目来，而蔡以纯自己却不会直接参与其中，一切都交给何川，借刀杀人！

数据校对确实不是妍晴擅长的工作，因为她本身喜欢变化，喜欢挑战，喜欢一切新颖而有创意的事物，而对于机械、琐碎而又繁杂的事物有着本能的排斥。

看来蔡以纯似乎觉得她已经抓住了妍晴的弱点，就是有时候不够细心，而她就利用妍晴偶尔的粗心让她去做最细心的工作，从而达到打击她的目的。

她想到了“木桶理论”，一只木桶，装水的容量最多只能达到所有挡板中最短的挡板的高度。一个人如果被抓住了弱点，是最可怕的事情。而她，在上班的第一周里，基本上就把她的弱点公之于众了。

但可笑的是，没人相信她是因为粗心，大家都觉得是她主动要勾引邱雨泽。

看来细节决定成败，是一句哲理。

她脑中忽然又闪现了乔迁给季之轩倒水，季之轩说，我只喝咖啡。

这么说，更高明的人是那种你不但不会发现他的弱点，甚至连他喜欢什么，你都难以摸清楚。她有了大彻大悟的感觉，心里忽然有点感谢蔡以纯，如果不是蔡以纯，也许她还不会想得这么透彻。看来无论什么事情，都是一把双刃剑，关键在于你要把事情理清楚，继而趋利避害。

而自己当前要做的，就是无论如何都要克服粗心这个弱点，让所有想借此打击自己的人知难而退。妍晴心中暗暗下定决心。

“梁妍晴，你在神游太空吗?”蔡以纯忽然问。

妍晴立刻回过神来，只是说了句，“谢谢你提醒我。”

蔡以纯的眼神立即转为锐利。

周四早上，妍晴一来到办公室，就发现蔡以纯今天穿着格外正式。

纯黑色的套装给人一种简洁干练的印象，但蔡以纯穿上它，却有另外一种风情。她看了一下表，“各位，根据这几天你们的调查结果，我在昨晚把报告赶出来了，今天会做一个现场的演示。”

妍晴有点奇怪，以前项目主管做好的报告，基本上会直接发给经理，不会做现场的演示。

蔡以纯望向季之轩，有种询问的意思。

季之轩点头示意。

蔡以纯拿着电脑走到前面。

没有请客户参与，应该还是初稿，妍晴想。

蔡以纯的讲解很细致、专业，其中包含很多专业的数据分析方法和相关知识，让妍晴一时间茅塞顿开。她之前看过一些报告，对于一些专业问题基本上是百思不得其解，但是今天都得到了释疑。

她领悟到了这些数字的魅力，以前觉得它们机械而烦琐，那是因为作为助理所涉及的层面太浅，但一旦掌握了一些数据统计方法，这些烦琐的东西就会变得生动而有说服力。蔡以纯很注重细节，但是另一方面，一个非常专业的分析人士形象也印在了妍晴心里。

随着演示文稿一页页跳过去，到了最后一页 Q&A（疑问和解答），做过 PPT 的人都知道，这句是标准的废话，但是一般最后一页都是这句。

“大家有什么问题，可以畅所欲言。”季之轩忽然说，语气温和。

对于这个项目，妍晴心中确实有一些自己的想法，和蔡以纯在文中提到的想法角度不同。

但是她又很清楚，这次的项目她表现得再好也没有用，只是在一个问题上来回转圈，她目前最大的问题不是做事，而是做人。

可是，她不想去讨好蔡以纯，她不想，也不知道怎么去做。

但是，如果她没有任何表现，碌碌无为，却更可能给人说她坏话的把柄。

“听了这个报告，学到了很多知识，特别是在数据分析方法方面受益匪浅，谢谢蔡以纯的分享。”

妍晴语调缓慢，措辞认真。

蔡以纯的表情略微惊讶，继而又保持一贯的微笑。

蔡以纯似乎没有想到，妍晴会先开口称赞她。

“对于新型休闲饮料的营销策略方面，我有一个非常不成熟的看法，在这里和大家分享一下，希望可以对项目有一点帮助。”妍晴的语气变得更加理性。

“我建议产品打个性牌，和其他产品展开错位竞争。如果把饮料作为内容的话，那么饮料的瓶身就是形式。当然，内容是实质，是决定胜败好坏的关键，但问题是，当前的竞争趋于同质化，大家都在考虑饮料的营养、配方、口感这些问题，却都忽视了产品的包装。现在大部分饮料的包装都很普通，基本上没有厂家在这上面做文章。”

“梁妍晴，有想法很好，我也经常主张跳出思维定式，但是，你的想法一定要有价值，而且你一定要证明自己的想法有价值才可以。”

季之轩的语气依然温和，却有一种深入人心的力量。

“我的想法是，比如针对白领的小资情怀，在瓶身设计上突出优雅、时尚和质感，给人一种爱不释手的感觉，这时候饮料不仅是一种饮品，而且还上升为一种品位和生活标志，有收藏价值，这本身可以提升这款饮料本身的品牌价值。

“或者从功能性考虑，针对学生群体，把瓶身的设计和造型与学生用品相融合，比如让一款饮料喝完了瓶身还可以做笔筒。”

妍晴一口气把她的想法说出来，虽然对一个助理来说，这些已经超出了她的工作范围，但既然是一个公开的演示，而且有发言的机会，她就应该好好把握。

一边的乔迁忽然笑起来，“那我想要一个瓶盖带橡皮擦的饮料，我小时候最喜欢买饮料，但是总忘记买橡皮擦。”

一席话让大家都笑了，气氛变得有点轻松。

接下来，季之轩问了很多问题，非常尖锐而且实际，比如：“定价是一个问题，价格肯定要上升，消费者会接受吗?”“如果瓶身太过于出色，甚至超过了饮料本身的价值，会不会喧宾夺主？大家一想起这个品牌，都想起来这个瓶子什么样，但是对于味道可能却记不清楚了。”

这些问题一时间超过了妍晴的思考范围，她提出的只是一个初步的想法，并没有考虑到那么多。

“有些时候并不是有想法就可以，还要对这个想法做理性分析，分析其可操作性和操作成本。应该说，你这次确实是跳出思维定式了，因为这次调查的重点完全是从产品本身考虑的，没有涉及包装。但也不排除你的想法确实会受到消费者欢迎这种可能。”季之轩说。

这时候，妍晴对季之轩的印象有了一定的改观，看来他并不是那么冷漠而可怕，这次让大家公开讨论，其实就是民主的表现。

“发一封邮件给我，把你的想法写出来，我希望看到严谨的分析，而且能够回答我提出的上述问题。”季之轩示意妍晴。

看来，如果你有想法，就一定要证明你的想法是对的，而且有可操作性，不然，反而会倒扣分。

但至少多了一个可以争取的机会，妍晴并不后悔。

“梁妍晴，下午 5 点和客户有一个会议，你来做记录，之后写一个会议纪要给我，要简洁。”季之轩交代一句，先行离开了。

蔡以纯脸上没有任何表情。

下午，妍晴带着电脑，提前出现在客户的会议室内。

写会议纪要看似是简单的工作，但不仅仅是记录，关键是要判断，判断谈话中哪些是重点。不可能把所有内容原封不动都写在会议纪要上面去，季之轩已经说过了，要简洁。她必须判断季之轩和客户交谈的重点是什么。

很多时候，一些工作看似很简单，但要做到让对方满意，还是需要动脑思考的。

Fred 风尘仆仆地赶过来，一见到妍晴，就微笑着和她打招呼。老外一般都不拘小节，妍晴觉得这样很好。

妍晴的手开始在电脑上飞速打字。季之轩是一口标准的英式英语，Fred 的是美式英语，她需要迅速在两种语调中转换。而且，还有一个问题是，可能会遇到听不懂的单词，有些时候即使听不懂但是大概意思还是能理解的，但是有些时候一个单词却对一句话的理解起到至关重要的作用，如果听不懂就会曲解意思。现在妍晴就遇到了这样的问题，凭感觉判断，这个词语比较重要，因为 Fred 已经重复过两次。

问还是不问？如果问，会打断他们，不太礼貌；但如果不问，会议纪要的内容就会打折扣。用了两秒钟的时间，妍晴终于做出了决定，思考时间越长，错过的就越多。

“I'm sorry to interrupt you，but……（很抱歉打扰，但是……）”

Fred 微笑着说他并不介意，然后用非常幽默的口吻为妍晴释疑。

还好，接下来没有遇到同类问题。

一个小时终于过去，妍晴打完最后一个字母，心里终于松了一口气。

“梁妍晴，hope to see you next time（希望下次再见到你）。”Fred亲切地和妍晴告别。

走出客户会议室，妍晴决定先不去吃饭，趁着记忆犹新的时候回去写会议纪要。

季之轩从她身边大步走过去，没有说话。

妍晴不确定他是否已经生气，因为他是一个那么难以捉摸的人。

但是，她并不后悔，有时候一些问题需要沟通和确认才能有效解决，这样总比拿一份没怎么听得懂的会议纪要交差要好。不管怎么样，问题已经解决。

回到他们所在的会议室，发现大部分人都出去吃饭，只有乔迁一个人在。

“怎么不去吃饭?”乔迁问。

“先把会议纪要写好。”

“对了，我今天晚上去Richy，要一起吗?”乔迁忽然兴致很高地说。

“明天还要上班呢，你早上能起来?”

“习以为常了。”

“原来你这么喜欢泡吧。”妍晴有点忍俊不禁，还没到周末，这家伙就迫不及待要出去玩了。

“Work hard，play harder（努力工作，更努力地去玩）嘛。”

“对了，这周末我不会直接回上海，G市离香港这么近，顺便去玩玩。一起去吗?”乔迁又问。

“我没带通行证，有机会下次咯。”

“啊，没有美女陪真是太遗憾了。”乔迁无奈地耸耸肩。

乔迁还挺小资的，但是生活态度挺令人赞赏。妍晴也开始考虑最近是不是要出去玩玩了。赚钱嘛就应该是用来花的，花钱是为了有更大的动力去赚钱，这样才会形成良性循环。

正思索间，她忽然收到一条短信，打开一看，竟然是陶瑾瑜的。

“我下周有一个旅行计划，要参加吗?”

想曹操曹操就到，妍晴刚想着出去玩的事情，就收到了陶瑾瑜的邀约。她有点动心，但是，她一定要考虑清楚，和陶瑾瑜独处，可能会发生什么事情，虽然她相信，陶瑾瑜不会在她不同意的情况下侵犯她，但是，对于这个非常会利用气氛的男人，她还是有点顾虑。

“我在出差，回去再说吧。”

“好，这次你会有意想不到的惊喜噢。”

惊喜?她不知道陶瑾瑜又会玩什么花样，但是不管怎么说，他倒是个花样蛮多的男人。

妍晴想了想，给雨佳和唯莹一人发了一条短信，出游当然是选死党了，安全又自在，当电灯泡也无所谓了。

“我下周有几个重要的客户要见，不能陪你出去了噢。”唯莹回道。

“下周许哲宇的表姐会来上海，我们说好了要见面的，这次不能陪你了。”雨佳回道。

难道计划要破产了？那就继续上班好了。妍晴把手机放到一边，继续写会议纪要。

“梁妍晴，”蔡以纯不知道什么时候吃好饭回来，“下周有一个BM的项目，我会带上你，在S市，和G市很近，我们这周就不回上海了，我会让客户把机票退掉。”

蔡以纯会继续找上她，这让妍晴有点为难，因为和她一起做的项目越多，就意味着她对妍晴的评价占的分量越大，一定要避免这种情况的发生。

“蔡以纯，谢谢你一直带我做项目，不过下周我打算请一周假出去旅游。”妍晴给了她一个抱歉的微笑。

“噢，好的，我找别人了。”蔡以纯依然是面无表情。

梁妍晴，你能逃避到什么时候？

既然真的要休假了，那就去旅游好了，正好在这段时间里，理一下纷繁的思绪，妍晴想着。

略一思忖，给陶瑾瑜回了一条短信，“一起吧。”

第九章　三亚浪漫之旅

“真的不用我去接你吗?”

“不用了，我自己去浦东机场。”

回完短信，一阵阴凉的风钻入身体，妍晴不自觉地打了几个寒战。

12 月份的上海，冬意渐浓。

前几天还绿意盎然的梧桐树，经过几天的阴雨天气，就只剩下残败的树枝和几片枯黄的树叶。婀娜多姿的枝丫无奈地上翘着，仿佛也进入了与世无争的休眠状态。

上海的冬天来得特别快。

萧索、冷清，只有街上拥挤的人潮还证明，这是一个充满生气和活力的城市。

无论春夏秋冬，浮华、拥挤似乎是这个城市永恒不变的主题。

坐在温暖的出租车里，妍晴心里觉得温暖很多，随手从包里拿出一本《上海壹周》翻阅起来。

到了事先约好的地点，一眼就看见陶瑾瑜，背了一个小巧的旅行包，在打电话。

一看他那身衣服，妍晴就开始翻白眼，竟然也和她一样穿阿迪达斯的，不过还好，和她不是情侣装。

“梁妍晴，没想到你也会和我有心有灵犀的时候。”

“呵呵，我觉得这和你我没关系，只是这两套阿迪达斯好久没见了，想找个机会见面而已。”

一到凤凰机场，妍晴的心就变得明媚起来。

三亚的天空湛蓝，空气温暖而清新，让人神清气爽。对刚刚经历了阴霾天气的人来说，这么好的天气会让心情变得开朗起来。

陶瑾瑜脱掉黑色外套系在腰上，随即戴上了太阳镜。妍晴一看标志，竟然又是范思哲的，不过这款确实很适合他。

“你那么喜欢范思哲?”

“从小到大都很喜欢。”

呃，他小时候就知道这牌子了？她是高中才知道的。妍晴想了想，也把紫色小外套脱掉，系在腰上，身上有种轻松惬意的感觉。

“对了，我已经在网上订好酒店了。”妍晴掏出一张便笺，“地址在这里。”

“我们不去那里。”

“你已经订好了吗？应该事先和我商量一下的，每晚超过300元人民币的我不会接受噢。”

“不会。”

坐上出租车，妍晴开始细细打量窗外的风景：枝繁叶茂的椰子树像一把把撑开的伞一样整齐地排在路边，建筑物错落有致地掩映在椰林后面，没有拥挤的感觉。街道基本是 尘不染的，路上行人都只穿了一件长袖T恤。空气很干净，各处的景色都给人一种清晰而透明的感觉，温润的风吹在脸上，舒服得让人忍不住想小憩一会。

不知过了多久，“梁妍晴，下车了。”陶瑾瑜轻轻摇了摇她。

妍晴一个激灵，清醒过来，“这里是哪里?”

“海棠湾。”

一下车，妍晴就被这里的风景所吸引，仿佛到了欧洲风情的海岸，四周都是西班牙建筑风格的别墅。鳞次栉比的红色筒状瓦片铺成的屋顶，在阳光的照射下华丽而鲜明。墙面是白色圆拱形设计，下面立着一排排的白色墙柱，前后对称。里面蜿蜒曲折的长廊若隐若现，四周点缀着浓密妖娆的热带植物，隐约间还可以看见游泳池里湛蓝清透的池水。

“这是你家?”妍晴不由自主地问出来。

“偶尔回来度假。”

“你说的惊喜就指这个?”

“当然不是。”陶瑾瑜笑了。

“下午还会有朋友过来。”

“陶瑾瑜，你要我付房租给你吗，按酒店价格?”妍晴笑问。

“可以，但我只接受1980年发行的面值为一分的硬币一枚。”

1980年，她还没出生呢！陶瑾瑜是故意为难她是不是？

“如果真的觉得过意不去，就做一份中餐给我吃好了。”

“好，不过可能会让你吃了拉肚子。”

穿过一片浓郁地中海风情的长廊，来到一扇白色雕花拱门前，陶瑾瑜掏出钥匙开门。里面的陈设和妍晴事先想的奢华场景不同，到处洋溢着一种清新自然的浪漫气息。蓝色、白色、绿色、橙色，散在房间各个角落的颜色搭配得错落有致，简洁、鲜明，却不会让人眼花缭乱。房间宽阔而通透明亮，巨大的落地窗，窗外的景致一览无遗。

家具陈设以白色为主，但要细细观察才发现，上面的图案雕刻和外围的设计有异曲同工之妙，都是细节之处加以更精心的设计，细腻中饱含韵味，有种手工打造的质感。

房间给人的整体感觉是清新、大气而内敛，这样的设计，和度假的心情刚好相得益彰。

“这些家具都是从西班牙空运过来的，因为我父母喜欢。”陶瑾瑜平淡地道，听语气并无炫耀之意，只是介绍。

陶瑾瑜成长在什么样的家庭，妍晴无法想象。妍晴想想，自己家不过是小康水平，人和人的差别怎么这么大呢？

“我请了钟点工，一会儿会过来打扫，我们现在去超市吧。”

很难想象，一个拥有别墅的男人也会去超市买菜做饭，陶瑾瑜这回给她的心灵冲击还是挺大的。

一辆白色尼桑缓缓从车库驶出来，又不常来还要配车，真是奢侈！妍晴想。

“每年大概来几次?”

“一次，我父母来待的时间会长一些。”

在超市买东西时，妍晴又小小地惊讶了一下，陶瑾瑜其实很会挑东西，他知道什么样的蔬菜和肉类新鲜，还会认真看成分、配料和保质期，完全不像是被优越的家庭条件宠坏的样子。

将大袋小袋的食物提回家后，两人开始商量做菜的事宜，最后决定每人烧两个菜。

妍晴炒了百合西兰花，水晶虾仁四季豆。

陶瑾瑜做了玫瑰梨丝和紫甘蓝杏鲍菇。

白色、绿色、黄色、红色、紫色一应俱全，清淡营养，妍晴的食欲顿时被勾起。

“真没想到你的生活常识还挺丰富的，还会烧菜，而且很好吃。”妍晴有点不可思议地看着他，陶瑾瑜经常会给她一种不可思议的感觉，基本上每次见面都会发现他身上一些特别的东西。

“我喜欢DIY，这样可以培养灵感，在美国读书的时候经常自己下厨。”

继而，陶瑾瑜谈起了在国外读书时的往事。他经常同时做几份兼职，不分白天黑夜，每天过得充实而丰富。他喜欢独立的生活。

妍晴忽然想到，他曾说过，他是一个四体尚勤、分得清五谷的享乐主义者。做网络游戏设计一直是他的梦想，一个执著于梦想而努力奋斗的人，其实很令人佩服。也许，他真的有享乐的资格，因为以前已经打拼过了。

“陶瑾瑜，我烧的东西好不好吃?”

“一般只要具备了大无畏精神的人，都不会介意吃你做的东西。”

“不管怎样，我们真还把它们都消灭干净了。”

“那是因为我不想让它们留下来，下顿继续受你的折磨。”

妍晴用筷子敲他的头，陶瑾瑜也不生气。

就在这时，传来一阵悠扬的钢琴曲。

“这不是《云中漫步》吗? 陶瑾瑜，你弹过的。”

“这是门铃。”陶瑾瑜说着走去开门。

妍晴走到客厅，一个打扮十分精致的女人进入了她的视线，她很小巧，妍晴165厘米的身高，大概比她高出了半个头，前提是她还穿了高跟鞋。她举手投足间都透着一股细腻的女人味，笑容淡雅而温柔，让人看了不禁怦然心动。

“雅芙，你到得比以往早很多。”陶瑾瑜接过行李给了来人一个拥抱。

妍晴站在那里，忽然感觉，自己好像一个局外人。

“这位?”雅芙看着妍晴，目光闪烁着疑问。

“梁妍晴，我的女伴。肖雅芙，我的大学同学兼同事，在B市分公司工作。”

妍晴对“女伴”两个字颇有微词，但不好当场发作，只得微笑和雅芙打招呼。

雅芙上下打量着妍晴，“梁小姐，认识你很高兴。”

“他呢?”陶瑾瑜问。

“在打电话，他来了。”雅芙的眼神忽然起了变化，有种熠熠发光的兴奋。

一个男人，提着一个硕大的旅行箱，步伐匆匆地走过来，步子越来越近，终于，出现在门口。

“刚才有一个客户的电话。”他声音有些疲惫。

妍晴睁大眼睛，脸上是难以置信的表情，继而就觉得心脏要跳出嗓子眼。

男人一抬头，对上了雅芙、陶瑾瑜和妍晴的视线。

他有一刹那的惊讶，继而表情恢复平静。

“梁妍晴，没想到会在这里看到你。”

“邱雨泽，真巧。”妍晴挤出了一个微笑。

“邱雨泽，好久不见。”陶瑾瑜过去拍了拍他的肩。

妍晴觉得，她好想逃。

房间的时钟指向晚上10点。

妍晴躺在舒适的白色铁艺小床上，思绪纷繁。

这间房间，有说不出的温馨别致，鹅黄色的窗帘，带点小小碎花，白色古典的铁艺小床，屋内飘着淡雅的薰衣草味道，沁人心脾的宁静。

二楼有两间主卧、两间客卧，雅芙和邱雨泽住一间，妍晴的房间在最里间，在陶瑾瑜的房间对面。

整个二楼静悄悄的。

按照计划，他们今晚会早早休息，明天一天的行程已经安排得满满的。

晚餐的海鲜烧烤的余味久久挥之不去。说好了是 AA 制，但陶瑾瑜还是把她的那份付掉了，难道，他真的把她当做女伴？原本只是说好一起来旅行的，现在住在人家的家里，还要让人家请吃饭，不是等于默认了和他的暧昧关系？

自己和陶瑾瑜到底是什么关系？妍晴努力思索着。

他们之间其实并未有过亲密的举动，一切都还没超过一般朋友的范围。

原本是一次轻松惬意的旅行，在遇到邱雨泽之后，妍晴的心情开始变得惶惶不安。

不是已经决心忘记他了吗？妍晴再次用力地甩头，一定要大大方方地和他说话、聊天。

邱雨泽，我的生活不能再因为你而变得乱七八糟。

依然是睡意全无，妍晴决定下楼去外面走走。

穿过一段白色长廊，下面是一段旋转楼梯。

客厅里，灯火辉煌。

雅芙穿了一件性感的小背心、低腰裤，双手搂着邱雨泽的脖子，在他身上吊着。

“陪我去吃夜宵。”

“早点休息吧，我今天很累。”

“你累了吗？我来给你提提神吧。”

邱雨泽微笑着俯下头，雅芙忽然踮起脚尖，他的手轻轻搂住了她的纤腰，一阵火辣激情的热吻。

妍晴扶着楼梯，手却不停地颤抖，一股巨大的冲击力攫住了她的神经，她要立刻离开这里，马上！

一双手轻轻地覆盖上她的手，温暖而有力。

妍晴猛地回头，陶瑾瑜就站在她后面，来不及掩饰，她脸上满满地写着所有的情绪。

他的眼神充满了惊讶，深深地注视她。

“陶瑾瑜、梁妍晴，你们也在啊，一起出去吃夜宵吗?”雅芙忽然问。

“你认为呢?”妍晴忽然转过头，趁机擦干了眼里的泪水。

陶瑾瑜眼神忽然变得复杂，他忽然把手搭在妍晴的肩膀，“梁妍晴，我这次旅行的专属厨娘，不如让她给我们做一次夜宵吧。”

陶瑾瑜，明知道她现在的心情，明知道她现在只想逃，却让他们的目光焦点集中在她身上，让她无法逃避。

“陶瑾瑜推荐的，我比较感兴趣。”雅芙说。

“找人下厨不如一起流汗。”妍晴忽然走下楼，低着头，“我们来一次厨艺 PK 好了。两人组队，至于组队方法，有三种选择：一种是按男生女生来分；一种是按公司分，雅芙和陶瑾瑜，我和邱雨泽；第三种就是按照这次的结伴关系来分。”

雅芙肯定会选择邱雨泽的，妍晴认为。这正是她所希望的，陶瑾瑜在她身边，起码可以让她保持最基本的理性。

好吧，就把心情宣泄在无辜的食物上面，然后把它们都吃掉。

“这个貌似有点意思。”雅芙看起来很开心，询问的眼神瞟向邱雨泽。

“不好意思，我今天有点累，下次吧。”邱雨泽淡淡地说。

“雅芙，我包里还有你喜欢吃的点心。”说着，他一个人先上了楼。

经过妍晴时，他给了她深深的一瞥，妍晴立刻把脸转过去。

“陶瑾瑜可是一个很难被挑逗的男人噢。”雅芙在妍晴耳边轻轻说了一句，跟着上楼。

“在生气我不救你吗?”陶瑾瑜说。

“没有，我对你从来都没有抱什么希望。”

“我的同情心也从来不会滥用。”

“去我房间喝一杯吗?”陶瑾瑜忽然问。

“好。”

陶瑾瑜的房间有种浪漫唯美的气息，一如他平时给人的印象，以黑、白、紫为基调，全是冷色，感觉没有温度，也许他骨子里本来就是冰冷的人。

“喝什么?”

“马丁尼、威士忌都可以，如果有。”

“还是Grasshopper（绿蚱蜢）吧，我不希望一个女人在我房间喝得醉醺醺的。”

“我会在那之前离开你的房间。”

“你今天真的出乎我的意料。”陶瑾瑜的眼神忽然变得很犀利，和以前温柔的眼神完全不同。

妍晴觉得自己就像一粒扇贝，剥开坚硬的外壳，内心的脆弱在他面前一览无遗。

“你打算嘲笑我吗?”

“不会，这是你的隐私，如果你想说关于他的事情，我会做一个倾听者，如果你不想说，我可以陪你喝酒。”

“好，请陪我喝酒。”

Grasshopper甜腻的奶香味混着薄荷的清香充斥着妍晴的味觉，不够刺激，这明明应该就是幸福女人品味的酒。

然而，几杯下去，竟然有了微醺之意，妍晴忽然站起身，“我要回去了。”摇摇晃晃向前走着，忽然一阵天旋地转。

清晨，阳光透过紫色的窗帘射进来，给冰冷的房间增添了一丝温暖的色彩。

妍晴翻了一个身，手习惯地摸向床头的闹钟，却什么也没摸到。

她忽然惊醒，发现这里是一个完全陌生的房间。

身后传来均匀的鼻息，她蓦地转过身，发现陶瑾瑜就睡在她身边。他的睫毛纤长浓密，像一个熟睡的婴儿，和平常相比多了几分亲切感。

妍晴忽然一个激灵坐起来，发现自己穿了一件宽大的睡袍，但是身体并没有任何不舒服的感觉。

她昨天晚上竟然和陶瑾瑜睡在一张床上吗？妍晴拍拍脑袋，却什么也想不起来。

终于，她把陶瑾瑜摇醒。

他半眯着眼，把妍晴拉到身边，“放心，我昨晚没有对你做什么，你的睡衣是雅芙帮你换的。”

“我怎么会在你房间?”

“你昨晚吐了，真没想到Grasshopper也会让你醉成那个样子。”陶瑾瑜摇摇头，“我不想让我妹妹的房间也被你弄脏。”他的表情很无奈。

隐约还能闻到房间里的酒气，妍晴觉得很愧疚，“对不起，给你们添麻烦了。”

“怎么，有点失望吗？和我在一起一个晚上，却什么也没发生，是不是觉得自己很没有魅力?”陶瑾瑜忽然一改平淡的语气，多了些调侃的味道。

妍晴相信陶瑾瑜不是那种乘人之危的人，但是他也不是柳下惠。

虽然没发生什么让她觉得很安心，有种虎口脱险的感觉，但是她心里还是有种怪怪的情绪，还有一种淡淡的感动。

不管怎么说，在她痛苦的时候，他还是帮了她一把，没有侵犯她，还要忍受她的放肆。

“难道，你是检验魅力的唯一标准吗？我应该很庆幸我的魅力对你不起作用，就相当于，对牛弹琴一样。”妍晴这样回敬他。

但是不知怎的，她觉得很心虚。

“很自信，很好，你每次绝妙的回答都让我很满意，从而让我可以继续讨厌你下去。”陶瑾瑜的嘴角浮起笑意，开始用手把玩她的头发，“男人和其他雄性动物的最大区别就是，不会随时随地发情。我的自控力一向很好。梁妍晴，我这样说，你会不会觉得自己稍微有点面子？”他眼里尽是揶揄的神色。

“呵呵，对于一个你认为没有魅力的女人，还需要用自控力去遏制欲望，正说明你很没面子噢。”

陶瑾瑜忽然坐起来，盯着她，目不转睛，“我知道，你内心还是会觉得自己很没魅力。”

妍晴慌忙低下头，陶瑾瑜的读心术她很清楚，虽然觉得自己的理性如铜墙铁壁，但他的眼神好像X射线一样，可以穿透表层，看到她的内心。

“如果是你主动引诱我的话，那就另当别论，也许会让我无法自控也不一定。”

他的手轻轻抚摸她的面颊，继而又用一根手指轻点她的唇。

“到此为止。”妍晴推开他的手，“我要回房间洗个澡。”

“好。”

她推开门，却看见雅芙正挽着邱雨泽的手臂，一脸甜蜜地走过来。

妍晴的表情有些尴尬，“梁妍晴，你感觉好点了吗？”雅芙问。

“嗯。昨晚抱歉，给你们添麻烦了。”

“没关系，虽然我不清楚你因为什么会喝得烂醉如泥，但既然是陶瑾瑜的朋友，我很开心能够帮助到你。”

妍晴给了她一个感激的笑。

“早。”陶瑾瑜手扶着门口，和他们两人打招呼。

“昨晚休息得好吗？”

“嗯，谢谢。”邱雨泽说。

“好。”陶瑾瑜打了一下响指，“我们二十分钟后出发。”

蜈支洲岛。

还好，是晴空万里的一天。

这里的海风很大，上船的时候妍晴就感觉到了，船身颠簸得厉害，头上的帽子也险些被吹掉，不过，她倒是喜欢这点惊险刺激，太过平淡的旅行只会留下太过平淡的记忆。

一踏上小岛，清新潮湿的热带海洋气息立刻充盈了身心。

妍晴踏着细致松软的沙滩，向海边走去。远远眺望过去，海的颜色层层渐变，岸边是透明的，然后依次变成碧绿、青色、浅蓝、湛蓝，越来越清透，越来越深邃。远处青山缭绕，周围生长着郁郁葱葱的热带植物。这里的海和其他地方的海相比更具原生态，蕴涵着一种淳朴天然之美。

清凉的海水渐渐漫过脚踝，她赫然发现，除了出没频繁的各种热带鱼，岸边还漂游着降落伞一样的水母，妍晴蹲下来，用手撩拨着水母的头。

“水母的触角有毒，你想死吗?”陶瑾瑜气急败坏的声音传来。

妍晴忽然转身，抬起头。陶瑾瑜不知什么时候出现在她面前，海风吹散了他的头发，越发飘逸。他穿了一件黑色沙滩裤，平坦结实的小腹六块腹肌清晰可见。

他忽然蹲下来，“你的泳衣很可爱，可是我更喜欢比基尼。”

“你喜欢穿比基尼?”妍晴阴阳怪气地问。

他也不生气，“我们去潜水吧。”

潜水，对妍晴来说是陌生的，但她很想尝试一下。

由于没有经验，她试了最安全的岸潜。

教练做了一个基本的培训之后，妍晴穿上了潜水服，腰上绑好石头腰带，戴上面罩、呼吸器、脚蹼，背上氧气瓶就下海去了。真是一片色彩斑斓的海底世界，形色各异的珊瑚、张牙舞爪的大龙虾、带刺的海胆。还有各种叫不出名的小鱼，成群结队，嗖地就从旁边滑过，惹得她一阵惊喜。但是不久，她就觉得耳膜胀痛难忍，坚持了一会儿，妍晴只得让教练带她上岸。

脱掉潜水服，她觉得心情很舒畅，从未有过的体验让她感受到生活更多的乐趣。

不一会儿，邱雨泽、雅芙相继上岸了。

但是陶瑾瑜迟迟没有出现。

他不会是遇到鲨鱼了吧？他的耳朵抗压能力这么好，潜得那么深都没事吗？妍晴觉得在海里待久了她的耳朵就像被割掉了般的痛。

陶瑾瑜终于还是出现了，但他的表情看起来有点痛苦。

“看到一条公子小丑鱼，和尼莫长得一模一样，我一路追着它，腿不小心被珊瑚刮伤了。”

妍晴看到他的左边小腿有一处两厘米左右的伤口，四周已经开始红肿。

“看伤口的样子这种珊瑚应该是没毒的，处理一下就好了。”邱雨泽说。

“我记得你有CMAS国际潜水证的，那次在新西兰碰到鲨鱼，你都没事的噢，怎么这次会这么不小心?”雅芙略带责备地说。

“又不是大白鲨，不是所有的鲨鱼都会吃人。”陶瑾瑜的语气慢悠悠的，貌似心情没受到什么影响。

“看来，人一旦追求起什么东西来，就很容易盲目。”他还一副自嘲的表情。

一瓶纯净水，一瓶双氧水，几片邦迪。

妍晴把这三样东西放到地上的时候，陶瑾瑜微微惊讶了一下，“想不到，你还会带这些东西。”

“一个有CMAS国际潜水证的人，会想不到带这些东西吗？还是你太过自负了呢?”妍晴语气很尖锐。

陶瑾瑜没说什么，只是小心翼翼地为自己处理伤口。

“我来帮你吧。”看他可怜兮兮的样子，妍晴的语气缓和了些，拿过他手中的双氧水。

“我还以为你会像以往一样对我冷嘲热讽一番呢。”

“我从来不会乘人之危。”妍晴说。

原本还打算去冲浪，去南田泡温泉，但是现在看来，计划没有变化快。

“既然这样，我们下午先回去好了，改天再过来。”邱雨泽说。

“不要，出来玩就应该开开心心的，你们就按计划去玩好了，我休息一下，晒晒太阳。”

雅芙和邱雨泽去冲浪了。

“梁妍晴，你不会在这陪我的，对吗?”

妍晴学着陶瑾瑜的语气，“我的同情心从来不会滥用。”然后，头也不回地走了，留下一串深深浅浅的脚印。

陶瑾瑜眯着眼，盯着她渐渐远去的背影出神。

不一会儿，她带回来一大堆零食，“喂，我们去情人湾钓鱼吧，运动不会太剧烈，稍微注意一点的话你的腿也不会沾到水，无聊的时候，还可以吃吃东西。”

一艘快艇载着两人开始出海，选好地点后，两人把鱼饵放了下去。

不久，陶瑾瑜的渔竿开始有动静，他轻轻一提，钓到一条看起来很凶的鱼，据工作人员说叫老虎鱼，还是有毒的。

陶瑾瑜已经连续钓上了五条，但妍晴这边还是没有任何动静，她觉得真不是一般的没面子。

时间一分一秒地过去。“再给我五分钟，如果什么都钓不上来就回去。”妍晴气鼓鼓地说。

陶瑾瑜看到她生气，忽然笑得很开心，“我很期待你发飙的样子。”

皇天不负有心人，妍晴的渔竿终于开始有动静，她轻轻一用力，钓上来一条很小的鱼，红白相间的花纹，很活泼。

“原来是条小丑鱼，陶瑾瑜，送给你，这样你总算没有白白负伤。”妍晴的语气充满挖苦的味道，但眼神却很温柔。能够为他做些什么，她很开心。

陶瑾瑜只是低着头，长发盖住了脸颊，看不清他的表情。

“谢谢。”他的语气很冷淡。

晚餐过后，妍晴又来到海边，欣赏海滩夜景。

月亮渐渐升起来，银色的月光铺在海面上，像洒了一层银粉，闪着令人迷醉的光芒。

这样有情调的月夜，很适合情人相聚。妍晴一个人躺在沙滩椅上，望着眼前的景色出神。

陶瑾瑜去海边的Pub了，她不想去，只想静静待一会。

“邱雨泽去夜潜了，一起聊聊吗?”雅芙忽然走过来，递给她一瓶饮料，“怎么不和陶瑾瑜去泡吧?”

“不想再不小心喝醉。”

“陶瑾瑜是可以信赖的人，他不会对你做什么的。”雅芙的目光很温柔。

“看得出来。你们很要好，以前我一直不相信男人和女人之间会有真正的友情。”

妍晴一直很想知道，雅芙和陶瑾瑜之间究竟有过什么。雅芙的那句“陶瑾瑜可是一个很难被挑逗的男人噢”已经让人浮想联翩，但她总不能说“我觉得你们的关系有点暧昧”。

“他是我以前的男朋友，我这样回答，你的疑问都解开了吧?”雅芙忽然笑了。

妍晴觉得有点不好意思。

“当时追他的时候，可是费了我不少工夫。他那个人给人的第一感觉有点冷，但熟悉起来待人很好，浪漫温柔、体贴周到，可以说是一个完美情人。”

妍晴觉得，她身上有唯莹一样的热情坦率，和雨佳一样的温婉，给人的感觉很舒服。

雅芙吸了一口饮料，歪着头，表情很认真，“他是个让人捉摸不透的人，你很难猜到他在想什么，但是，他却很容易把你看透。他平时都是一副漫不经心消极被动的样子，但无论是学业还是工作，都很优秀。”

妍晴忽然觉得雅芙说得很有道理，陶瑾瑜给她的感觉就是深不可测。

“你们为什么会分手呢?”问了这个问题，妍晴就觉得自己好八卦啊，但她真的很好奇。

“和他在一起非常没有安全感，他很善变，也很花心。我经常一个人喝得烂醉，后来实在不想过这样的生活，就选择了结束。”雅芙回过头给她一个自嘲的笑，“总感觉像是自己自编自导自演的一场闹剧，自始至终，我都很主动，他都很被动。但如果说他对什么都没有长久的兴趣，也不完全是这样，他只爱 Versace，对小丑鱼也很执著，曾经跑遍洛杉矶的所有水族市场，就为了找到和尼莫一模一样的小丑鱼，可是，他总养不活。”

“不过，分手之后，还能做朋友的真的很少见。”妍晴真心地道。

“可能是因为没有真正彼此伤害过吧。现在他给我的感觉就像老朋友一样，很亲切。他很了解我，也比较有分寸，从来不会单独约我出来，都是叫上邱雨泽一起。每年我们都会一起度假，但是他身边的女人一直在变。”雅芙感叹道。

“对了，你和邱雨泽是同事吗?”一提到邱雨泽，雅芙的眼睛忽然变得亮晶晶的。

妍晴慌忙低下头，“嗯，和他一起做过项目。”

“这个世界上既优秀又会给人安全感的男人太少了，邱雨泽就是一个，我真的好爱他。”

妍晴没说什么，只是默默地看着海面，以掩饰心中逐渐升腾的纠结情绪。

“我们去泡吧吧。”她忽然回头对雅芙说。

“好。邱雨泽也该回来了，我们一起去。”雅芙笑盈盈的。

很小的一家 Pub，但是人很多，音乐很 high，妍晴一眼就看见陶瑾瑜，坐在吧台喝酒，旁边的位子空着，他把随身携带的包放在上面。

妍晴挤过去，把椅子上的包放在吧台上，自己坐上去，点了饮料。

不时有各种各样的男女前来搭讪，陶瑾瑜和妍晴皆是完全置之不理，两人之间也不说话，自顾自地喝着。

“陶瑾瑜，好久不见。”

“是啊。”

第一次，陶瑾瑜有了回应。妍晴一回头，一个十分妩媚迷人的女人，端着一杯鸡尾酒，站在陶瑾瑜面前，浑身上下充满成熟的韵味。

他和她碰了一杯，一饮而尽。

妍晴端着饮料，从人群中挤了出来，挤到另外一个角落，她对陶瑾瑜的私生活不感兴趣，更不想看他和别的女人调情。

“小姐，可以一起喝一杯吗？”一个个子很高的男人走过来，他的下巴布满了胡楂，看上去有种沧桑感。

妍晴没说话。

男人忽然掏出一盒色子，放在妍晴面前，“输的喝酒。”

“好。”妍晴开始和他玩了起来。

她一直输，一直喝，不过她不喝他买的酒，只喝自己叫的饮料。

妍晴胳膊忽然被人拽了一下，她一抬头，原来是邱雨泽，“梁妍晴，我们回去吧。”

男人耸耸肩，“再见，美女。”

“刚才听保安说，那个男人经常在这边骗女生。”邱雨泽提醒她，“女生要学会好好保护自己。”

差点被坏人骗了。她没有想到，邱雨泽会来救她，他的话让她感觉很窝心，她心里还在慢慢体会他的温柔。

从酒吧出来，和陶瑾瑜一起的女人回头对妍晴嫣然一笑，“我看见阿金在和你玩色子，他经常在酒吧骗学生妹的。”

看来她今晚会是陶瑾瑜的女伴了。

梁妍晴，原来你在稍微成熟一点的男人、女人眼里就像一个学生妹，看起来那么好骗。怪不得，在人民广场地铁站下边，经常有打扮入时的女人过来和你搭讪，“小姑娘，你的外形条件很符合我们公司的要求，要做兼职吗？”

妍晴心里忽然觉得很别扭。好吧，从另外一个角度讲，这说明自己年轻啊。

在三亚的最后一天，妍晴起得很早，她想为他们做一顿早餐。

一切都进行得有条不紊，煎成金黄色的鸡蛋饼，烤得酥脆的全麦面包，面包上面放几片鲜嫩的火腿，清新可口的蔬菜色拉。除了父母，她从来没给别人做过早餐，只是想在离开三亚之前，为他们做点什么。大功告成了，妍晴满心欢喜的，正要回去再小睡一会，忽然看见陶瑾瑜，斜倚着门口，像看一幅画一样地看着她，“呃，你起来这么早？”妍晴有点奇怪。

“为了尼莫。”

“它死了？”

“它很好，我们去海边放它自由吧。”

第十章　野猪大改造

“你们说，我是不是很没女人味?”妍晴双脚蹲在客厅的沙发上，两只胳膊撑着下巴，表情很认真。

“妍晴，这么弱智的问题很难想象是你问出来的。”唯莹一副不可理解的样子。

“随便问问，我知道你们一定会说真话的，别怕打击我，快说快说。”

“你不能用传统的女人味来形容，女人味用在你身上，总觉得俗了点。”唯莹下了结论。

“我和唯莹的看法相同，应该说是非典型女人味。”雨佳补充。

“作为房间唯一的男性公民，用男人的眼光来衡量呢，就是……”许哲宇忽然打住，

“没事，你说吧，我不会欺负你的，现在有雨佳帮着你，我想欺负你也没有办法做到。”唯莹说。

“就是，你比唯莹有女人味。”

唯莹气得眼珠子都快瞪出来了，然后就像泄了气的皮球，“我不介意你拿我和妍晴作比较，但想挑拨我们的关系，你做梦去吧。”

许哲宇笑得很开心，然后语气变得很认真，“妍晴，我觉得你不需要有女人味，也可以很吸引男生。”

虽然他们的语气很委婉，看起来也很真诚，但妍晴明白，其实她就是没女人味，这回连自欺欺人都不行了。

“我先回房间了。”她的语气蔫蔫的。

以前从没想到要刻意去改变自己什么，但旅行的好处就是，换了一个环境，让心情完全放松之后，会把之前的一些事情看得更清楚。她发现，江旭宁的新女朋友、肖雅芙，都属于那种很有女人味的女生，而妍晴喜欢过的江旭宁和邱雨泽都选择了她们，或许，女人味才是吸引男人最大的魅力。梁妍晴，你是不是真的太没魅力了？

要做一个改变，她心里暗暗决定，至于怎么改还没想好，但是既然发现了问题，就要改变现状。

什么是女人味？在妍晴看来，应该是女人对男人的一种性吸引力，一种纯女性的特质。这种东西大体上应该是与生俱来的，后天的培养只能是锦上添花，但花就是花，不能变成锦。

雨佳忽然走进来，“妍晴，你就是你，不用改，如果我是男生，会喜欢这样的你的。”妍晴笑了，现状是一定要改的，但改的不是本质，而是细节。为什么骗子总是找上她，这就是问题，说明她的外表看起来学生味太浓，太清纯。她也可以打扮得很有女人味，是梁妍晴风格的女人味。

首先就从头发、穿着、妆容着手。妍晴开始翻阅时尚杂志，浏览时尚网页，找出卷发器、吹风机、穿发器、大大小小的发夹——这些东西她一直都有，是以前心血来潮的时候买的，但买回来就没怎么用过，现在倒是派上用场了。呃，这个包包头不错，她很喜欢。妍晴照着教程的指示，不一会儿头上就扎出来一个小包包，把刘海编织成小麻花并且细细地盘起来。这个发型特别适合妍晴这样的小脸 MM，不过看上去好像又小了几岁了。

心情忽然变得开朗起来，她开心地走出门外，一推开门就大声宣布，“让我们 DIY 的全盛时代到来吧。”

另外三个人目不转睛地看着她，妍晴忽然娇柔地笑了一下。

“妍晴，你吓到我了，怎么忽然变得跟个小萝莉似的，这么可爱。”唯莹在一边瞪大眼睛说。

“我坦白，我大学的时候曾是萝莉控，妍晴你这身打扮，出去说是高中生也有人信啊。”许哲宇说。

“生活太严肃了，偶尔换换风格，换换表情，不是更好吗?”妍晴恢复了理性的语调。

“我的天，小萝莉说出这样的话，真是雷倒我了。”许哲宇在一边惊叹。

“这样看起来是不是更好骗?”妍晴问。

那三个人不约而同点了点头，妍晴马上把头上的包包拽下来，然后回到房间，关门前回了一句，“我重来。”

那天晚上，妍晴又去淮海路血拼了一番，化妆品、衣服、香水，她还想尝试一下香水混搭，要来一次野猪大改造，变化应该是生活的一部分。

圣诞节快到了，各大商场门前经过精心装扮，到处洋溢着浓郁的异国情调和西化的风情，各种圣诞主题的景观层出不穷。时代广场门前的圣诞树分外璀璨、夺目，让人忍不住驻足观看，唯莹走上前去，拍了几张照片。

“唯莹，你说，拼命工作赚钱，然后拼命消费享受，这样的生活是不是很暴力?”

“人生就应该及时行乐，每天开心最重要，我才不管那么多呢。”

“妍晴，你等我一下。”唯莹说着拿起手机，拨了一个电话，良久，唯莹啪的一声把电话挂了。

“欧若朴竟然不接我电话，不回我短信!”

“一夜情的男人，不要对他抱有太大期望。”妍晴轻声劝她。

“从来没有男人拒绝过我，妍晴，我觉得他就是我的克星。”

“唯莹，我从来都不相信一见钟情，你和他发展太快了。”妍晴一手揽过她的肩膀，“别不开心了，冷冷他，也许过段时间他就会来找你的。”

“妍晴，欧若朴的职业是医生，我查过了，他这个周日上班，我们去医院好不好?”

妍晴摸摸她的头，“你真的病了吗?”

周日。

妍晴和唯莹上午约好了在医院门口见面。妍晴一看唯莹的打扮，就忍不住笑起来，“你是来勾引医生的吗？看来我今天真是来‘助纣为虐’的。”

唯莹妩媚一笑，“我不管，他不回我短信，我就主动来见他，他是神经科医生，我就说我想见他想到失眠，他自己就是药方。”

“如果我是男人，会被你这话吓跑的。”

“除非他拒绝来找他看病的病人。”

排队挂号，上楼，继续排队等候。

“他的病人还挺多的呢。”唯莹在门口看了一下，欧若朴穿了一件白大褂，正速度飞快地写病历。

终于到唯莹了，她一阵风一样地冲进去，然后坐成一个标准的S型。欧若朴一抬头，眼光只在她脸上扫了一下，没有任何惊讶的表情，估计他在医院的电子系统中早就已经看到周唯莹这三个字了。

“这么冷的天，你穿这么少不冷吗？”他语气很淡漠。

唯莹直视他的目光，“我喜欢这样，你不喜欢吗？”

欧若朴忽然笑了，帅气且痞味十足，“可以说一下你的病情吗？”

“失眠。”

“从什么时候开始的？具体症状。”

唯莹开始胡编乱造一气，后来就越来越心虚，自己都觉得这不太可能是失眠症状。

“根据你刚才的描述，我觉得你的病情不属于神经科范畴，或许你应该去精神科看看。”欧若朴把她的医历本放到一边，嘴角带着嘲弄的笑，“请不要浪费我其他病人的时间。”

唯莹忽然冷静下来，“就是心里一直想着一个人，总也睡不着。睡着了，梦到的还是那个人，然后又会醒来，恶性循环。”

“我给你开一些有助于睡眠的中药，副作用比较小，你也可以试一下针灸、理疗，作为辅助治疗。”欧若朴的语气变得温柔。

“我吃过了，没有效果。”

“我还没有写，你怎么知道我要开什么药呢？”

欧若朴开始开药方，写好后递给唯莹，唯莹也不接，只是盯着他，由于气愤，胸口上下起伏着。

欧若朴的手轻轻一松，那张写着药方的纸轻飘飘地跌落到唯莹的腿上，而后，欧若朴用两根手指，轻轻把它拈起来，并没有碰到唯莹的腿。

唯莹拿过药方，“下周我会来复诊的。”说完气急败坏地冲出去了。

她出去的时候已经是中午，外面不知什么时候下起了瓢泼大雨，而且没有停下来的意思，唯莹站在医院门口，身体瑟瑟发抖。

“上次你说，下次见面一定让他对你笑，唯莹，他今天果然对你笑了。”妍晴说。

“可是我要的不是嘲弄的笑啊。”

“唯莹你看那边。”妍晴推推她，唯莹一回头，看见欧若朴，和几个医生一起，正向门口走过来，脱掉白大褂，他恢复了以往的不羁神态。

经过唯莹时，他忽然脱掉外套，扔在她身上，“下周复诊的时候还给我。”

旁边的医生回头对唯莹说了一句，“不要误会，欧医生一向对病人很好的。”

好不容易打到出租车，唯莹紧紧地裹着他的外套，“妍晴，我今天看起来是不是很愚蠢？”

妍晴想了想，“如果欧若朴喜欢你，会觉得你很可爱，如果不喜欢你，也许会觉得你很愚蠢。”

唯莹望着窗外的雨，表情有点落寞。

午夜，妍晴的手机忽然响了一下，她迷迷糊糊地打开一看，竟然是唯莹的，“妍晴，我真的失眠了。”

一头清新飘逸的长发，上半部分自然顺直，下部分是轻微的大螺旋卷，一半清纯一半妩媚。原本每天只涂一层透明唇彩，今天化了银色质感的灰色烟熏妆，轻微的晕染，看起来有点冷艳的味道。一件优雅的紫色衬衫外面配银白色小开衫，浅灰色中裙，她崇尚简约主义。

属于梁妍晴的清新、冷艳的女人味。

妍晴一在座位上坐定，就开始查阅邮件。休假一周，应该有很多份邮件来不及处理。果然，有 30 多封未读邮件，其中还有几封是邱雨泽发来的，都是关于上次做的郑繁曦的那个项目，报告已经发给客户。妍晴注意到发件时间竟然是他们去三亚玩的那一周，而且都在凌晨以后，看来即使休假他还在工作，真是个工作狂。打开报告，发现自己写的一小部分也在里面，虽然形式被改得面目全非，但是灵魂还在，她心中顿时有种很欣慰的感觉，就像一个负责制小螺丝钉的工程师，发现最后造好的机器终于开始运转了一样，虽然作用微小但是却无法被忽视。

“梁妍晴，一周不见，你变化很大。”对面的乔迁忽然说。妍晴一抬头，发现他正用一种奇怪的眼神看着她，那绝对是男人看女人的眼神。

“很吓人是不是？”

“没有，这样的转变很适合你。”

看来终于像一个正常的OL（办公室女郎）了，不会被认为学生气太浓，这么说这次的转变并未失败。

“对了，这周六是圣诞前夜，有什么安排吗？”

妍晴想想，不知不觉又快到圣诞节了，以前每年都是和雨佳、唯莹她们出去玩，和江旭宁在一起之后会去哈根达斯奢侈一下，今年唯莹估计会找欧若朴，雨佳和许哲宇打算出去玩。女人的友谊，说牢固也牢固，但一旦有了男朋友，就不好说了，呃，看来又要当电灯泡了。

“应该会和朋友一起。”

“我们几个同事打算一起去泡吧，如果你想来，记得联系我。”

“好。”这个泡吧狂人果然是本性难移，妍晴心中说。

这时，她桌上的电话忽然响了，“你好，我是季之轩的秘书，请你在五分钟后去他的办公室一趟。”

季之轩会找我？难道是因为 chargeable hour（向客户提供付费服务的时间）吗？妍晴想，公司规定 timesheet（工时单）每半个月提交一次，每个组的负责人都会看，对时间比较少的员工可能会单独谈话，了解原因。

又要去他的办公室，妍晴觉得有点头疼。

“你对 chargeable hour 有什么困扰吗？如果有，可以和我讲。”季之轩一边说，一边悠然地喝着咖啡。

妍晴想想，试用期过去的一个月里被蔡以纯整加班了一周，出差一周，休假一周，还有一周有零零碎碎的小事，大体上是因为休假了一周，所以 chargeable hour 会比别人少，照理说这不应该是季之轩找她谈话的理由。

“没有。”

“你没有项目做吗？我记得你有两周一直在做我的项目，还是没有按照公司要求记录时间。”季之轩忽然抬起头，语气温和。

妍晴心想，虽然是做你的项目，可是蔡以纯给我分配的时间少得可怜，只做了一点数据校对的工作。但是给每个人分配工作时间的表格，季之轩不会不知道。

如果是刚进公司那会儿，她可能会毫不客气地反驳，甚至让对方哑口无言，但是现在，她只是轻轻笑了一下，“很抱歉浪费你的时间，你今天提出的问题我以后都会注意。”

“新人最重要的是工作态度要端正，积极和项目主管沟通，如果你没有什么事情做，可以找蔡以纯。”

妍晴点了点头。

“上次那个项目你提出的关于休闲饮料的想法，相关讨论的时间和你写给我邮件的时间，都可以记录在客户的代码下面。”季之轩忽然换了一个姿势，盯着妍晴的眼神有一丝玩味。

妍晴再次点了点头，走出去，关门。

她觉得，很不开心，好像把自己弄丢了。

一时间觉得很多问题堵在胸口，于是她上了 MSN，打算咨询一下在 B 组的学姐，“学姐，在你方便的时候，我可以问你几个问题吗？”

“现在开始的半个小时内可以。”

“所有的老板都不喜欢愿意提问题的人吗？”

“完全看老板的个人风格，有人会很喜欢那种有想法的人，但是你的想法一定要对他的胃口才能加分，如果和他想的正好相反，反而会倒扣分；如果是那种不喜欢员工提意见的老板，他会非常讨厌你。所以这是一个很冒险的想法。”

“所有的公司都是这样吗？”

“这其实和公司文化有关系，有的公司相对更加开明一些，甚至工作时间都是灵活的，因为他们是结果导向的，但是有的公司对协作性和服从性要求比较高，我们公司整体上还是属于后者的风格。”

“如果你得罪项目主管了呢？因为你不喜欢她的风格，也不想去迎合她。”

妍晴是那种一旦发现了问题，就希望去改善的人。但是有些东西根深蒂固在思想里、骨子里，就像信仰一样，很难去改变。比如让她去迎合她不喜欢的人，她做不到，即使做到了，也觉得很不开心，像是把自己弄丢了。

“在公司要混得好，一定要看清形势，究竟谁是老板，有些人是无论如何不能得罪的。”

妍晴想，我得罪季之轩了，还得罪蔡以纯了，我惹不起，我就躲，躲不起，我还惹，但至少要混个一两年的工作经验才能走。

“有些时候觉得很压抑人性，其实有时候你提出一些想法并没有别的意思，只是希望这个想法能对项目有所帮助，但这却超过了你这个级别的人的工作范围。”

学姐笑了，“你需要先适应各种类型的人的风格，一步步做到很高的位置，然后才能有自己的风格。”

妍晴心想，好吧，梁妍晴，等你有一天做到项目经理的时候，再发扬个人风格吧。忽然一想还是不行，这还要取决于合伙人是什么风格。好吧，如果有一天你做了合伙人，再去坚持自己的风格吧。忽然又一想也不一定行，还要看管理合伙人是什么风格……

梁妍晴，你去做风好了，风无影无踪，永远流动变化，可以改变万物的形状，却永远看不见摸不着。

学姐开始忙了。

妍晴正思索间，忽然收到一封郑繁曦的邮件，打开一看，又是一个新的项目，妍晴心中不由窃喜，看来这周的 chargeable hour 有保障了。

根据邮件的介绍，这是一个从未接过的项目，没有经验可以参考，需要全新的想法和解决方案。而这个项目从业务承接，最初的市场调查，报告的分析讨论和撰写过程，妍晴都会参与到。只有从头到尾真正接触一个项目，才能快速成长。她觉得郑繁曦是从培养一个人的角度来让新人参与项目的，并不是只把新人作为一个小喽啰来使唤，这让她有一种被尊重的感觉。你给我成长的空间，我帮你做事，很公平。

但前提是她要能胜任这个工作。

这个项目安排的人员只有邱雨泽和妍晴，郑繁曦的项目人不会很多，但要求比较高，就是要求一个人可以做很多事情。因为人少，所以时间也可以充分花费。

自从上次遇到邱雨泽和雅芙之后，妍晴就觉得心里很纠结，现在进办公室，她都会强迫自己不再去关注邱雨泽，但是，她却没有办法拒绝和他一起做项目。

邱雨泽把承接新客户的相关资料发过来，“这个项目会做半个月，其中会有很多新问题，你需要和我一起讨论。”

整整一周，妍晴每天都和邱雨泽一起加班到很晚，对他也有了进一步的了解。邱雨泽是一个对事情非常有见解的人，他的想法成熟理性而且很实际。而妍晴的想法就更加大胆而有创造性，邱雨泽称之为边缘思维。大体上两人是互补的，妍晴的想法经过邱雨泽理性的分析判断和适当改良，就会变得更富有操作性。

“我很欣赏你有独立的想法，没有受到一些条条框框的限制，在公司里，这样很难得。不过，有些条条框框是一定要遵守的。”邱雨泽在 MSN 上说。

“我明明知道那些是条条框框，但我总想跨过去，不想被限制住。”

“郑繁曦说过，公司就是一个框框，一个刚毕业的大学生被框进去了，你就适应了公司的生活。有的人一下子就被框进去了，但是再也跳不出这个框框来，那就是缺乏创新意识的人；有的人被框进去之后，适应了规矩，可以更加灵活地运用并且拓展这些框框；但是有些人却是公司无论怎么都无法把他框进去。”

妍晴想，我难道就是那个框不进去的人吗？

好不容易熬到周五，邱雨泽忽然说他今天不加班，他周末也不会在公司加班。应该是要陪雅芙吧。妍晴想。心里觉得很无力，一周以来每天可以和他见面，讨论问题，她已满足。

快下班的时候，她忽然收到一件快递，打开来，发现竟然是一套 Dior 的金色小礼服。不出她所料，寄件人果然是陶瑾瑜。莫名其妙送东西，肯定有问题，妍晴回家后拨通了他的电话。

“陶瑾瑜，为什么送东西给我？”

“喜欢吗？这周六我们公司有一个圣诞 party，你来参加吗？”

“Dior 太奢华了，不太适合我。”

“可是，我很希望你能穿着它来见我。”

妍晴想了想，如果莫名其妙地接受他的礼物，这样下去自然而然关系就会变得越来越暧昧。虽然她也很想参加一些社交活动，改变一下有些封闭的生活，但是如果继续接受陶瑾瑜的“贿赂”，可能不知不觉就真的沦为他的女伴了。

“陶瑾瑜，我打算也送你一件礼物，礼尚往来嘛，不然多不好意思啊。”

“我很期待。”

“我打算送你一件范思哲的赝品。你看，如果穷人穿了一件奢侈品，即使是真品，还是会有一些人觉得是假的；有钱人即使穿了赝品，别人潜意识里还是不假思索地认为那是真的。既然是这样，我还不如送你一件赝品，反正效果都一样，让你体会一下伪暴发户的感觉。”

陶瑾瑜在电话里忽然笑得很大声，“那一定是我收到的最特别的礼物了，只要你能让我穿上就可以。”

妍晴也笑了，“我会送你的，作为元旦礼物，你说的 party 我也会去。”

挂断电话，妍晴盯着那件礼服，虽然衣服很合身，但完全不是她喜欢的风格，还要考虑包包、配饰、鞋子搭配等一系列问题。还好，她前几天去血拼了一次，买的东西大部分是经典色，搭起来不会很出彩，但也不会太突兀。

“妍晴。”雨佳推门进来，“圣诞节有什么安排吗?”

“去参加朋友的 party。”

“也好，我和许哲宇这周请了假，打算去厦门，元旦之后回来。你要好好照顾自己。”

妍晴心中有些淡淡的失落，看来，圣诞节和元旦，自己都要一个人在冷清的房间过了。

“我已经和唯莹说了，她这周会来陪你。”

过了一个小时左右，“妍晴。”唯莹背了一个大背包进来，“我来陪你了。”

妍晴发现，才几天不见，唯莹看起来憔悴了很多，原本能捏得出水的脸蛋看起来也有些干干的。

“最近 直睡不着觉吗？”

“没想到真的失眠了。”唯莹把包包随意丢在沙发上，“我在吃他给我开的药，不知道为什么，吃了他开的药我会觉得很安心，竟然会乖乖睡觉。”

妍晴帮她把包包拿进房间，回头问了一句，“他还是不回你的短信吗？”

“只有问他关于病情的问题时，他才会回复我，可能只有做他的病人，他才会对我那么温柔吧。”唯莹说这话时感觉有气无力，人也一头倒在沙发上。

“你们两个人相处，可能一定要有一个人做出让步才会和谐，不然随时可能爆发冲突，他大概也是脾气火暴的人。”

妍晴从冰箱拿出一罐饮料，递给她。

“我也不知道为什么会变得这么依恋他，他明明就是我的猎物啊。”唯莹啪的一声打开饮料，好像在泄恨一样。

妍晴斜倚在门口，“对了，这个周末我去参加一个男人公司的party，你要和我一起去吗？”

唯莹摇摇头，“圣诞节我只想和他一起过。”

“他答应了吗？”

“他只说，到时候再说。”

“典型的不主动、不拒绝、不负责的男人，为什么你还会对他抱有期待?”

“妍晴，我做事情不会和你一样分析得那么清楚，那样很累。我相信直觉，只要发现我想要的，就会去争取，失败了就死心。如果他不见我，我就找一个一直追我的男人，去他最常去的酒吧等他，然后当着他的面亲昵。”

“好吧，如果他喜欢你，应该不会无动于衷，如果他不喜欢你，你就死心吧。”

圣诞前夕，某五星级酒店国际厅。

妍晴穿着非典型的 Dior 金色小礼服，安静地待在一个角落，随便吃吃点心，喝喝东西。大厅里的每个人都打扮得时尚而优雅，也不乏另类的装扮，三三两两的男女聚在一起谈笑风生，她没有看到陶瑾瑜，没有一个熟悉的面孔。

这时，一件和她穿的一模一样的小礼服进入了她的视线，只是那个女生更加小巧，手挽着一个斯文俊雅的男人。

他们正慢慢向她的方向走过来，还没有发现她。妍晴立刻背过身，觉得身体内有股隐忍的气流，随时都会爆发。

“梁妍晴，你在等我吗?”

一回头，她看见陶瑾瑜，穿了一件修身银灰色礼服，手挽着一个非常漂亮的女人。

“陶瑾瑜，一会儿来找我。”女人对他妩媚一笑，先离开了。

“打扮越来越有女人味了，”陶瑾瑜轻抚了一下她的长发，“Dior 真我加 Kenzo 水之恋吗？开始尝试香水混搭了，很好，我喜欢。”

“你喜欢？你很喜欢把别人玩弄于股掌之中吗？”妍晴斜眼瞟着他，语气冷冷的。

“你在生气我送你和雅芙一样的礼服吗？”

陶瑾瑜似乎早就预料到了她的反应，从容地笑笑，“Dior是雅芙的最爱，当看到这件礼服的时候，我就知道她肯定会买。我很想知道，你和她如果穿同样的衣服，感觉上会有什么不同。”

继而他忽然伸出手，对妍晴做出一个邀请的姿势。

妍晴只是冷冷地看着他，他的手悬在半空中，似乎很执著。

最终妍晴还是伸出了手。

“其实我刚才很想说，我可以拒绝你吗？只是觉得这是你们公司的party，不希望你在此没面子而已。”

“我不介意你拒绝我，只是想表达我邀请你来的诚意。”

“陶瑾瑜，你没有必要拿我和雅芙比较，我和她本来就是不同的，就算你买了一件她喜欢的东西想强加在我身上也没有用，世界上梁妍晴只有一个。”

“所以你在礼服的细节上做了改动，变成了梁妍晴喜欢的风格了，对吗？”

“我没法让你满意。”

一曲终了。

“梁妍晴，没想到又会在这里见面，甚至还撞了衫。”雅芙牵着邱雨泽的手，笑盈盈地走过来，“刚才看到你在和陶瑾瑜跳舞，你们看起来很合拍嘛。”

终于，还是要面对雅芙。妍晴细细打量她，这件小礼服裹在她身上有种娇俏华丽的美，是别人无法模仿，也无法超越的。

“它很适合你，我和你撞衫了也只能证明它更适合你。”妍晴轻声说。

雅芙笑了，“我不介意别人怎么评价，只要邱雨泽觉得适合我就好了，而且我发现你的这件设计和我这件不太一样。”

“陶瑾瑜，下面这曲要和我跳。”雅芙说。

“梁妍晴，我不介意你和邱雨泽跳一曲，但是只允许一曲噢，一曲之后要还给我。”雅芙回头来嫣然一笑。

邱雨泽的手纤长而有力，妍晴被他轻轻拥着，心里很乱，有种想逃避但很无力，很向往却更无奈的感觉，只能任由内心沉睡的感情因子慢慢复苏，却没有招架之力。他的掌心很温暖，妍晴觉得自己竟然会和雅芙一样，贪恋来自他的温暖和安全感。

“你害怕我吗?”

“我……”妍晴极力克制自己的情绪，“不是。”

“你的礼服是陶瑾瑜送的?”

妍晴不说话，只是低着头。

“对于你和陶瑾瑜的关系，我不便多做评价，只是，他是一个游戏人生的男人，而且喜欢以别人的人生为游戏对象。”

“和我无关，我和他不是你想象的那种关系。”

“你会改变它的设计，更加出乎我的意料，这里很多人可能会认为这只是一件 Dior 的仿冒品。”

妍晴终于抬起头，“你买一件奢侈品，买的是它的品牌，还是它的设计？就像你爱一个人，是爱她的身体，还是爱她的灵魂一样。品牌的灵魂是设计，再受吹捧的品牌，如果没有我喜欢的设计我也不会去买。”

“很理性，如果你不看重品牌，那可以去买仿制品，它的设计和正品一模一样。”

“一个品牌从诞生到最终成为奢侈品受到人们的吹捧，这段时间里肯定是设计和营销在起作用，一旦成了奢侈品似乎就一劳永逸了，即使设计得再千篇一律，都会有人来买。如果我有一天去买奢侈品，肯定是因为它的设计不断变化创新吸引了我，那是大师智慧和技术的结晶，我买奢侈品的满足感也就在于此。仿制品根本不能叫设计，那是在窃取人家的劳动成果，不过偶尔买来送给有钱人，让他们心虚一下也不错。”

邱雨泽忽然笑了，“好，如果说你喜欢的是设计，那你在设计师的作品上做了改动，其实是对他的作品不尊重的一种表现。”

“别人恰巧送了一件我不喜欢的衣服，我只是把它变成梁妍晴特色的设计而已，把我的风格和设计师的风格相融合，我觉得我很尊重他，任何原封不动拿过来的东西都不是自己的。”

邱雨泽不再说话，只是深深地注视妍晴，好像要看透她的灵魂。妍晴无法忍受他的目光，终于挣脱他。

慌乱间，她却瞥见陶瑾瑜投射过来的冷冷的目光。

夜风很凉，妍晴裹紧身上的羽绒服，从酒店走出来，人群三三两两地散去，她站在路边准备拦出租车。

“要我送你回家吗？”一辆白色保时捷开过来，陶瑾瑜缓缓摇下车窗。

“谢谢，不用了。”

又一辆红色跑车开过来，雅芙伸出头，友好地问：“梁妍晴，要送你一程吗？”

“谢谢，不用了。”

梁妍晴，你没有车，你是穷人，像个灰姑娘一样，但你不爱王子，却爱上了灰小子，但是灰小子爱公主，公主也爱灰小子。

心里一面想着，脚下却不怎么听使唤，她不常穿高跟鞋。等了很久也拦不到一辆车，这个时间应该是狂欢之后的回家高峰期。清冷的夜风在她的脸颊肆虐，透骨的冰凉，脚下不知被什么绊了一下，重心一失控就跌坐在了地上。本来应该是童话般浪漫的圣诞夜，却变得如此狼狈。她不知道，为什么每次心情刚刚好转的时候都会遇到邱雨泽，就像不可抗力一样，无法预测、无法避免更无法抗拒。

一双手静静地在她面前出现，她一抬头，陶瑾瑜清凉的目光正对着她。

他一把将她抱起来，抱上车。车内暖暖的空气包围着她，舒缓的音乐轻轻流淌。

“你不是说，只送女朋友和女伴回家吗？”

“噢，通常是这样，不过偶尔遇到受伤的小猫小狗，我也会很有爱心地送她一程的。”陶瑾瑜的目光变得很柔和。

妍晴皱皱眉头，这个男人总是不忘奚落她一番。

“梁妍晴，能让我在你身上看到一点浮华的东西吗?”陶瑾瑜的目光很清澈，像透明的水晶。

“我没有那么出尘，我也喜欢奢侈品，但一定要是我喜欢的设计，不然即使是奢侈品我也会把它改得面目全非。”

“这件事情如果伤害到你，我向你道歉。”

“无所谓伤害，真正能伤害到我的人也不会是你。”

“梁妍晴，我希望雅芙幸福。”陶瑾瑜的眼神有种让人无法忽视的执著。

“你爱她?”

“曾经。”陶瑾瑜的眼睛恢复了笑意，“但是现在只有宠爱。邱雨泽是很适合她的男人，而我只会让她伤心。”

“所以你选择默默守护吗？很伟大，不过我的存在还不足以对他们的关系造成威胁。”

“会，这是一种男人的直觉。”

“我到家了，谢谢你送我回来。”妍晴淡淡地说。

“好，我想说的是，如果你让雅芙痛苦，我不会放过你的。”陶瑾瑜一字一板，说得很慢，眼神有种彻骨的冰冷。

妍晴忽然对他妩媚一笑，“欢迎你来不放过我，雅芙的幸福掌握在她自己手里，每个人的幸福都一样。”

“晚安。”陶瑾瑜轻声说。

他目送她的身影，直到消失。

第十一章　要爱情还是要面包

妍晴拖着受伤的脚，慢慢地一层一层地爬到五楼。

一进门，她发现房间里灯火通明，唯莹忽然从厨房冒出来，身上扎了一件小围裙。

妍晴吓了一跳，“这么晚了，你在干什么？”

“做夜宵给你吃啊。”

“不会吧？”妍晴急忙换掉鞋子，跑到厨房一看，一盘番茄炒蛋摆在餐桌上，还冒着热气，让人看了很有食欲。

“你一定很奇怪吧？让我和你细细道来。”

唯莹忽然很有耐心地坐下来，“我今天在酒吧碰到欧若朴了，他和一个陌生女人一起，对我完全视而不见。而和我一起去的 Ken 一开始就对我动手动脚，我故意把他引到吧台附近，就在欧若朴旁边，我想和他做做样子，欧若朴如果真的无动于衷，我就扇那个 Ken 一个耳光，然后离开。”

“结果呢?”

“结果欧若朴过去扇了Ken一个耳光。”

“这个男人好暴力，不过，也许有些时候直截了当才是最好的解决方式。”

“然后，”唯莹好像仍心有余悸似的，“欧若朴就一把把我拉过去，用力地吻我，我觉得都快要窒息了，这个男人的占有欲实在很可怕。”

“那个Ken无疑就成了今天晚上最可怜的人。”

“不知道，后来我就一直和欧若朴跳舞，其他人管不了那么多了，再后来，欧若朴让我和他一起回家，我和他说要陪死党。”

“唯莹，你这个轻色重友的家伙。”妍晴一下子抱住唯莹，心里觉得好感动，最好的朋友总是会在你脆弱的时候陪伴在你身边。

唯莹轻轻抱着妍晴，“我知道他不喜欢没有常识的人，所以我想试着学习下厨。”

妍晴尝了一口她烧的菜，咸淡适宜，很可口，“唯莹，我知道你只要认真做一件事情，就可以做得很好，你真的打算为他改变吗?”

“妍晴，我可能真是一见钟情的动物，细数我以前的感情经历，都是这种，但是好不了多长时间就会分手。我真的不知道我和欧若朴能在一起多久。我不在乎他花心，我愿意做他喜欢的事情，只要他留在我身边。”

“唯莹，”妍晴摸摸她的头，“我希望你幸福。”

元旦。

一茶一坐大宁店。

窗外飘着细细的雪花，上海难得一见的雪，给原本浓郁的节日气氛增添了一丝浪漫气息。

妍晴把紫色小围巾摘下来，要了一杯奶茶。这时，陶瑾瑜的电话忽然响起来，他站起身，走出去，不一会儿回来，“我只有两个小时的时间陪你噢。”

“这么忙。”

“有人说要送东西给我，我再忙也要抽空来看看。”

妍晴从包包里掏出来一个精致的小盒子，“送给你我最讨厌的纪梵希打火机，以表示我对你的谴责。”

“不是赝品吗？”

“赝品嘛是说来气你的，送别人东西当然不可以送赝品的。只是你以后不要送我很贵的东西，我都快破产了，还不起。我和你说，你送了我也不要。”

“那就以身相许啊。”陶瑾瑜开始坏笑起来。

“我的身体是无价之宝，我会誓死捍卫我身体的主权和完整。”妍晴说得义正词严。

陶瑾瑜忽然笑得很暧昧，“对我来说，讨厌比喜欢有更强烈的感情色彩，喜欢意味着快要厌倦，而讨厌却意味着离厌倦很遥远。你送我你最讨厌的纪梵希打火机，我会产生误解的噢，我会认为你在勾引我。”

“你……”妍晴刚要发作，忽然传来一阵可爱的卡通歌曲声，妍晴从小包里翻出手机，“唯莹，你在哪里啊？”

“我帮你拿。”陶瑾瑜说，妍晴把包包递给他。

“我就在你左边啊……”唯莹咯咯的笑声从旁边隐隐传过来，妍晴转头一看，唯莹就站在一茶一坐的大玻璃窗外，在对她做鬼脸。

妍晴迫不及待地跑出去，看见唯莹正搭着欧若朴的肩膀，向她招手，两人看起来甚是登对。

“这么巧，你们两个也在这里，一起进去喝喝东西咯。”

“我和欧若朴刚刚吃好饭，就不进去了，那个男人……”唯莹刚想说下去，就看见陶瑾瑜慢悠悠地走出来，脸上是漫不经心的表情。

“你就是传说中的陶瑾瑜吗？我叫周唯莹，妍晴的好朋友。”唯莹大方地和陶瑾瑜打招呼。

陶瑾瑜瞟了唯莹一下，“梁妍晴的好朋友，你就是传说中的周唯莹吗？”

唯莹又笑起来，“我给你介绍一下，这位是我男朋友欧……”

“陶瑾瑜吗？”没等唯莹说完，欧若朴就打断她，“貌似你好久没去 M2 了。”他微眯着眼，打量着陶瑾瑜。

陶瑾瑜微微一愣，“虽然想不起来在哪里见过你，不过，既然是我朋友的朋友，认识你很高兴。”

欧若朴忽然笑得很诡异，“据我所知，有一些女生每天都会去 M2，想在那里见到你。”

“噢，这样，那我以后不会去 M2 了。”陶瑾瑜答得冷淡。

“据说，M2的老板和你很熟。”

陶瑾瑜笑了，“在这里我不想提过多关于我的私生活。”

“妍晴，我们先走了。”唯莹拍拍妍晴的肩，然后就用杀死人的目光瞪着欧若朴。他没说什么，只是从唯莹手里拿过她的包，大踏步向前走去。

“呃，你对欧若朴的问题很反感是吗？”

“一个不认识的人怎么可能会影响到我呢？”

“根据我的判断，我的死党唯莹应该是你喜欢的类型。”

“那样的女人，我随便和她说几句话就知道大概多久会厌倦她。但是你，梁妍晴，我竟然猜不到我多久会厌倦你。”

“我对你的厌倦理论表示很厌倦，请不要把我的朋友说成是那种女人好不好。”妍晴生气了，嗓门提高了很多。

“不要自以为很了解我，就随便判断我喜欢的女人的类型。”陶瑾瑜把脸别过去，表示不满。

“我懒得了解你，再见！”妍晴对他忍无可忍，一甩头冲出他的视线。

到了地铁口才想起来，她随身携带的小包还在陶瑾瑜那里，包括围巾，还有更严重的问题，就是手机也没拿！她忽然想起来跑出去和唯莹见面的时候，手里没有拿手机，这么说，应该是落在一茶一坐了。

她来不及多想，急忙奔了回去，远远地，就看见陶瑾瑜，朝着她的方向伸长手，手上挂着她的包。

“你的东西都在这里。”然后，他头也不回，走了。

妍晴打开一看，所有东西都完好，包括手机、围巾，都在里面。她心里不禁觉得有点抱歉，一路追上去，“陶瑾瑜，谢谢你。”

“不用。”

陶瑾瑜一转身进了一家甜品店，坐下来，妍晴也跟着进去，坐在他的对面。

“你刚才没吃饱吗?”妍晴问，陶瑾瑜没理她。

嗯？真的生气了？妍晴觉得这次是自己过分了，继而又想，陶瑾瑜，你敢生气？你完了。

“陶瑾瑜，我讲个笑话给你听吧。”妍晴眉飞色舞地说，讲笑话是她的强项。

“从前有一条金鱼，它的名字叫陶小气，它很喜欢吃，每次都吃得很撑很饱，因为它喜欢别人叫它陶大肚。”

见陶瑾瑜没点东西，妍晴想，被我一说，东西都不点了，哈哈，继续欺负你。

“一天，陶小气挺着一个大肚肚，打算随便找个地方小憩一下，注意，他的肚子不是吃饱撑大的，而是气大的。这时，一只女金鱼走过来问：‘你在干什么?’‘小憩（小气）啊。’‘你以为你肚子大就可以在这小憩（小气）吗？这里是闲鱼免进的地方。’

“于是，陶小气挺着更大的肚子……”没等她说完，陶瑾瑜便飞快离开了甜品店。

“呃，陶小气的大肚肚终于气爆了，留下六块清晰可见的肉块，被后人称之为腹肌。于是，陶小气成了女金鱼见过的第一条拥有六块腹肌的金鱼。”紧随着陶瑾瑜而出的妍晴不停地说。

“梁妍晴?”陶瑾瑜瞪着她。

“我承认，我是陶小气。”妍晴举起双手说。

陶瑾瑜终于扑哧一声笑出来，“女金鱼，我们一起去看烟花吧。”

妍晴想，以前惹江旭宁生气了，给他编个小绿帽的故事，他就沉浸在小绿帽的幸福中久久不能自拔，这个陶瑾瑜怎么这么难哄啊，害她浪费了这么多脑细胞。

好吧，先把你惹生气然后又哄你开心了，我也算是有责任感的女生。

世纪公园。

妍晴和陶瑾瑜站在湖边的石头上，这里人很少，清冽的空气让人觉得心神宁静，一片片绚烂的烟花划过夜空，释放刹那间的芳华，整个夜空被点缀得华光熠熠。“你不是有事情吗?”妍晴转过头问。

“我关机了，想和你一起看烟花。”

这个男人真的很善变。

妍晴看着陶瑾瑜，他的眼睛纯黑透亮，映着烟花璀璨的色彩，让人看了心脏不由得漏跳了一拍。

“梁妍晴，我比烟花好看吗?”

陶瑾瑜故意看着她问，妍晴迅速低头，可是借着如同白昼的光亮，又看见湖水中他隐隐的倒影，于是向右偏过头，还好这里没立一面镜子，不然她真不知道头该往哪转了。“其实，我今天一开始心情就不好，只是故意让你误会，我想知道，看到我生气，你会怎么办。”

“太阴险了，你。”妍晴头也不回地说。

“但我没想到，你真的会让我开心。”

“所以你感激我是吗?”

“你知道这样做的后果是什么吗?”妍晴忽然觉得他说话的口气有点变了，但她还是不回头，等烟花放完了再回过头也不迟。

陶瑾瑜忽然坏笑地用脚绊了妍晴一下，妍晴一个重心不稳，开始向后仰，后面就是湖水了，妍晴想，完了，又要遇难了。

陶瑾瑜忽然轻轻地揽住了她的腰，然后用另外一只胳膊将她环抱住。被他紧紧箍着，妍晴觉得，上身完全无法动弹。这人看起来也不是很健壮的，怎么力气那么大?!

“你干什么啊，你……”

“我记得我说过，如果你主动勾引我的话就另当别论，你今天一整天不都是在勾引我吗?”

“我只是在逗你开心啊，都没碰过你。”

“在我看来，能牵动我的情绪的，就是在勾引。你怎么这么不负责任，勾引了别人就想逃之夭夭吗?”

“你是什么破理论?如果知道这就是你所谓的勾引，我肯定不会这样做的。那你心情不好，同事忽然开了一个玩笑，你开心地笑了，也要惩罚她，因为她勾引你了吗?”

“我笑不代表我开心，这个世界上很少有人可以左右我的情绪，你必须为今天的行为付出代价。我只要稍稍松开手，你就会掉下去的哦，不过我一向很民主的，我会给你很多选择，比如，可以用你的腿来自救。”陶瑾瑜的头发落在妍晴的脸上，妍晴觉得脸奇痒无比，但却空不出手去抓，心里气愤得要命。

妍晴奋力用腿踢他，却根本使不上力，她忽然想明白他的意思了，满脸通红，恶狠狠地瞪着他。

陶瑾瑜忽然笑得很邪魅，“看来你很聪明，很有调教的价值，你也可以选择骂我，但我会在那之前先堵上你的嘴。”

“你把我扔到水里吧，你这个无耻……”

陶瑾瑜忽然吻住了她，他的舌只在妍晴口中灵巧地转了一圈就出来了，“梁妍晴，你的接吻技术还停留在幼儿园阶段，让我来教你。”

妍晴想，他在幼儿园的时候就已经和女生接吻了吗，开始在心里默算他的吻龄。

一阵悠长、缠绵的深吻，温柔得让人窒息，妍晴觉得，身体很软，只有大脑残存的一点理智还在继续发问。

梁妍晴，你想好了吗？你想好了吗？没有，没有，可是，为什么身体无法动弹，理智也接近崩溃的边缘。

陶瑾瑜终于松开她，气喘吁吁，“我发现，我比我想象的要渴望你。”

“陶瑾瑜，”妍晴借着残存的理智，“你要和我玩暧昧游戏吗？”

“有感觉了就在一起，有什么不好吗？”

“陶瑾瑜，听我说完几句话，这些话我一定要说。是你要和我玩，不是我要和你玩，既然是这样，你就要遵循我的游戏规则，我的游戏规则只有一条，就是从一而终，如果你做不到，就请放开我。”

妍晴从他怀中挣脱出来，整理了一下衣服，心还怦怦乱跳。远处的烟花已经燃尽，只剩下路灯昏黄的光亮。

“游戏，到此结束。”陶瑾瑜的声音很清晰、很理性。

“雨佳，我回来了。”妍晴风尘仆仆地走进房间，一进来，就倒在床上闭目养神。

“最近又加班?”

“这个项目做好了会轻松一阵子，很羡慕你啊，大部分时间都不用加班。”

“妍晴，”雨佳的声音有些有气无力，“我们公司今天体检，我……查出来有胆结石。”

妍晴马上从床上坐起来，“情况怎么样?”

“不是很大，不过医生建议尽快做手术。”

“许哲宇知道了吗?”

“他今天晚上和客户吃饭，我打算等他回来之后和他说。”

妍晴走到她身边，“小毛病，手术拿掉就好了，不过你以后要记得吃早餐。”

“妍晴，你说许哲宇他陪客户吃饭，有时会去一些娱乐场所，他会不会……”

“你有问过他吗?”

“他说，偶尔应酬一下，但他不会做对不起我的事情。”

“如果你不相信他，就只能是在折磨自己。他的工作性质是需要偶尔应酬一下的，我想他爱不爱你，你应该可以感受到的。”

雨佳的表情有点忧郁，“我一般会把事情往最坏的地方想，我问过自己，他很爱你，但是他却身体出轨了，这种情况你是否会原谅他？可是每次这样的假设都让我很痛苦，因为我发现我无法原谅他。”

“是女人都无法原谅吧。雨佳，你最好搞清楚他的性观念是不是很开放，如果是那样，是要再考虑一下的。”

“他说过，他思想比较开放，但不会随便。妍晴，你说女生为什么会有一层处女膜呢?”

“我也想过这个问题，网上说处女膜只有人类有，其他雌性动物都没有。我觉得是因为人类的性交被称为做爱，而不是交配，是以感情为前提的。女人生来就有的一层处女膜，会流血，是让男人知道女人为了和他交融是付出了血的代价的；会痛，是让男人好好珍惜女人。可是现在的男人却把处女膜当成是一种标志，忽视了让女人痛苦的流血过程。男人如果皮肤割一个小口，会不会疼?如果男人嘴里长一层膜，第一次吃肉会流血，那肉就要记得，男人的嘴巴付出了血的代价才把你吃掉的，你还好意思再让别人吃你吗?”

“妍晴，你又在 YY 了，我想许哲宇可能是那种比较有责任感的男生，看他对牛牛就知道了。自从牛牛惹祸之后，他就给牛牛戴了一个铁制的口罩，不让它乱咬东西，每天只有吃饭的时候才给它摘下来。”

这时，门铃忽然响了，雨佳急忙跑出去，一开门，“牛牛妈妈，我回来了。”许哲宇一进来，鞋子随便一扔，就跑回房间看狗狗去了。

雨佳把鞋子整齐地放在鞋架上，“牛牛爸爸，我待会给牛牛做饭吃。”

妍晴想，人家一家三口好温馨！牛牛每天都能吃妈妈做的饭，好幸福啊！如果老是叫外卖，不但不干净，还可能导致便秘或者拉稀。

这时，只见许哲宇抱着可爱的小狗牛牛走过来，“牛牛小姨，你什么时候给牛牛找个小姨夫啊?”

妍晴黑着脸，“等牛牛的小姨夫找到我的时候。”

雨佳住院了。

做了手术，小石头成功取出，一切顺利，还要继续住院一段时间。

周末这天来了不少同事看她，一大群人热热闹闹，谈笑风生。雨佳心情不错，看得出来许哲宇和策划部的女生们混得很熟，不时逗得她们哈哈大笑，基本上在人多的时候他都会是焦点。

他们待了半个小时左右就走了，“雨佳，我扶你出去散散步。”许哲宇柔声说。

这几天晚上许哲宇一直在医院陪她，妍晴觉得，她好羡慕雨佳，在最脆弱的时候会有心爱的人陪在身边。

“先不用扶我，让我自己练习慢慢走。”

雨佳扶着走廊的墙壁，弯着腰，慢慢前行。

“桑雨佳，你还好吗?”一个穿着考究的男人，看起来30多岁，来到雨佳面前，一只手抱着一大束百合，另一只手拎着一大包营养品。

“你?沈先生，你怎么来了?”雨佳声音中有一丝惊讶和不安。

“听你同事说你生病了，想来看看你，我来扶你进去吧。”

他刚要伸手，许哲宇立刻伸出一只手，和他握了一下，“沈先生，你好，我是雨佳的男朋友许哲宇，谢谢你来看她。”

然后，许哲宇搀着雨佳，慢慢扶她回房间。

那个男人表情很尴尬，但他只是自嘲地笑了一下，跟着进去。

“沈先生在哪里高就?”许哲宇笑着问。

妍晴想，难道他就是那个本田男?自从雨佳和许哲宇在一起之后，此人似乎就销声匿迹了，但是她不确定雨佳是否和他还有联系。

“一家广告公司。”

“雨佳这几天在我的悉心照料下，恢复得很好，过几天就可以上班了。”

“雨佳，我来看你啦!”还未进门，就听见唯莹的声音撞进来，不一会儿，唯莹婀娜的小身影风风火火地闪进来，后面跟着欧若朴。

“噢，有朋友在啊。”唯莹放下手中的大袋小袋，“那个女人听说我朋友病了，特地给你炖的鸡汤。虽然她很可恶，但是做的东西还是挺好吃的。”

“你们忙，我先走了。”男人站起身来。

“不送。”许哲宇说。

“雨佳，你好些了吗？每天是不是很无聊？”唯莹机关枪一样的问题一个接一个抛出来，“怎么我发现一进来就我一个人说话，你们怎么都不说话呢？”唯莹瞄了一下四周。

“我出去抽根烟，你们聊。”许哲宇说完打算走。

“许哲宇，等我一下，我也想去外面透透气。”雨佳说。

“对了，妍晴，陶瑾瑜怎么没和你一起来？”

“我和他本来也不是什么特别的关系，他为什么要和我一起来？”

“据欧若朴说，陶瑾瑜家在上海的上流社会很有名，他爷爷是实业家，他爸爸是一家知名事务所的高级合伙人，妈妈是律师，还有一个妹妹在瑞士读酒店管理。”

“把人家家底都查得这么清楚。”

“又帅又有社会地位，妍晴，这样的男人你应该好好珍惜才对。”

妍晴笑了，“这个世界上美好的事情实在是太多了，但不会都是你的，你可以在那胡思乱想期待天上掉馅饼，但是最后还要面对现实。我心里有无法放弃的人了，陶瑾瑜心里也有喜欢的人，我想我和他之间最好的情况是朋友，最糟的情况是暧昧关系，一般情况就是陌生人。”

“很多人想和他暧昧还没有机会呢，他和你的关系格外特别，别告诉我你也只把他当朋友。”

“有些事情不需要发生就已经知道结果了，为什么还要去试？

唯莹，我和你的不同就在于，并不是每次受到诱惑都会动心，即使动心了也不一定会去做，因为我会想很多。”

雨佳出院的当天晚上，雨佳和妍晴都失眠了。

“这段时间旅游加生病，烧了不少钱，还要还信用卡，人在钱面前总是那么脆弱!”雨佳轻叹着。

妍晴想想，自己也一样，出去旅游花钱，想给自己带来一个改变也要花钱，给陶瑾瑜买礼物也要花钱。

看来，有时候在经济实力相差很多的情况下，真的很难平等地在一起。虽然说人和人的感情不应该单单用钱来衡量，但是，如果你和一个比你经济实力高很多的人交往，你还想要平等和自尊，很难。

这更说明了她和陶瑾瑜保持距离是对的。

正因为她对他从来没抱什么希望，所以也无所谓失望。

高级网络游戏设计师吗？妍晴想，他果然很擅长设计游戏，还好自己中途退出，就如同那一场绮丽的烟花，很短暂，绚烂过后，回归平淡吧。

“妍晴，我们还是想想怎么自力更生吧，在网上卖卖东西?”

妍晴想了想，“我们去摆地摊吧。”

“欧若朴，我出去一下，你记得洗好碗。”唯莹换好鞋子，打算出门。

“等一下。”

“嗯?”唯莹一回头，后脑勺砰地撞到门上。

“欧若朴，你必须让门和我道歉!”唯莹气势汹汹地说。

“无聊。”欧若朴放下碗筷，很男人地燃起一支烟。“我和朋友约好了去泡吧，今天晚上不能陪你了。”

唯莹揉了揉头上隆起的一个小包，“那你要负责帮我上药水，让我感受你的温柔。”欧若朴熟练地为她处理伤口。

“我希望看着你给我擦药水，让我可以有机会折磨你。”唯莹看着他说道。

欧若朴嘴里叼着香烟，动作很轻柔。

唯莹忽地从他嘴里抽出那支烟，“我让你抽香烟的另外一端，如果你不同意，我就继续抽你的这支烟。”

“女生抽烟对身体不好的，你别乱来了。”

“我就乱来，除非你答应我用有小火星的一端来抽。”

“好。”欧若朴一手打掉唯莹手里的烟，“我不抽了。”

唯莹翻出一顶可爱的女士帽，“看来出去要戴这个了，不然对伤口不好。”

“还是没常识，没办法。”欧若朴无奈地摇摇头。

“晚饭不用等我，你自己吃就好了。”撂下这句话，欧若朴头也不回地走了。

唯莹撅着嘴，不想出门了，百无聊赖地开始收拾碗筷，打扫房间。欧若朴不在，她也懒得去想晚上该吃什么饭菜，随便吃吃就好了。

每天下午都有美食节目，唯莹算好时间，打开电视机。她要努力学习更多的菜式和烹饪技巧，在生活中慢慢体验那种做小女人的幸福感。晚饭后，唯莹就开始优哉游哉地做面膜，舒服地躺在床上，美美地想着欧若朴回来之后看到她皮肤红润嫩泽后嘴角那一抹温柔的笑。

不一会儿，她的脸变成小花猫般。唯莹看了看，欧若朴买的，看似很好用，但怎么感觉很不舒服？看了一下生产商，原来是日本货啊，那日本妹妹的脸难道都是用这种面膜“制造”成的吗？

唯莹把面膜撕掉，决定美美睡一觉，这样皮肤才会光滑。

不久，唯莹感觉自己的手脚撞上了一个硬物，虽然不是很硬，但足以让她从睡梦中醒来。

她睁开眼，看见欧若朴已经躺在床上，他的手脚搭在唯莹身上，嘴里还有浓重的酒气。

呃，他终于回来了，唯莹好不容易挣脱他，看了看表，23 点 30 分，今天回来还算早的。

她从厨房拿出兑好的奶茶，给他灌了下去，这个方法百试不爽。他看似清醒多了，一下子把唯莹拉过来，伏在他身上。

唯莹心想，今天好不容易才做了面膜，这家伙怎么不看我一眼呢？

于是，唯莹抓起他的一只胳膊，开始来回摇晃，“你看我一下，你看我一下嘛。”

欧若朴双手紧紧环抱着她，“乖，睡觉了。”

唯莹开始用双手捏他的鼻孔，欧若朴眯着眼，慢慢找到唯莹的鼻孔，也开始捏了起来。唯莹想，刚才我之所以空不出来手，是因为没有小绿夹的缘故，如果有一种小绿夹，夹鼻孔也许会成为一种时尚。

唯莹还在继续 YY 中，这时，欧若朴忽然一个翻身，把她压在身下。

他的眼神诱惑中透着一丝渴望，开始慢慢吻她的耳朵。

雨佳仔细端详了一下这款卡地亚的首饰，随手放在桌上，轻轻叹了一口气。

“雨佳，一起去吃午饭吗？”唯莹跑过来问。

“好，许哲宇今天中午在客户那边，我们一起吧。”

“唯莹，”雨佳轻轻地从包里拿出一包面巾纸，放在桌上，“如果一个有钱的成熟男人追求你，但是你已经有男朋友了，他很聪明也很努力，你该怎么办？”

唯莹略一思忖，“其实还是应该找有钱的男人，这样比较现实一点。”

雨佳低下头，“你说的也有道理，很多人都这样认为，但是一旦真正面临这种情况，可能不像事先所想的那么简单。”

“我不管，反正我有欧若朴就行了。”

“唯莹，如果同时有另外一个男人追求你，你不知道自己是不是喜欢他，你会不会离开欧若朴？”

“欧若朴要是对我死缠烂打，我就不离开他。”

这时，雨佳忽然收到一条短信，“收到我的礼物了吗？晚上一起吃饭好吗？”

雨佳拿着手机，一直看着，却不回复。

“唯莹，如果爱情和面包之中，只能选一样，你会选择什么？”

“以前我会毫不犹豫地选面包，但是和欧若朴在一起之后，我觉得爱情也很重要，我很迷恋和他在一起的感觉，只是不知道能够持续多久。”

“我和你不同，我只能在爱情和面包中选择一个。如果要了面包，就得放弃爱情；要了爱情，就需要一起奋斗从而获得属于我们的面包。但拥有了爱情，有时候还会受到面包的诱惑，竟然也还会动心，我是不是太贪心了？”

“人之常情吧。雨佳，是女人都很难克制来自面包的诱惑，关键在于是否值得。我也说不好，我没有这种经历，只是觉得，应该珍惜现在所拥有的。”唯莹的语调变得少见的理性。

回完短信，雨佳觉得心情很畅快，“谢谢你，唯莹。我们回公司吧。”

傍晚，喜多屋。

许哲宇和雨佳取完食物，开始慢慢吃着，这里是靠窗的一排座位，可以容纳四人。

沈先生只取了几块牛排和海参，从容地走到餐桌旁，“两位，让我们一起开动吧。”

雨佳吃得小心翼翼，不时用餐巾纸擦擦小嘴。许哲宇吃得很安静，让人看不出来他是否喜欢吃这些东西。

由于一直低着头吃东西，许哲宇一抬头的时候已变成一只小花猫。

沈先生见状，忍不住笑了一下，虽然很隐忍，但还是被雨佳发现了，雨佳不由自主地看了一下许哲宇，又低下头去，她已经习惯了。

沈先生终于打破沉默，“你们两个看起来感情很好，雨佳真的是那种很善解人意的女人，让其他男人都忍不住想去拥有。”

雨佳默不做声，只是吃得越来越慢。

许哲宇轻轻地给雨佳舀了一碗汤，放在她桌旁，“需要帮忙吗？”又问了沈先生一句。

“不用，谢谢。”

三人也不说话，只是慢慢地吃，沈先生的眉头轻皱，似乎若有所思。

雨佳的脸上一滴豆大的汗珠滚落，她的表情很痛苦，但还是隐忍着，“桑雨佳，你怎么了？”沈先生问。

“没，还好，我去……”

没等雨佳说完，沈先生立刻站起来，紧张地要去扶她孱弱的肩膀，雨佳忽然一下子倒在了许哲宇身上，脸色苍白。

许哲宇一把抱住雨佳，沈先生也在一边帮忙，喜多屋的工作人员已经拨打120，很快，雨佳被送往最近的医院。

医生说了一句话，雨佳立即被送往手术室。

两个男人站在门外，“手术费用，我们会在两个月内还给你的。”许哲宇说。

沈先生没说什么，只是盯着手术室的门发呆。

对他们来说好像一个世纪过去了，雨佳终于被推出来。

一个多小时后，清醒过来的雨佳对站在面前的许哲宇和沈先生说，“因为贪心，所以我得了急性炎症进了医院。沈先生，你真的很好，可是我觉得我配不上你。”

雨佳面无表情，紧接着闭上眼，“你送我的礼物我已经原封不动地邮寄到你公司了。”

沈先生只是从包包里随手拿出一枝玫瑰，放到她桌上，“好好休息，我明天再来看你。”

眼尖的许哲宇发现，沈先生准备了两枝玫瑰，一枝红玫瑰，一枝黄玫瑰，但最终拿出来的一枝，是黄玫瑰。

第十二章　很浪漫很结束

“雨佳，和我在一起，你快乐吗?”许哲宇平静地问雨佳。

“那个项目已经结束了，那个男人也很久没有联系过，我和他不是你所想的那种关系。”

“如果你有更好的选择，一定要坦率地告诉我。”许哲宇用难得的认真口吻说。

雨佳从身后紧紧抱住他，“对不起。其实和你在一起，我真的很满足。”

许哲宇轻轻拥住了她，良久。

每天一分钟的拥抱，仿佛功课一样，两人都心照不宣。

“这件事情，我不会再提。”许哲宇平静地承诺。

“嗯，我们过去和妍晴她们讨论一下摆地摊的事情吧。”雨佳挣脱开他的怀抱。

他们一进来，就看到妍晴和唯莹并排躺在床上，姿势也差不多，两人都陷入了关于摆地摊的深度 YY 中。

“四个白领摆地摊，如果遇到熟人，会不会觉得很丢人啊?”唯莹有点底气不足。

“自食其力有什么丢人的? 虽然赚的不多，但是觉得很安心。”雨佳一脸坦然。

“雨佳说的有道理，我要是遇到熟人，我就让他买我地摊的东西。”妍晴说得充满激情。

“妍晴说的也有道理，我觉得东西卖不出去才最丢人。”

“怕什么，反正只有我们几个人知道，别人也不知道我们卖没卖出去。”唯莹说。

“既然现在是冬天，我们不如就去卖糖葫芦吧。”妍晴建议。

唯莹说：“许哲宇负责制作，我负责试口味。”

雨佳说：“那我要做一个具有浓郁唯莹口味的糖葫芦，让唯莹吃了很郁闷。”

“别闹了，看来要想想买什么材料了，草莓、葡萄、猕猴桃、山楂、饴糖、竹签，大概就这些吧。”妍晴的脑袋大抵想出了这么多水果和用具。

三人终于在达成一致的基础上建立共识，“卖糖葫芦，就要卖这些味道的，因为大家都爱吃，自己都不吃的东西，怎么卖给别人呢?”

“我们就来一次现场制作，所有女生戴小绿帽出场，男生要戴小红帽，这样肯定很吸引人。”啪！妍晴手指做手枪状直指着许哲宇说。

“我喜欢，很滑稽。”雨佳开始拍手赞同。

周三，上海某大学校门口。

妍晴、许哲宇提前把大幅海报张贴好。

S大学毕业白领校园行之糖葫芦PK大赛

本周六下午14：00—18：00，敬请各位光临。

第一阶段：男生组VS女生组

各选派N名代表，在规定时间内（五分钟）吃得多的算胜，赢的一方自动进入下一轮比赛，输的一方要付双份的钱。

第二阶段：糖葫芦圈圈游戏

以不少于三人为一组，围成一圈，每人必须去吃旁边人的糖葫芦，同时避免自己的糖葫芦被别人吃掉，最后胜出者可以免单。

第三阶段：情侣PK游戏

情侣之间互相吃对方的糖葫芦，类似喝交杯酒的动作，吃得最优雅的一方获胜，可以免费继续进行下一轮比赛。

以上三个阶段为循环赛制。

唯莹作为唯一的特约糖葫芦模特，主要负责展示和试吃工作。

雨佳、许哲宇、妍晴负责现场制作。

妍晴和许哲宇轮流负责现场组织工作。

“妍晴，海报贴出去了，如果没有学生来，没人给面子怎么办?”唯莹又有点底气不足。

“没关系，这个广告贴出去，来看热闹的人肯定很多，即使游戏不能展开，还是会有些顾客流，这样也不愁卖了。”

“你实在太有才了。”

周六，早早的，就有一些学生在门口候着。

四人立即展开行动，手脚麻利地把原料、器具摆放好。摆放这些器具花费了他们不少时间，做好一切工作后，只需等待游戏者加入。

来的人还真不少，有的已经自动组好队。唯莹尽职尽责地表演试吃和展示动作，引来了不少男生驻足观看。

糖葫芦游戏在如火如荼地展开。正忙得不可开交，妍晴电话忽然响了，她想都没想就接起来，“梁妍晴，你在哪里?”她一愣，竟然是陶瑾瑜。

“我在S大学门口摆地摊。”

“很好，我去找你。”那边电话立即挂了。

他来就来好了，来了我会把他作为大顾客来推销糖葫芦。妍晴擦擦汗，继续埋头苦干中。

第一阶段的游戏，基本没有一方可以一直胜利，所以基本玩的人都要付钱买自己吃掉的糖葫芦，很公平。

游戏已进行到第二阶段，陶瑾瑜恰好不早不晚到了，他一来，立即惹来众多女生的目光。

“这位男士是今天的特约嘉宾，他说过要请在场的所有女生吃糖葫芦。”妍晴看准时机，没等他发话就先发言。

女生中一片惊呼，“帅哥，我们想要你亲手制作的，请问可以吗?”有人调皮地问。

“不可以。”陶瑾瑜的声音冰冷，从钱夹抽出三张百元钞票递给妍晴。

“很好，接下来女生可以畅吃，男生随意，比赛继续。”妍晴宣布。

“如果你喜欢，就再给自己买一串，但你还是要付钱，只要5元钱。本来想给你折扣的，可是我自己都不好意思再让你不破费了。我知道，你不会加入这个游戏的，对吗?”妍晴说得很快，气势上也颇为盛气凌人。

一边的雨佳和许哲宇开始哧哧笑起来。

“梁妍晴，我们做 partner 如何？是 sex-partner（性伴侣），我会给你充分的时间考虑。”陶瑾瑜在她耳边低语。

继而他径直走到车子旁，“他们的小绿帽，希望你兴旺发达。”

居然称她为“他们的小绿帽”，妍晴甩甩头，“不送。”

他离开的时候，人群有些骚动，一些学生开始拿起手机拍照。

到了下午5点30分，人群渐渐散去，他们开始清扫地面，粗略算了一下，大概卖了400多串。

“卖了这么多，我自己都没有尝过，我要吃一串。”妍晴从里面随便拿了一串糖葫芦，开始慢慢品尝。

非常美好的滋味。

糖葫芦的味道其实都差不多，但今天她觉得尤其美味，可能是戴了小绿帽的原因，最重要的是有自食其力的满足感。

今天如果说累，那么唯莹是吃累了，妍晴是喊累了，雨佳和许哲宇是真正的做累了。

“你们两个真的很温馨。”唯莹的语气有些艳羡，有些感动，“我忽然发现我的生活中少了些什么，就是一起吃苦、共同奋斗的感觉。我要努力去寻找。不行，我要让欧若朴和我一起做饭，一起收拾房间，一起干家务活。”唯莹凶巴巴地说。

“大家一起出去庆祝一下吗?”许哲宇问。

“我想回家做饭，喂家里的牛牛，它应该饿了。”雨佳说。

“你们先回去吧，我和妍晴出去随便吃点。”

回家的路上，妍晴心里有一种踏实感，自己辛苦努力赚来的钱，用起来很心安理得，和上班赚工资的感觉有些不同，就是自主性更强。妍晴觉得，她爱上了这种感觉。从此以后她不会再铺张浪费了，因为很珍惜每一分汗水换来的收获，所以，即使她们去了一家很平常的餐馆去吃很一般的东西，她还是觉得很饱很幸福。

“妍晴，今天给我的感觉很特别。我从来没有摆过小摊，原来自食其力的感觉这么好，比上班有趣多了。我回去也让那个老女人去摆小摊，她老是花爸爸的钱，这样她应该就知道自己打拼换来幸福的好处了。”

“我觉得我的消费观念要做一下调整，我现在主张新节俭主义，就是花最少的钱获得最大的满足感，这样的感觉，很好。”妍晴说。

“言归正传吧，妍晴，那个男人又出现了。”唯莹用调侃的语气说。

“唯莹，如果一个男人要你做他的性伴侣，你会同意吗?”

“如果我喜欢他，我并不介意，我现在每天和欧若朴生活在一起，其实也可以看做是 sex-partner。”

“那一定是建立在感情的基础上的。”妍晴若有所思地说。

“妍晴，我一直觉得你很保守。”

“也不尽然，我主张新传统主义：开放但不随便，注重爱情至上，给彼此充分自由但不纵容，主张平等。即使是性伴侣，也要建立在爱情的基础上。”妍晴分析得很理性。

她们回到家里，狗狗牛牛正在开心地吃它的晚餐，雨佳在打扫房间。

“雨佳，你真的很纯良。”她们感慨道。

雨佳笑了，“不收拾我会难受，我就喜欢收拾房间。”

看到牛牛，妍晴想，还是狗狗好，自己的伴侣可以看做是女朋友，也可以看做是夫妻，也可以看做是纯粹的性欲望，没有任何负担。

“对了，雨佳，如果牛牛结婚，我们为它举办一次婚礼好不好？呵呵，我们给出几个选择让牛牛自己选。”

“我家牛牛对女朋友不感兴趣的，在大街上遇到漂亮的小母狗，它都高昂着头，故意不理不睬的，其实也许心里很在意人家也说不定呢。”

“很有魅力的小家伙，但是终有一天要把自己推销出去噢。”

妍晴躺在床上，问自己，我喜欢陶瑾瑜吗？如果我一点都不喜欢他，却同意和他做性伴侣，单纯生理需要的互相满足，很平等。但这只是理论上可行，现实中她无法接受。如果有些感情因素在里面的话，结局很可能会受伤。说到底，她还是很难抗拒陶瑾瑜的诱惑，然而她更好奇的是，陶瑾瑜所谓的性伴侣是怎样的关系？唯性还是唯爱的，纯粹的还是暧昧的，专一的还是随便的……

只是一种好奇心加期待的感觉吧，性对于她来说，不重要，但是也有需求。在好奇心的驱使下，她最终决定追求一次猎奇的新鲜感。

“好，陶瑾瑜，sex-partner 吗？我接受。”

“你是我的温柔，妍晴，周五晚上，我到你家去接你。”

“很好，来我家吧，我在这里等你。”

她学着陶瑾瑜的语气，很直率、很唯我的感觉。

睁开眼睛，妍晴下意识地看了一下闹钟，4 点 30 分，却已经睡意全无。

眼神无意中瞟向梳妆台上的“水之恋”，她只是静静看着，竟然会有种跃跃欲试的感觉。大清早，雨佳睡得很恬静。妍晴蹑手蹑脚地起来，在雨佳头上轻轻喷了一下，一种久违的清新味道袭来。很好，在排除了邱雨泽和江旭宁的影响之后，她对“水之恋”的喜爱是那么无可厚非，现在加上了友谊的味道，很好，很强大。

原来她也可以这样面对“水之恋”，妍晴耸耸肩，觉得自己的爱情情商终于有了突破。

轻轻走到窗前，拉开窗帘，看到小区石凳上坐了两位老人和一个小孩。江旭宁快有 baby 了吧，她想，人这一辈子也大抵如此，就是找一个门当户对的结婚过日子。她忽然觉得很乏味，轻摇着头，一回头，雨佳已经坐起来，“妍晴，刚才我感觉后脑勺湿湿的，我是不是睡觉的时候又闯祸了？”

妍晴嘴角轻抿，“我们起来一起跑步吧。”

到办公室的时候，8 点 50 分。

妍晴最大的期望，是自己的性格变得圆融一点，她必须正视自己的问题。仅仅一夜，她的思想仿佛也苍老了许多。MSN 上唯莹的消息忽然跳出来，吓了她一大跳。

唯莹：美女，又在艰苦卓绝了？

妍晴：无聊,无聊，无聊……

唯莹：估计不到一个小时你就有聊了,你们公司的人总是那么忙。

妍晴：是啊,公司还是很好的，能学到很多东西，我只是觉得自己还有很多不适应的地方。

唯莹：难得的一点空闲时间,我们不要讨论工作了。妍晴，我觉得你应该找一个男朋友。

妍晴：唯莹,我很挑剔的，我真的很挑剔，我甚至觉得我可能一辈子都是一个人。

唯莹：不许垂头丧气,～（QoQ）～。

妍晴忍不住会心一笑。

仿佛是幻觉，一阵若有似无的清雅的味道，不熟悉，但是感觉很像。她循香望去，是邱雨泽，一身笔挺的黑色西装配银白色衬衫，眼角似乎朝这边瞥了一下。

妍晴：（ZQZ）……

不一会儿，邱雨泽忽然打电话过来，“梁妍晴，如果没有其他事情，请不要随便发私人短信给我。”声音不大，但很冷静，很清晰，就连挂电话的声音都那么清晰。

妍晴的心缩紧了，她下意识地看了一下电脑，心不由得又放松了一下，好，一次错误的偶然成就一次正确的选择。

她排除杂念，继续学习。

“看到我刚才发给你的邮件了吗？这个项目很复杂，我先把相关资料给你看一下。”

妍晴迅速扫了一眼资料，发现是完全陌生的项目，是季之轩的项目。很好，我不需要多发表意见，这一次我就要做一个小喽啰，正牌的。

妍晴开始跑上跑下，找各个部门的老总签字，一切都是简单琐碎的工作，但是她认为，这也很重要，因为这是一个工作态度的问题。邱雨泽的话让她想了很久，她是一个非常有个性的女生，个性到不喜欢听取别人的意见，但是有时候尝试一下改变，也许人生就会从此不同。

“梁妍晴，你到我办公桌来一下。”挂断电话，妍晴走得很淡定。

“梁妍晴，你很粗心。”邱雨泽说。

妍晴咬紧嘴唇，“我回去改。”

“可以，但是你的时间需要理性花费。”

“我从来不感性花费别人的时间。”妍晴拿起资料，一阵风一样走过，没有留下任何味道。

整整一上午，妍晴就像一个陀螺一样不停地旋转，而且速度很快，只是，转得一点都不优雅。

她很不喜欢这样的工作内容，但这就是生活。

下了班，妍晴百无聊赖地在街上走着，好不容易放松的身心，真的很无价。

“梁妍晴，”乔迁熟悉的脚步声传来，“这么巧，你一般怎么回家?”

“坐地铁。”

“我也是，一起吧。”

一路上乔迁不停地讲黄色笑话，妍晴听得似懂非懂，但是也不排斥，同事之间偶尔说说也无所谓，只要不要太过分就好。

“梁妍晴，我觉得你的头发很漂亮。”

妍晴下意识地看了一下他的头发，发现打理得很精致。

“小心，路滑!”乔迁用一只手轻拥着妍晴的胳膊，把她恰到好处地揽在胸前，又忽地放开。另一只手将一把精巧的谭木匠梳子弹进妍晴外套的连衣帽内。

妍晴轻轻地戴上连衣帽，然后从头顶将那把精巧的梳子拿下，放在乔迁眼前，眼神中有疑问。

乔迁一手轻轻撩起这把梳子，另一只手从包里拿出一个可爱的小宠物玩具，给它轻轻挠了两下，然后若无其事地放进去。

“梁妍晴，我晚上和朋友有约会，明天见!”妍晴一回头，乔迁已经跑得无影无踪。

妍晴不禁莞尔，乔迁真是一个让人捉摸不定的人。

前面，是一家妍晴再熟悉不过的礼品店，每天坐地铁回家前她都会到里面随意转转。

熟悉的橱窗前，一对熟悉的身影正在喁喁私语，男生忽然拿起一件可爱的小东西，女生轻轻踮起脚，抱着他，给了他一个浅浅的吻。

妍晴的眼睛湿润了，待那对身影快要走到门口时，迅速转身。

而后，她装作若无其事地走进那家店，望着那件东西，良久，忽然有了新的决定。邱雨泽，最后一次的浪漫，浪漫的最后一次，妍晴自己定义的浪漫，也很无价。

付了钱，她在手中仔细端详这件可爱的小礼品，真的很特别，和她现在的心情很吻合。

很好，很浪漫，很结束。

那天，邱雨泽收到一个很普通的小盒子，里面是一个喷泉式小水杯，很特别，但也很实用。

他把它紧紧藏在了心中的一个角落，但愿，永远不再开启。

“周唯莹，”欧若朴轻弹了一下烟灰，“以后请你不要过分关注我的私生活，虽然我们目前生活在一起，但是我的事情希望你不要管。”

唯莹什么也没说，只在床上做了一个妩媚至极的动作，欧若朴立刻像饿狼一样扑过来。

“欧若朴，”男人的发丝在唯莹指间轻轻缠绕，“管你是因为爱你，你不希望我爱你吗？”

欧若朴忽然坐起来，立即换上另外一支烟，缓缓吐出白色的烟雾，一明一暗中映出他幽深而迷离的眼神。

“不需要。”

“好，你希望林修洁管你吗？”

唯莹一边说，一边开始放肆起来。

“我和林修洁的关系，你永远没资格过问。记得开始的时候，我们就已经达成共识了，不是吗？”

欧若朴终于有了反应，在一口烟圈还未吐出来之前，直接吻向唯莹。

咳咳咳，唯莹被呛到流眼泪。

“如果我和林修洁同时掉进河里，你说，你先救谁？”唯莹一改甜腻的声音，开始学欧若朴说话，声音也模仿得惟妙惟肖。

“我先去睡了，你自己早点休息。”欧若朴起身离开。

“不。”他睡衣的一角被唯莹狠狠拉住，“现在回答我！”

“先救你，好了，早点睡吧。”欧若朴将唯莹轻轻放倒，给她盖上被子，关上灯。

一滴眼泪从唯莹眼角轻轻滑落。

轻轻搅拌着咖啡，这个动作已经持续十分钟，但唯莹好像仍浑然不觉。

欧若朴轻轻擦拭一下嘴唇，“十分钟后，我送你去公司。”

唯莹缓过神来，“欧若朴，我……我的这个月的生理周期晚了很多天。”

“这件事情晚上下班回来再说，我上午有个会，很急，我在楼下等你。”

唯莹抹了抹眼泪，飞速吃完早餐。

一辆黑色甲壳虫在高架桥上跃跃欲试寻求突破，但每次都以失败告终。

“Shit!”欧若朴重重地拍了一下方向盘。

“欧若朴，请你注意一下我的人身安全好吗?”唯莹的语气很冷。

啪，车内的音乐换成爵士蓝调，啪啪，又换成 Rap。

啪！啪！啪！唯莹真的愤怒了。

欧若朴接下来将车开得很平稳，唯莹终于松了一口气。

正要下车的当儿，她忽然看见雨佳和许哲宇，共撑一把蓝色碎花小伞，伞周边的蕾丝很漂亮。

“唯莹，”雨佳的眼神纯净无瑕，“带伞了吗？我这里还有一把。”

唯莹重重地摔了一下车门，对欧若朴做了一个谢谢的手势，然后撑起自己随身携带的嫩粉色时装伞，“谢谢，我今天刚好带伞了。”

许哲宇没说什么，只是紧紧握了握雨佳的小伞。

唯莹一把拉过雨佳，搂着她的香肩，“许哲宇，你的雨佳借我一下。”

“雨佳，中午一起吃饭。”许哲宇轻吻了一下雨佳的头发，雨佳的脸又红了。

唯莹忽然有一种很无力的感觉，搂着雨佳的肩膀倏地滑下。

造型无极限，是乔迁的时尚准则。

一看手表，还有五分钟。他一直怀疑，镜子可能是他前世的情人，不然怎么一看到镜子他就忍不住手舞足蹈呢？

但头顶一撮挑染的最不乖的头发总让他不由得长吁短叹，有种想要摆平它的冲动。呃，虽然说9点万岁，8点59分浪费，但如果再不下楼去买早餐然后飞奔进办公楼，他人生最值得骄傲的用时法则很快就要被他自己打破了。

兴高采烈地踱进伍缘便利店，趁着没人注意，对着超市四面的镜子继续不遗余力地摆弄着头顶上一撮张扬的乱发。

一阵袅袅的女人馨香飘过来，他不由自主地深呼吸一下。这个女人媚眼如丝，身姿也是千娇百媚，她丝巾的一角，默默地滑落，似乎是有意的，轻轻拂过乔迁的手臂，即使是最冷淡的男人也可能有一种若有似无的被挑逗感。

乔迁对着镜子前的自己自信地笑了一下，早上起来太忙了，如果是在夜店，这样的美女他是不会放过的。

“5元。”收银阿姨说。

乔迁自如地掏出钱包，却发现除了人民币，什么东西都有。细细想来，昨天，刷爆的信用卡又多了一张。

“给。”唯莹从粉红色的皮夹中翻出一张5元人民币，放在乔迁面前。

“新时代的雷锋姐姐吗？我会好好向你学习的。阿姨，不用找了。”乔迁拿起早餐，“美女，我会找机会还给你的。”

“不用，举手之劳而已。”然后，唯莹一阵风似的离开。

难过，难过，似乎只有做好事的一点点幸福感才能把内心的痛苦暂时填补。

她的背影，她身后耀眼的丝巾，已经深深地印在乔迁心里。

唯莹强忍着辣椒的呛味，迅速把一条红烧鲅鱼出锅，装盘，端稳，放好。

“今天烧的鱼看起来比以往都好，莹，你是越来越对我的胃了。”

欧若朴一把抓过唯莹，在她娇艳的嘴唇上吻了一下。

“只要你喜欢，我愿意为你烧出最美味的鲅鱼。”唯莹解开小围裙，熟练地挂好。

一副贤妻良母的模样。

“欧若朴，和我在一起你有感觉过幸福吗？”

“一直有。”

“一直想要有吗？”

“你如果想离开我，我不会放过你的。”欧若朴随意夹起一片鱼肉，细细咀嚼，然后是心满意足地微笑。

那一刻，唯莹觉得，自己好幸福。难道女人一辈子只为了追求这点小小幸福吗？太没出息了！可是，为什么会觉得这么满足呢？

正想着，欧若朴不知什么时候不见了，好一会儿才出现，“我刚去了一下卫生间，这个周末，我们来一次烛光晚餐吧。”

“还是我全权负责，对吗？这个周末，陪我去医院好吗？大大。”唯莹用略带哀求的语气说。

“不是测试过了没事吗？”

“大大，你希望我给你生孩子吗？”

“我们还年轻，我不想过早被套入牢笼。早点乖乖睡吧。”欧若朴将唯莹轻揽在怀里，贪婪地吮吸唯莹身上特有的女人的馨香。

“大大，我们结婚吧。”

“好，给我时间。”

唯莹忽然紧紧抱着他，“我好怕，我真的好怕，我骗爸爸说住在朋友家里，一旦真的有宝宝我真的不知道怎么面对他们，大大，你会对我负责吗?”隐忍得太久了，她终于爆发出最强烈的脆弱。

唯莹重重的啜泣声，让欧若朴觉得心力交瘁。“唯莹，我累了，这个问题改天再谈，今天我不能给你想要的答案。”

唯莹立即从他的怀里抽身而出，“今晚，我去客厅睡，请你想清楚，这个周末，早9点，你家附近的医院门口见。”

周六。

唯莹到得真的很准时，欧若朴没出现。

唯莹去做了一次仔仔细细的检查，真的是没有任何问题。

冰冷的泪在唯莹的脸上肆虐，她浑然不觉，心中只有一个目标就是，去他家，拿自己的东西，离开他家，回自己的家，永远。

一阵久违的红烧鲅鱼的味道，真的很久违，但细微的差别，却又让她感觉很陌生。

唯莹木然走进厨房，看见欧若朴，扎着围裙，脸上的幸福感显而易见。

那一刻，唯莹有种飘飘欲仙的感觉，这种突如其来的幸福感简直要冲昏了她的小头脑。

继而，最无情的门铃响起。

欧若朴转身看见唯莹，拿勺子的手忽然开始剧烈颤抖，但他一动不动，唯莹也一动不动，门铃声也持续地响着。

良久，唯莹对欧若朴轻蔑一笑，“我帮你开门好了。”

外面林修洁的脸已经冻得通红。看见唯莹的那一瞬，他只是低下头，“我偶尔来看看他。”接着，他迈进房间。

唯莹觉得，她头很晕，有种欲死的感觉，不知怎么飘进了卫生间，关上门，忽然一股剧痛袭向她的小腹。

很值得纪念的鲜红，在一场没有硝烟的爱情战场上，她壮烈地失败了，很值得纪念的生理周期。

只不过短短的几分钟，在唯莹看来却好像一个世纪那么漫长，从卫生间出来的那一刻，她终于释然了。

看到餐桌上的红烧鲅鱼，唯莹不禁嫣然一笑，“若若，你知道吗？我一直在吃你最喜欢而我最讨厌的鲅鱼，我曾经感到很幸福。”

“我……你……他……”欧若朴的声音嘶哑而无力。

“无需解释，你是我心中永远的若若，‘若’永远是一个似有似无的字眼，就像你我的感情一样，但庆幸的是，我今天终于看清楚了。”

“你不再是我的唯了吗?”

“是的，我们之间就是唯若组合，只有若，似有似无是你我的爱情主题。”

华丽地转身后，唯莹留下了她认为唯一不应带走的东西，就是那枚小绿夹。

第十三章　世界上最遥远的距离

迟到可能是陶瑾瑜的天赋之一，不然，怎么约好了 18 点 30 分在小区门口见，还不见他的踪影呢？

妍晴不管那么多，只要在他来之前把糖葫芦制好就可以。

用了不长的时间，23 串糖葫芦终于全部搞定，今天晚上要把这些卖出去。她随手吮吸了一下沾有糖片的小指，甜而不腻，味道刚刚好。

啪！陶瑾瑜小肚肚爆破的声音仍历历在目，很好的短信提醒，“我到了。”

妍晴把小围裙摘下来，换好衣服，银白色和紫色相间的羽绒服，搭配得很别致，不张扬也不内敛，而是清灵的妩媚。

她一路小跑下楼。奇怪，我明明不期待，为什么跑这么快？妍晴终于放慢了步伐。

陶瑾瑜慢慢摇下车窗，“送给你的，你今天看起来和我很搭嘛。”

妍晴接过一捧蓝色妖姬，发现了陶瑾瑜黑色和紫色相间的大背包，几乎每次见面他的包包都不同，但都和紫色脱不开干系。

“谢谢你的花，等一下，我去去就来，我的糖葫芦你先帮我照看一下。”

“我的小妖精，我等你下来。”陶瑾瑜舌头轻轻一卷，一个剖面心形小草莓被吞入口中，“酸酸甜甜都是你。”

妍晴立即偏过头，“陶瑾瑜，你的月亮脸真的很大很圆。”

“比你的脸还大还圆吗？”陶瑾瑜舌尖又轻轻一绕，一个俏皮的小糖球就这样无辜地被卷入口中。

妍晴的腮帮子气得鼓鼓的，突然啪的一声，一条短信飘然而至，“妍晴，今晚我和许哲宇去他同学家，很晚回来。雨佳。”

回到家里，她细细数了一下，花一共 12 朵。这是妍晴第一次收到蓝色妖姬，感觉很特别。

她重新回到楼下的时候，陶瑾瑜已经有些不耐烦。

“你知道吗？我等女人从来不超过五分钟，但是今天我为你破例了，你说，你要怎么补偿我？”

“我请你吃饭。”妍晴义正词严地说。

“给我来 10 个豆腐串。”妍晴对烧烤店老板说。

“陶瑾瑜，你只要坐着就好，我请你。”

“你请我吃你的豆腐吗？”

“我认为，sex-partner＝我请你吃我买的豆腐，有什么不妥吗？”

“很好，我认可你，但是，sex-partner 的基础就是平等，在此基础之上，你也要认可我的理解。”

“很好，很平等，陶瑾瑜，你吃好了吗?”

陶瑾瑜只是冷眼扫了一眼烤成金黄色的豆腐串，“梁妍晴，从来没有男人惩罚过你吗？你真的很嚣张，但是我喜欢。”

接下来，陶瑾瑜将车开得很快，虽然系着安全带，但妍晴还是觉得心惊肉跳，直觉告诉她，陶瑾瑜这一次是真的生气了。

她手中的糖葫芦也开始七扭八歪的，和不相邻的串串黏在一起，难道它们在追求那种一粘钟情的心跳感觉吗？

“梁妍晴，这个假面舞会是一家著名的婚介机构举办的，入场费是 5 千元人民币，没什么事情的话，你可以回去了。”

“陶瑾瑜，你现在可以进去了，不是吗?”

妍晴把羽绒服脱掉寄存，露出里面黑白相间的女仆装，戴上黑框眼镜，白色手套，从大袋袋里掏出糖葫芦，固定在事先准备好的塑料圆球上。

本来是打算和陶瑾瑜一起出来卖糖葫芦的，sex-partner（性伴侣）也要有感情基础，就是那种妍晴想要的同甘共苦的感觉。看来，孤军奋战的感觉也很好，我独立故我在。她无需叫卖，只一身女仆装已经吸引了数名男士过来询问，糖葫芦卖得出奇的好。

一位主办方的工作人员走过来，“本来这种场合是不允许小贩进场的，不过你的到来确实引起了一些嘉宾的好奇心，你愿意进场试卖吗？门票免费。”

妍晴戴上一款精美的假面面具，看起来就价格不菲，然后她踱着小碎步进入了场内，然后心里明白了世上果然没有免费的午餐，这个面具是女生无论如何也不想戴着进去的——一枚乌龟壳面具，可爱倒是满可爱，翠绿色的壳面上点缀着雪花片状的小颗粒，这一次她就做一回忍女好了。

场内是古典中世纪的建筑风格，处处洋溢着一种尊贵和华丽感，和妍晴身上散发出来的犹如小百合一般的清新剔透感处处不相容。

她远远看见陶瑾瑜和几个俏丽的小女生在调笑，金色和银白色镂空设计的面具，恰到好处地把他迷人的星瞳点缀得更加梦幻而神秘，妍晴决定，一定要和他保持最远的距离。

偶尔有一些男士过来搭讪，但都是醉翁之意不在酒，妍晴会说："你买我的糖葫芦，我才和你讲话。"对方买了糖葫芦之后，妍晴会兴致勃勃地和他讲一句很有美感的话，"请祝我生意兴隆。"

"小姐，我可以买一串糖葫芦送给你吗?"眼前这个戴着大白兔面具的男生，嘴角现出一个优雅的弧度。

这个声音很熟悉，妍晴想起来了，一拍脑袋，"你……"

"嘘……这里不好随便叫别人的真名的。"

妍晴想，完了，她曾戴过乌龟壳面具这个小道消息千万不能让乔迁传出去。

自乔迁买了糖葫芦后，她的糖葫芦卖得更是出奇的好，转眼就只剩下三串了。

"小姐，"一个娇滴滴的声音冲进耳膜，"我只要这串。"纤纤的手指直指着乔迁送给她的那串糖葫芦。

“抱歉，这串已经被预订了。”妍晴说。

“爱情预约吗?”一张精美到无可挑剔的面具出现在妍晴眼前，他轻揽着女生的肩膀，话语阴柔中透着犀利。

“你想预约吗?”妍晴迎向他的目光。

他的嘴角现出一抹嘲讽的笑，“你有资格和我谈 love 吗？你的糖葫芦我全包了如何，需要我包吗?”

妍晴的脸气得红彤彤的，“小姐，你可以试吃一下。”

女生试吃了一小口，虽然只是一个细微的动作，但是，真的很淑女。陶瑾瑜亲昵地在她咬过的地方吃下一枚。

“你们很同甘，希望你们有机会共苦，不然，任何人没资格和我谈爱情预约。”

妍晴用力一甩头，面具啪地掉在地上摔成两半，头上的女仆帽也倏地掉下来，如丝的长发飘落下来，一时间吸引了众多目光。

陶瑾瑜的手在女生秀发上轻轻一拢，指尖的发丝轻盈而富有弹跳感地垂下。

“葫芦女，你很喜欢哗众取宠吗?”女生嘴角露出一抹嘲讽的笑。

妍晴三下两下将头发重新盘起，轻轻戴好女仆帽和黑框眼镜，“我不喜欢哗众取宠，我只是一个对自己忠实的自制糖葫芦推广者。”

“梁妍晴，你那么喜欢做小贩吗?”陶瑾瑜从地上轻轻捡起破碎的小龟壳面具，在灯下细细端详。

“这些碎片我想收藏，相关损失我会赔偿，请你们不要为难这位小姐好吗?”主办方工作人员听了只是轻轻一笑，没说话。

出去的时候，外面不知什么时候下起了冬雨，妍晴裹紧了羽绒服。心里不由得觉得晦气，一晚上赚的200多元人民币，在赔付了面具的200元后，只剩下20元，打车回家都不够了吧。

一把紫底黑花的伞轻轻挡住她的头顶，“进来吗?”

“我要回家了，你来吗，陶瑾瑜?”笑靥如花的妍晴，不介意身上被雨水肆虐。

“你总是知道怎么勾引我。”陶瑾瑜在妍晴的嘴上温柔地亲了一下，妍晴一时间有种痒痒麻麻的感觉，思绪仿佛回到了元旦夜，陶瑾瑜久违的芬芳味道仍残留在唇齿间。

接着，陶瑾瑜一把抱起一脸茫然的妍晴，在她回过神来的时候，已经坐在了他的车里。

他从大包包里拿出一块洁白的手帕，开始轻轻为她擦拭头上的水滴，滴滴细腻，润在她心里，润湿了她的心。

陶瑾瑜忽然从包包里拿出一串糖葫芦，“一起吗?”

他用舌轻盈地取下一枚，然后送入妍晴口中，如此轻盈的一吻，细细咀嚼，彼此感受对方，她的舌如此无助却也无法抵挡，只能被他吻得更深。他随手打开音响，一阵优雅的爵士蓝调渐渐弥散。妍晴觉得，此时的时空肯定被扭曲了，不然心怎么会如此颤动。一阵无法拒绝的缠绵感让她迷醉。起来的时候，妍晴的脸已经变得潮红。这个吻，绵长而美妙，她承认，这一次她无法抗拒。

“对自己忠实，但也偶尔会自欺欺人吗?梁妍晴，你爱上我了，对吗?”陶瑾瑜轻抚她的面颊，眼神中有了一丝迷蒙的色彩，还有一丝若有似无的情欲味道。

汽车后座，妍晴小鸟依人般地蜷缩在陶瑾瑜怀里，脸色绯红。陶瑾瑜穿了一件休闲衬衫，笔挺的淡蓝色条纹，胸前微敞。

“陶瑾瑜，你应该知道我的游戏规则。”

“先彩排一次如何？我会给你你想要的，所有，除了婚姻。”

“sex-partner 应该是建立在感情基础上的，不是吗？”妍晴等待他的反驳，因为她现在真的要怀疑，男人的想法是不是和女人天生就不同。

“梁妍晴，你真的以为我喜欢上你了吗？”陶瑾瑜好像发现了天大的笑话般，“只能说你太清纯了。我很讨厌你这种类型，只是把你当做生活的调剂品而已。我必须承认，认识你之后我所需要的时时丰富而不间断的灵感经常在我毫无防备的时候造访，我很喜欢这种感觉。我可爱的清纯小女人，从梦中醒来吧。在男人看来，性伴侣只是建立在需要的基础上，在这方面，男人和女人应该是平等的，我从来都认为，男人和女人享有平等的性权利。这一次是你要和我玩，梁妍晴，所以，你要遵循我的游戏规则。”

“游戏，到此结束。”妍晴的声音很冷淡。

她穿好衣服，这是一次最不具实质意义的肌肤之亲，除了最实质意义的，该发生的都发生了。

在陶瑾瑜脸上轻轻一吻，“我唯一的一次，晚安吻。”

外面的雨下得很大，已经分不清哪些是雾，哪些是泪。无所谓，雾以泪聚，泪多了，也便成了雾。

她心中默默期待明早的阳光。我的泪一定会变成最晶莹剔透的小水滴，我很期待属于我自己的dancingdew（舞动的露珠）。

春节刚过，上海的年味依然很浓。

这段时间在电梯间，她经常会遇到陶瑾瑜，一开始妍晴还觉得很尴尬，陶瑾瑜永远是目不斜视，似乎在他眼里，妍晴就卑微得连灰尘都不如。但很快妍晴就不介意，已经结束了，无所谓有，也无所谓无，就如陌生人一般，稍微熟稔一点的陌生人而已。

邱雨泽要调到美国公司去了，这段时间以来，办公室流传最多的就是这条新闻。

妍晴也不介意，已经结束了，无所谓有，也无所谓无，就如陌生人一般，稍微熟稔一点的陌生人而已。

很好，去年出现在她生命中的两个男人都以不同的方式离开，或许2011年她要好好庆祝一下，剩女万岁。

公司最近发生很多爆炸性的新闻，大抵是谁愤然离职或者谁和谁又传出绯闻之类，妍晴无心理会，做好自己本职工作就好，公司是个大染缸，要不被同化还真有点困难。

“蔡以纯，”妍晴在话筒的一端说，“我看到你发给我的邮件了。”

“你有什么想法可以和我讨论，但是希望你能珍惜大家的时间，因为这个项目是固定的fee（收费）。”

“没有任何意见。”妍晴不假思索地说。

妍晴动作迅速麻利地找经理和合伙人签字，做基本上是行政人员做的工作，比如整理整理文件之类，根本无所谓“想法”。蔡以纯最聪明的地方在于，让你做最不需要智商的工作来锻炼你的智商，很高明。妍晴再也不想在一个问题上来回转圈，她永远不可能去迎合别人，最多就是井水不犯河水，你交代给我的工作，我会精力充沛地完成，注意，是精力充沛地，起码让你看到我的工作态度。这一点是我和季之轩承诺过的。

我要做转速很快，但转得最不优雅的陀螺，因为优雅和陀螺永远没有关系。

好不容易空闲了一阵，她回到座位上，看到邱雨泽发来了一大串邮件。还是陀螺，只不过能转得稍微优雅一点，因为她展现给邱雨泽看的，永远是自己最好的一面。

“这个周六需要加班。”挂断电话，邱雨泽开始收拾办公桌，妍晴偏头看着他，雕塑般的侧脸也似乎有所察觉。

邱雨泽走过，带来的一阵清风，没有任何味道。

妍晴没问，你要去美国了吗？没必要问，问了也就是那个答案，问了，邱雨泽也未必会说。他们好像彼此都在小心翼翼地珍惜着最后相处的时间，却谁也不愿意道破。

妍晴还是第一次周末加班，公司很静，邱雨泽今天穿得很休闲，她还是第一次看他穿得这么随意。第一眼看去，他并不是一个非常突出的男人，男人的魅力真的不只在外表。做了项目才发现，邱雨泽把她完全地当做工作搭档，一种妍晴所追求的搭档感，一起流汗感，同舟共济感，心有灵犀感。这个男人给了妍晴所需要的一切感觉，但却无法拥有。妍晴忽然想到了《快乐大本营》中娜娜的一句经典的话：他真的很完美，很聪明，什么都难不倒他，但是就是得不到。

一起在楼下随意吃了午饭，自始至终，两人只有一句对白，“什么时候走?”

“一个月后。”

连续三周，妍晴都白天黑夜地加班，其实也无需那么忙，时间是比较充裕的，但她想用疯狂的工作来麻痹自己。没有爱情，只有工作，这没什么不好，别人的爱情得不到，我赚自己的面包总可以吧。

又是周六，“今天这个项目基本上就搞定了，我下周会请一周假休息。”邱雨泽淡淡地说。

“好。”妍晴回答得干脆利落。不知不觉开始觉得头昏眼花，妍晴想也许是最近早上太匆忙来不及吃早餐的缘故，也许是晚上不由自主地想到邱雨泽，不由自主地暗自伤神的缘故。她奔向卫生间，呕了一地，强忍着出来，和邱雨泽一起加最后的一次班。无论如何，她需要一个华丽的转身，给邱雨泽留下一个没有雅芙那么华丽，但是很梁妍晴的背影。

“你脸色看起来不太好，不如这些东西拿回家做好了。”邱雨泽不由分说，开始收拾办公桌，妍晴也慢慢地将文件装起来，打算带回去做。

头重脚轻，浑身虚弱无力，妍晴扶着桌脚，慢慢站起来，忽然眼前一黑，就那样倒在一个温暖的怀抱里，妍晴紧紧抓着这个怀抱，希望就这样昏死过去。

医院里，妍晴静静吊着葡萄糖，邱雨泽在她旁边坐着。妍晴就这样静静地看着他，从这个角度看上去，他很帅。妍晴对于各个角度的他的外表已经了如指掌。

“需要打电话给你朋友吗？我觉得这样比较好。”

“不要。”

“你还没吃晚饭，需要我去买晚餐吗？”

“不用。”

妍晴只想这样默默地看着他，就已足够。

天，明明就是在医院，在一个充满痛苦的地方，可是为什么妍晴觉得这样幸福？如果可以，她希望时间永远停滞在这一刻。

“我上楼了。”

邱雨泽送她到小区门口，妍晴摇摇晃晃地下车，“谢谢你今天的一切。”

缓缓爬上楼梯，看看表，19 点 30 分了，进入房间，拉开窗帘，发现邱雨泽的车还在。

雨佳和许哲宇去卖糖葫芦了，妍晴一个人在家，她随意按着遥控器，没有一丝心情，那是一种比百无聊赖还无聊的感觉，心里好像烂了一个大洞，却无法填补。

21 点 30 分，雨佳和许哲宇欢快地回来了，妍晴拉开窗帘，邱雨泽的车还在。

23 点 30 分，洗好澡，关灯，静静躺在床上，妍晴觉得，她已没力气再拉开窗帘。

一条短信发过来，“我走了。”

第二天早上一起来，妍晴就觉得头昏脑涨，下意识地打开手机，也许是内心的一个浅浅的小愿望，希望可以再收到邱雨泽的一条短信，为了这个愿望，她曾祈祷过。果然一条短信发过来，但不是邱雨泽的，而是，陶瑾瑜。

“早上10点，一茶一坐大宁店，我等你。”

正如面对江旭宁当时发来的关于婚帖的短信一般，无需逃避，妍晴心想。

“这次我是以雅芙朋友的身份来找你的。”陶瑾瑜的声音极其淡漠。

妍晴没做声。

“雅芙是一个很没安全感的人，她最近发现邱雨泽周末经常会出去一整天，晚上有时候会喝得酩酊大醉地回来，她不知道怎么办。她已经为邱雨泽堕胎两次，她不能承受失去他的痛苦。”

“作为女人，我很同情她，但大家都是成年人，她需要对自己的选择负责，你是帮她来做说客的吗？”

“我只是觉得，她之所以会这么害怕，这么没有安全感，也有我的责任，所以我希望她幸福。”陶瑾瑜的声音理性而清晰，妍晴忽然觉得，在他身上看到了邱雨泽的影子，也许他骨子里，也很邱雨泽。

“邱雨泽周末都在和你加班吗？据我所知，他的工作效率很高。雅芙说以前他周末从来没有加过班，男人的直觉告诉我，他想在周末见到你。”

“你来是想对我说，希望每次周末邱雨泽找我加班的时候，让我和他说不吗？”

“如果没有你，他们的生活应该很平静。”

“每个人都有追求自己幸福的权利，我爱邱雨泽，如果他也爱我，我会很开心。如果你是帮雅芙做说客的，对不起，我帮不了你。”

陶瑾瑜的脸色忽然变得苍白，放在桌边的手开始缓缓颤抖，他只是微微动了动喉结，“这是对你的最后一次警告。你可以走了。”声音虚弱无力。

走出一茶一坐，妍晴忽然觉得她想见邱雨泽。也许前一段时间见面太频繁，现在一停止，她有些无法承受。

第一次，妍晴约邱雨泽出来。以前即使那么喜欢，她也不会擅自发一条短信给他。

第一次，邱雨泽因为梁妍晴本人而和她见面，以前只是一起做项目才见。

“我只有五分钟时间。”邱雨泽说。

“一分钟足以。”妍晴盯着邱雨泽纤长而有力的手指。

“在你离开之前，我有一个礼物想送给你，你要吗？”

“不需要。”

“好，如果不需要就张开手掌，让我看看你掌心的纹理，算算我们来世是否有机会再见面。”

邱雨泽缓缓张开手掌，妍晴只轻轻一滑，一枚戒指轻盈地从邱雨泽无名指间滑到指根。

“希望来世你会记得我。”

而后，妍晴头也不回地离开了，只留下一个潇洒的背影给邱雨泽。

邱雨泽没有任何语言，妍晴猜想，他应该也没有任何表情。

梁妍晴，你绝对是世界上最会自欺欺人的人。世界上最远的距离，是我在你手上套上了属于我的戒指，但是明天你即将成为别人的新郎。

这个灵感是陶瑾瑜给的，敬老院里他在她手上套戒指的一幕她仍记忆犹新，只是她演绎得比他更深刻，更惨烈。

过马路的时候，她忽然看见雅芙就站在马路对面，脸色惨白。

然后，妍晴感到一阵天旋地转，再然后……

妍晴睁开眼睛的时候，发现一切都是白色的，白色的窗帘，白色的墙面，白色的护士小姐，还有，白毛衣的陶瑾瑜。

陶瑾瑜在花瓶里插上一束黄玫瑰，轻轻放到妍晴旁边，“你终于醒了。”温柔的笑容在嘴边漾开来，来自陶瑾瑜的久违的温柔。

“梁妍晴，我和邱雨泽下个月会在美国注册结婚，他会到美国公司上班，希望你以后不会再打扰到我们平静的生活。”

雅芙只扔下一句话就离开。邱雨泽，没有出现。

“陶瑾瑜，谢谢你的照顾，我还好，我朋友马上就要过来了，很抱歉占用你的时间。”妍晴礼貌地说。

“好。”

陶瑾瑜背起包包，“你好好照顾自己。”声音很轻。

走到门口的时候，他忽然停住，“梁妍晴，我讨厌你讨厌得好辛苦。”

妍晴赶在邱雨泽的欢送晚会这天出了院。按照医生的嘱咐，她还要再休息一周左右。

她到达公司大厦的时候，一行人已经从公司走出来，看来晚会已经结束了。

邱雨泽开始和众人告别。“邱雨泽，可以拥抱我一下吗?”陈菲扬说。邱雨泽面带微笑地做了一个标准的拥抱姿势。

一个接着一个同事，每个拥抱都很真切，很感人。

轮到妍晴了，邱雨泽紧紧拥着她，仿佛用尽全身力气，“抱歉，我什么也给不了你。”声音是隐忍的嘶哑。

“我不要，邱雨泽，你要离开了，我要你送我一件礼物。”

“你要什么?”

“我只要你的一滴眼泪，一滴纯粹是为我而流的，最真心的一滴眼泪。”

“在我心里。”

深夜，房间很静，只有时钟循规蹈矩的滴答滴答声。

妍晴起身，去了一趟卫生间。

心情仿佛还停留在刚才的酣梦中，她扫了一眼对面的床，看到雨佳胳膊枕着头，正对着天花板出神。

“雨佳，别告诉我你还没睡。”

“没事，我在等许哲宇回来。”

回到温暖的被窝，妍晴心里默默祈祷冬天快些过去，冰冷的卫生间让她浑身直打寒战。

刚关灯，一阵钥匙转动门的声音响起，雨佳立即起身，披了一件外套。

“你回来了。”

“嗯。”

“洗澡水给你烧好了，你房间的被子也铺好了。”

许哲宇抱着雨佳，在她额头轻吻了一下，“谢谢。”

倚在房门口看热闹的妍晴，讪讪地离开。

接着，雨佳表情木然，也回到房间。

“你们真的很甜蜜，让我好羡慕。每次我都提醒自己不要再当电灯泡，但每次都在不该亮的时候发亮。”

“妍晴，我们其实没有你想象的好，俗话说‘家家有本难念的经’。”

“你们还好吧?”妍晴想，“对了，最近牛牛嘴上的铁箍被许哲宇拿下来了，长期戴着估计它要营养不良了。”

雨佳坐起身，用被子裹着身体。

“妍晴，如果我说，我刚才在许哲宇身上闻到了陌生女人的香水的味道，你会不会很惊讶?”

“很难想象，你竟然这么冷静。”妍晴一下子坐起来。

“前段时间沈先生的事情，让许哲宇压力很大，也许他只是发泄。我告诉自己，如果他真的身体出轨，我就原谅他一次。”

“雨佳，我相信对很多女生来说，都很难拒绝沈先生那样的成功男人，他成熟稳重而且比较传统。你们的爱情确实很强大，我希望它可以一直强大下去。”

“妍晴，我觉得我离不开许哲宇。这件事情如果摊开来说，我们就可能会分手，我宁可忍一段时间，希望他能回心转意。”

“你真的不介意他外面有女人了吗？有第一次就有第二次，我觉得男人是一定要管教的。”

“许哲宇内心很成熟的，他考虑问题很周到，我相信他。妍晴，我们早点休息吧。”

冬日的阳光暖暖的，妍晴和雨佳一起来就洗了好多衣服，晾了满满一阳台。

而后，雨佳开始在厨房煎蛋。

许哲宇终于起床了，妍晴觉得她要回避一下，他们之间目前需要有独处的空间可以好好谈谈。

她带上电脑，找了一家星巴克咖啡店，要了一杯卡布奇诺，开始上网，心中零零星星的寂寞被卡布奇诺醇厚的奶香味填满，甚至还有了一点虚无缥缈的恋爱般的感觉。梁妍晴，也许你该考虑去相亲，找一个经济适用男结婚生子。这原本就是女人的生活。

唯莹这个不甘寂寞的女人，总是在妍晴的寂寞开始弥漫的时候出现。

她要了一杯焦糖玛奇朵，在妍晴对面坐下。

“我和欧若朴分了。”

“好，他原本也不适合你。”

“于是，两个单身女人从此幸福地生活在一起。”

妍晴忍不住轻笑，“这就是故事的结局吗?”

妍晴刚说完，唯莹就起身，“我再去续一杯咖啡。”妍晴一个人无聊地玩《连连看》，这个游戏很锻炼眼力。妍晴一直觉得她看男人看得不准，所以决定在下次恋爱龙卷风袭来之前，先锻炼好眼神。

良久，唯莹还没出现。妍晴只得抱着电脑过去看看，脑子里已经上演无数次她不小心把咖啡洒到别人身上的景象，然而事实却恰恰相反。

唯莹干净的墨绿色短裙上多了一片咖啡色涂鸦。只看到肇事者的侧面，鼻梁高挺，长得很斯文很干净的男人。恍惚间，妍晴觉得自己看到了邱雨泽，仔细端详，长得不像，但气质很相似。男人递给唯莹一张名片，“我叫穆梵轩，如果你相信我，我会在一个小时内回来。”没等唯莹反应过来，男人已经离开。“我倒要看看，他要玩什么花样。”唯莹气鼓鼓地说。

两人回到原来的座位，发现位子已经被人占了。

“这位男士，你那么喜欢当斑鸠吗?”唯莹劈头盖脸地来了一句，刚才的气正好没地方发，这下总算找到发泄对象。

男士优雅地一转身，“呃，这不是雷锋姐姐吗？请叫我乔迁。”

妍晴一想，完了，竟然碰上乔迁了，她戴乌龟壳面具的秘密要被揭发了。要是有一种能缩小瞳孔的美瞳就好了，那她肯定买一个绿色的让乔迁戴上，拍下他变成小绿豆眼的照片，哼哼，这样就安全了。

“梁妍晴，你们是?”

妍晴回过神来，“好朋友。”

乔迁从钱包里掏出 5 元钱，恭恭敬敬地放在唯莹面前。唯莹这时候才想起来，一拍脑袋，“小事一桩。”继而把钱收进钱包。

“世界真是太小了。”乔迁感慨，“晚上一起吃饭吧，梁妍晴，麻雀 MM。”

“你真的那么喜欢当斑鸠吗？据我所知，斑鸠都是秃的。很好，你先去理个光头，再一起吃饭，如何?”妍晴开始发威。

“妍晴，秃的是秃鹫，斑鸠虽然没有头发，但有羽毛。你把头上的羽毛剃光了，再和我们一起吃饭，如何?”唯莹来了一句。

乔迁忽然乐不可支，“我不得不说，梁妍晴，你很有情趣；麻雀 MM，你很妩媚。”继而站起身来，“晚上一起泡吧吗?”询问的眼神瞟向两个女生。

唯莹的眼神忽然亮了起来，那就表示她很有兴趣。

“唯莹，和他约会可以，但要小心，他很油的。”妍晴提醒。

一只纤长的手轻拍了一下唯莹的肩，“小姐，你的裙子。”唯莹一回头，发现穆梵轩正默默地看着她。她打开袋子一看，竟然是和她身上一模一样的墨绿色短裙，型号也一样。唯莹张大嘴巴。

“再见。”没等唯莹反应过来，男人已经像一阵风一样，走了。

这个男人的每一个细微的动作，包括那双手，都和邱雨泽很像。妍晴甚至想，也许是自己社会阅历太浅，像邱雨泽那样的男人也许比比皆是，也许自己爱上的只是这种类型的男人。

唯莹去了卫生间，出来后，整个人的感觉也焕然一新。乔迁忽然很感兴趣地看着唯莹，“经常有陌生男人送你礼物吗?”

“错，我经常送陌生男人礼物的，你想要吗?”唯莹准备好手掌。

乔迁忽然啪的一声和唯莹拍了一掌，“今晚 10 点，Richy 门口，不见不散。”

“许哲宇下月底会搬家。”

一回到家，雨佳就告诉妍晴。妍晴嘴里的一口水来不及咽下，差点呛到。

“你们到底发生什么事了?”

雨佳忽然笑了，笑得很舒心，“许哲宇刚在五角场买了一套房子，家里出的首付，正准备装修。”

“这样也好，装修完你会搬过去和他住的吧?”妍晴嘴里说着，心里却很难受。

“我不搬过去，我还是认为两人之间距离产生美，我打算以后周末去他家，平时还在这边。”

“雨佳，你比我想象的要独立很多。”

她还是没提那个女人的事情，毕竟是雨佳的隐私，人家不说，妍晴也不好张口问。

“我今天见到那个女人和许哲宇见面了。”雨佳的声音开始放缓，“我打了一通电话给他，问他在哪里，我告诉自己，如果他骗我，就做好分手的准备。结果他说他和别的女人在一起，要我立刻过去。”妍晴闭上眼睛，从记忆中慢慢拾起以前和江旭宁及其新女友见面的片段。

“她真的很有女人味。”雨佳摇摇头，“我一到，许哲宇就当着她的面吻了我，然后很自然地和她坦白我们的关系。”

“天，世界上还有这样的男人?!”妍晴不禁感叹。

雨佳的双眼已经湿润，“那个女人也很洒脱，她说以后不会再打扰我们的平静生活。”

“雨佳，”许哲宇从房间出来，“这件事情已经过去了，我们以后都不要再提，好吗?”

雨佳没说什么，只是从房间拿出一瓶崭新的香水——安娜苏的许愿精灵，在自己身上轻喷了一下，那个动作很妩媚，很有女人味。

第十四章　相见不如怀念

四月，春的气息渐郁渐浓。

妍晴和陶瑾瑜在S大学校园漫步。

妍晴这天穿了红白条纹的连帽衫，宽松而随意。悠然坐在翠绿的草坪上，久违的校园让她有种由内而外的释放感。

妍晴指着湖里的天鹅说："这个湖是我初恋发生的地方，以前每次看到湖里的天鹅，我总忍不住触景生情。没想到这次来，我竟然一点感觉都没有了。"陶瑾瑜亲昵地摸了一下她的头，"我们的小妍晴终于长大了，由女生成长为女人了。""女人"两个字，他说得妩媚而深情，让妍晴的心忍不住怦怦乱跳了一阵。

她站起身，拍拍身上的青草屑。自邱雨泽去美国后，妍晴和陶瑾瑜的关系也发生了微妙的变化，可以用距离不远不近，感觉不咸不淡来形容。妍晴觉得这样倒也很好，她很珍惜和他在一起时朋友般的感觉。陶瑾瑜这样的男人只适合做朋友，但偶尔来自于他的若有似无的诱惑，总让妍晴觉得很不自然。

“你去参加邱雨泽的婚礼了?”

“嗯，而且是以伴郎的身份。”

妍晴觉得心很麻木，不再说什么。

“邱雨泽爱过你，不是吗?”陶瑾瑜的脸上有种妍晴猜不透的表情，有点冰冷。

“我和邱雨泽的事情已经过去了，陶瑾瑜，你，还没有资格过问。”妍晴冷冷地说。

“你很快就见不到我了，两个月后，我们全家会移民去瑞士。”陶瑾瑜拾起一根小草，在手中随意轻摇着。

“恭喜。”

“梁妍晴，不知为什么，我很喜欢追逐你，就像追逐我可爱的小丑鱼一样。”

妍晴回头一笑，“你是海葵吗？柔软、绚烂而美妙的，和小丑鱼伴生在一起。”

“你愿意和我一起伴生吗？我可是有剧毒的。”陶瑾瑜调皮地用小草在妍晴脸上轻扫了一下。

“不愿意，我要做世界上最自由的小丑鱼，我不喜欢依附，也不喜欢被依附，我只要平等。”

“陪我去一次希腊看爱琴海，”陶瑾瑜回头注视着妍晴，眼波很深邃，“之后就永远不再见面，如果你愿意。”

和陶瑾瑜分开后，妍晴径直回了家，心里仍细细品味陶瑾瑜最后一句话的含义，只是目前还未参透。

一进门，她就发现多了一双鞋子，一抬头，发现房东正坐在沙发上，笑容可掬地看着她。

“徐阿姨，你来了，好久不见了呢。”

雨佳从卫生间露出一个小脑袋，“妍晴，你先和房东聊一会儿，我洗衣服。”

“小姑娘长得越来越标致了，有男朋友了吗？”

妍晴觉得有点不好意思起来，虽然自己只有 23 岁，但从房东的话里总感觉自己像个剩女，嫁不出去一样。

“我有一个朋友的儿子在一家跨国公司做 IT，不如介绍给你认识一下？”

“不用了，徐阿姨。”妍晴觉得有点不自然。

不一会儿，许哲宇也露出一个小脑袋，“妍晴，麻烦你帮我们拿一下衣架。”

妍晴想，许哲宇这个四体不勤的家伙竟然开始做家务了，真是很难得。

妍晴和房东有一搭没一搭地闲聊了一阵家常，终于把房东送走了。

当晚，妍晴就收到了房东的短信，“我把朋友儿子的电话号码告诉你，也把你的电话号码给他了，年轻人嘛，多见几次就熟悉了。”

妍晴忽然有点哑口无言。坦率地说，她可能真的需要相亲，不过这种事情还是看缘分吧，如果男方都没主动联系她，她也不会去联系他。

MSN上，邱雨泽再也没上线过。

妍晴明白，她或许早已被他删除。

但让她意想不到的是，乔迁忽然发来一条消息，“今晚8点钟，钱柜徐汇店，你来吗?”

妍晴到的时候，大家正在大厅排队等候。

“Hi，梁妍晴。”几个同事和她打招呼。

“大家都在啊。”妍晴笑呵呵的。

不一会儿，看到乔迁和一个女生手牵手来了。妍晴看着唯莹，心想这女人变得还真快，只不过和乔迁去泡过几次吧，两人就俨然一对情侣的姿态出现。唯莹啪的一声拍在妍晴肩上，“时间还早，我们先去吃点甜品吧。”

“你想泡乔迁吗?”妍晴也一改一本正经的语气，变得有点痞痞的。

“我和他只是玩伴，乔迁这个人很会玩的，对女人也很好。”

“我还以为离开欧若朴之后，你会想找一个真正值得嫁的男人，和他结婚生子了。”

“妍晴，我打算30岁之前不考虑结婚。女人一结婚就容易变老，每天守着一个男人，一旦他变心，感觉整个世界都塌了，我有过那样的感觉。”唯莹咬了一大口乳酪蛋糕，好像在发泄，“从此以后我只爱自己，不会再轻易付出感情。”

“我希望自己在26岁之前可以嫁出去，像很多女人一样。唯莹，我对男女间的暧昧游戏不感兴趣。”

“妍晴，现在像你这样的女生，真的很少见。”唯莹的语调开始认真起来。

“妍晴，如果我是你，会毫不犹豫地选择陶瑾瑜那样的男人。”

“现在，我也不介意，你会选择他。”妍晴笑了。

“我倒觉得你和他更合适，我喜欢单纯的男人，太复杂了，我应付不来。”唯莹坦率地说。

“他是一个很不好惹的男人，善变而又难测，我只希望和他保持最和谐的距离。”

“梁妍晴，原来你这么理智……”乔迁不知什么时候已经站在她们身边，正在津津有味地听她们聊天。

“不许说我！”妍晴立刻凶巴巴地制止乔迁。

乔迁忽然笑得很开心，“梁妍晴，我已经知道你两个秘密了。”

妍晴也毫不示弱，“乔斑鸠，我会不遗余力地刺探你的小秘密，直到和我的秘密对等为止。”

时间刚好，服务生带了他们去事先订好的包间。自从毕业后，妍晴已经好久没有参加过这样的集体活动了。

“去跳舞吗？”一个略微耳熟的声音响起，唯莹的身子忽然震了一下。

妍晴一抬头，看见欧若朴从对面的包间出来，黑亮的眸子正盯着她，眼神还若有似无地在唯莹身上瞟了一下。他旁边站着林修洁。

妍晴忽然明白了，他其实是想约唯莹，如果她去，唯莹自然也会去。

但是，她明明是和同事一起来K歌的。

乔迁随手搭在唯莹肩膀上，“想去跳舞吗?”

“好啊!”唯莹一口答应。

“乔迁，我忽然想到一个问题，如果你在酒吧遇到打架事件，该怎么办?”妍晴提醒。

“所以说，我们还是应该珍惜和同事相处的时间，我先进去了，周唯莹，你来吗?”乔迁问。

“你们先进去好了，我和这位欧先生有话要说。”唯莹示意。

欧若朴忽然打断她，“想斗舞吗?”他盯着乔迁的眼神有着明显的挑衅味道。

乔迁用一种探究的目光看着欧若朴，“我不介意，但是今天我想和同事K歌，改天遇到再说好了。”

欧若朴一把拉过唯莹，大踏步向前走去。

妍晴决定先让唯莹和欧若朴独处一会儿，然后她再去找唯莹。

她进去的时候，乔迁在唱日文歌，他唱的那些歌基本没人会唱。

妍晴唱了两首英文歌之后走出包间，乔迁也跟着出来，“我知道她在哪里。”

上岛咖啡寂静的一隅。

“周唯莹，你是我的女人，这一点希望你记清楚。”

“请不要把我当做你的私有物，我也是一个独立的人。”

乔迁和妍晴正抱着肩膀，站在离他们不远的地方。

欧若朴一口喝掉剩下的咖啡，“我会不遗余力地把你重新追回到我身边。”

唯莹忽然站起来，跑过去挽住乔迁的手臂，“我会不遗余力地去寻找源源不断的男人，以打破你的垄断。”

“我会不遗余力地威胁梁妍晴来帮我，不然我就把你的秘密说出去。”乔迁盯着妍晴的眼睛，饱含兴致。

“很好，而我会不遗余力地威胁欧若朴来买我源源不断的糖葫芦，以保持中立，不然我就和唯莹结成统一战线。”妍晴答。

接下来，他们四个人都笑了。

“周唯莹，祝你幸福。”乔迁拍拍唯莹的肩，先行离开。

“欧若朴，相见不如怀念吧。我永远不会原谅你，也永远不会和你在一起，你无权再过问我的私生活。”唯莹一字一板说得很清晰。

欧若朴什么也没说，只是迈着沉重的步子离开。他的背影很婆娑，仿佛第一次学Salsa时唯莹的舞姿那样婆娑。

乔迁辞职了。据说去了一家有名的投资银行。

他没事就考考CFA（金融分析师），已经考过了二级。原来上一次乔迁请大家K歌，正是离别前的最后一聚。

乔迁从未向妍晴透露他要离开。

对面的位子又空了，妍晴对着空荡荡的椅子，脑海里是乔迁鬼精灵一样油滑的调调。

这个男人，还是给妍晴留下了深刻的印象。

最近人事变化颇多，邱雨泽去了美国，海迪回了英国，和妍晴比较熟悉的几个项目主管，辞职的辞职，调走的调走，就只有蔡以纯仍不遗余力地找妍晴做跑腿的工作，妍晴觉得每天上班都是煎熬。

年终评估将近，忙季也即将过去，公司里的人渐渐清闲起来。

“梁妍晴，我也要走了。”周伊在 MSN 上说，“我打算去澳大利亚读硕士，7 月开学，这个月底就辞职了。”

“祝你好运。”

看来妍晴也要好好考虑自己的职业生涯是否需要继续这样下去。依照现在的情况，留在 F 组学不到什么东西，每天只是做跑腿的工作，但年终评估蔡以纯可能还是会参她一本。只有做郑繁曦的项目时，她才有种存在感。

“梁妍晴，”蔡以纯一个电话打过来，“有一个网络游戏商的 case，你需要做一周左右。”

妍晴带好笔记本和笔，匆匆走到蔡以纯身边。她又下意识地向邱雨泽办公桌的方向看了一下，很空，继而暗暗发誓先把这个毛病彻底改掉。

“拿这份资料让客户项目经理签字，他叫陶瑾瑜，是个帅哥噢，就在 30 楼。”

陶瑾瑜？没想到快一年过去了，他也升为项目经理了。妍晴小心翼翼地将资料接过来，怀着复杂的心情坐电梯到了 30 楼。

妍晴心想，这个项目对蔡以纯来说应该很重要，马上要升经理，即使季之轩那里不成问题，但是也必须得到郑繁曦和其他高级经理的认可。看来这一次，最紧张的应该是她。妍晴松了一口气，从现在开始，陶瑾瑜是客户的项目经理，和我没有任何关系。

前台给她开了门，妍晴径直走进去。他们公司很大，氛围看起来也很不错，很多人的电脑屏幕上都闪着电脑游戏，果然是网络游戏制作商。

终于找到陶瑾瑜的办公室，轻轻敲门，没有人答应，妍晴推门而进。这里视野不错，他人不在，妍晴把资料放在办公桌上，贴了一张便笺条在上面。正要离开的时候，却看见陶瑾瑜匆匆推门而入。他一见到妍晴，不禁一怔。接着他嘴角闪过一抹嘲讽的笑，拿过资料，眼睛锐利地在关键部分扫了一下，最后，很随意地签了自己的大名。妍晴觉得，自己不是来让客户经理签字的，而是来索要偶像签名的，因为他的签名真的很漂亮，字体很炫很华丽。

“恭喜你，升职了。”

陶瑾瑜马上恢复很职业的表情，“如果没什么事情，你可以走了。”言语冰冷。

接下来的时间，妍晴还是和以往一样，楼下楼上地跑腿签字。虽然是郑繁曦的项目，但是核心工作，蔡以纯是不可能放下来让妍晴做的。这段时间以来和陶瑾瑜频繁见面，妍晴心里总觉得很不自然，有种好像利用工作机会偷情一样的感觉，虽然每次陶瑾瑜对她都很冷淡。无论她怎样努力，都很难只把他当做客户，妍晴自己也不知道是为什么。

周五上午，项目已经接近尾声。

“今天中午客户的项目经理请我们吃饭。”蔡以纯说。

妍晴发现蔡以纯今天穿得很漂亮，可以用花枝招展来形容，用在这里绝对是褒义，因为她真的很美。

地点定在海上阿叔。

陶瑾瑜今天穿得极其优雅，笔挺的黑色衬衫，银白色带有紫色条纹的领带，标准的贵族气质。

郑繁曦、蔡以纯、妍晴赶到的时候，陶瑾瑜已经等候多时，旁边的两个助理女生也已经点好菜。

老上海熏鱼、鹅肝、火焰烧肉、清蒸鲥鱼、八宝辣酱、芝士焗龙虾，还有两个清淡时蔬。这些菜品妍晴很喜欢，尤其是芝士焗龙虾。

“陶瑾瑜，我从上中学开始就玩你们公司开发的网络游戏，直到现在还玩，你都不知道我曾是多么忠实的粉丝。”蔡以纯的语气很可爱。

“很荣幸。既然这样，你不如建议一下郑繁曦把这个项目的 fee 再减少两成，作为你对我们公司的情感投资，你认为呢?”陶瑾瑜瞟了一眼蔡以纯，嘴角轻微翘了一下。

“郑繁曦，你认为呢?”蔡以纯又调皮地说。

郑繁曦微笑但不语。

“陶瑾瑜，你看到了，我帮了你一次，虽然没有成功，但是我也尽力了，你要怎么感谢我呢?”

妍晴忽然想起在季之轩办公室的一幕，“你说，要怎么感谢我呢？”看来蔡以纯诱惑男人的杀手锏就是，让他欠她的人情。

陶瑾瑜忽然岔开话题，和郑繁曦聊起了项目细节上的问题。

蔡以纯找借口去了一次卫生间。

妍晴和陶瑾瑜的两个助理随意聊着，大概也了解了陶瑾瑜的用人风格，大体上和郑繁曦差不多，就是全能型。

餐桌上她不会和他说话，级别差得太多，也没什么共同语言可以聊，但是她忽然觉得自己发现了他的一个大秘密，就是工作上的陶瑾瑜给人感觉很强硬。

吃完午饭，妍晴发现蔡以纯故意走在陶瑾瑜的前面，轻摆着腰肢。她的身材确实很诱人，尤其是从后面看，几乎和唯莹的正面有同样的杀伤力。

回到公司，妍晴又全身心地投入到工作中去，“梁妍晴，这是我做好的 PPT，你要按照我的要求去改。”

“好。”妍晴已经不介意再按照她一板一眼的方式做事，也许那只是她获得权威感的一种方式，只要尊重就好。

妍晴从头到尾看了一下她的 PPT，于是对网络游戏市场的营销特点有了进一步认识。蔡以纯做的报告最大的特点就是知识性很强，特别是对妍晴这样的新人来说，是不可多得的学习教材。

下班了，妍晴哼着小调，优哉游哉地等地铁去了。小上班族一天的生活结束，今天过得还算充实，无论是做人还是做事都有了新的收获。

周六，妍晴早早醒来，一打开电脑，不由得瞠目结舌，郑繁曦竟然发了一封邮件给她，“蔡以纯下周会请病假，原本定在周一由她向客户展示的解决方案不能按计划进行，客户项目经理陶瑾瑜称他们的时间也很紧，不能延期。既然这样，下周一就由你来做这次的 presentation（演示），如有任何想法或者不懂的地方，可以打电话来和我讨论，这周末你可以 charge（花费）6 个小时作为加班。”

妍晴轻嘘了一口气，在临近项目评估的日子，有时间可以 charge 是很诱人的，于是开始参读郑繁曦发来的 PPT。这个版本和蔡以纯先前发过来的相比，精简了很多，但是多了很多很新且又实用的点子，这个报告可以说有着浓郁的郑繁曦风格，妍晴非常感兴趣。

周一，妍晴换好黑色套装，姿态从容地走进公司。

陶瑾瑜今天穿了白色的衬衫，戴了黑框眼镜，比以往多了一些书卷气息。妍晴在大学的时候曾拿过演讲比赛第一名，可以说她真的很擅长做 presentation，即使让她什么也不看，就站在那天花乱坠地编，也会编出个小绿帽大战小红帽的故事。陶瑾瑜自始至终都处于思考状态，他很少提问，但每次问的问题都极其尖锐，让妍晴不由得倒吸一口冷气，而郑繁曦总在最合适的时机给予解答。

紧张的三个小时终于过去，妍晴觉得她只是作为一个输出机器而已，但是能直接面对客户，确实是一个不可多得的机会。郑繁曦微笑着走出来，“你总算没让我失望。”

妍晴觉得他一直给人一种智者的印象，永远是那么洒脱不羁，但是将一切都看在眼里。郑繁曦是妍晴在公司最敬佩的人，也是最值得她尊敬的人，她心里一直这么认为。

继而，她忽然有了决定，就去H组，趁着郑繁曦对她印象最好的时候和他谈谈。因为调转部门是需要合伙人同意的，所以至少要找到比较赏识自己的高级经理，然后高级经理和合伙人谈，基本上就可以成功。

从郑繁曦办公室出来，妍晴松了一口气。

“梁妍晴，你真的要去H组吗?”陈菲扬走到妍晴办公桌旁，脸上是不可思议的表情。

“是啊，你要和我一起吗?”

陈菲扬急忙摇摇手，“不了，我在F组很开心，既然这样，那祝你好运了。”

妍晴知道这句话，她是真心的。因为她们之间目前已经不再是竞争关系。

“梁妍晴，我欠你一个人情。”

蔡以纯一回来就给妍晴发了一条短信。

妍晴心想，如果可以从H组顺利回来，我一定会不遗余力地修理你蔡以纯，以我的方式，同时让你领悟，我所需要的平等感，是如何在你身上得到最得体的诠释。

这个项目已经结束，剩下的时间基本上就是空闲的了，妍晴要去H组的申请也已经批了下来。下了班，妍晴慢慢踱到小区门口，这时前面的车灯忽然亮了一下，她眯眼仔细端详，原来是那辆白色保时捷。

陶瑾瑜的眼神很冷淡，一如近期以来给妍晴的感觉。

“梁妍晴，你知道我最讨厌什么类型的女人吗？”

妍晴不说话，只是看着他。

“就是不自重，老是想勾引我，却不得要领的女人。”

妍晴偏头一想，难道他在拐弯抹角骂她吗？

“你今天真的很会勾引我，竟然穿着我们第一次相遇时你最终买到的套裙来见我，你知道这对我的自控力是多大的挑战吗？”

“不穿那套穿什么？那样的场合只适合穿黑套装，而我也只有那么一套。”

“你……”陶瑾瑜咬着嘴唇，忽然一把抬起妍晴的脸，深深地吻下去。这个吻，霸道中带着柔情，妍晴觉得，自己的心要被他融化了。

“机票我已经订好了，下周，我们去爱琴海，好不好？”陶瑾瑜柔声说。

妍晴有一种预感，这次的旅行绝对是，她第一次的终结。

“好，你可以下车了。”陶瑾瑜再度以冰冷的语气道。

那天，她忽然收到一条陌生的短信，“想见面吗？”

妍晴忽然有点摸不着头脑，她从来不上QQ，MSN上也都是同学和同事，“你是……”

“穆梵轩。徐伯母给过我你的电话号码，这两天问我关于你的事情，我觉得还是见一次比较好，不然都不知道怎么和她说。”

穆梵轩，妍晴脑子里想的都是和邱雨泽很像的那个男人。自从星巴克一见之后，妍晴偶尔会想到那个男人，虽然只见过那一次，但是，却很轻易地抓住了她的心。

“可以。”

地点就约在妍晴第一次见到他的那间星巴克。

“喝什么？”

“我只喝卡布奇诺。”

“我只喜欢蓝山，只是这里没有，既然这样，就拿铁好了。”穆梵轩优雅地笑笑。

妍晴觉得，她快疯了，他只喜欢蓝山，这点和邱雨泽也一样，她慢慢地深吸了一口气，她需要冷静。

“毕竟，你还不是我女朋友，所以这一次，我们 AA 制，你觉得呢？”

“好。”妍晴并不介意。

“梁小姐，我想我们上次已经见过了，就在这里。”

妍晴一愣，没想到上次，他竟然会注意到她。

“坦率地说，你身上有种清雅的气质，很吸引我。”

妍晴的脸红了，仿佛这句话是邱雨泽说出来的一样。继而，她发现一个很严重的问题，这对穆梵轩非常不公平，因为，妍晴一直把他当做另外一个人来看。

“可以了解一下你的家庭情况吗？”妍晴又一愣，没想到他这么直接。

“小康家庭，我父母都是知识分子。”

“我很现实，原谅我这么单刀直入。我家家境算是不错，在上海有两套房子，不过要还贷。”

“噢。”

“坦率地说，我有洁癖，我对我未来的女人的要求是，一定要是处女。”

妍晴低下头，他的话真的很直接，直接得让人难以忍受。妍晴现在开始怀疑，也许自己只是迷恋邱雨泽的影子而已。

“我希望，她会做起码的家务。”

妍晴觉得头嗡嗡乱响，很明显，这个男人没有一丝情趣。妍晴忽然发现，原来很多情况下，自己都在无意识地和陶瑾瑜调情，但是平时总是浑然不觉，直到遇到一个刻板而传统的男人。

“我想了解，你有过几次恋情?”妍晴终于开始发问。

“两次。”

“最后一次是因为什么原因分手的呢?”

“那个女人耳朵一个大一个小，我觉得可能会对后代有影响……”

“对不起，穆先生，谢谢你今天的邀请，我头有点不舒服，先走了。”没等穆梵轩反应过来，妍晴立刻冲出星巴克。

天，这人肯定没把女人当人看，还好自己早早就发觉。删掉了他的号码，妍晴觉得终于松了一口气。

没想到世界上还有这样的男人。

妍晴决定她一定要去一次爱琴海，和陶瑾瑜，那个最有情调又最会调情的男人，体验一次终结的浪漫之旅。

爱琴娜岛（Aegina）。

这里是一个传统的地中海小镇。建筑以白色为主，橙色的圆形或三角形屋顶，楼层都不高，周围是漫山遍野的无花果树。

“梁妍晴，你知道吗？Aegina是宙斯最宠爱的情人，而他就曾把她藏匿在此。”

“那Aegina一定很美，应该比蔡以纯还美，对吗，陶瑾瑜？”

“不要提那个女人，破坏我游玩的兴致。”陶瑾瑜轻皱了一下眉。

陶瑾瑜牵着妍晴的手在爱琴娜码头闲逛，这里游艇桅杆林立，渡船和渔船进进出出，一片繁忙景象。

这里的茴香酒和鱼馆很有名，大部分人都在小餐馆里，享受着午后的和煦阳光。

两人终于进了一家小餐馆，要了一份海胆色拉、烤旗鱼、一小碟可口的腌凤尾鱼和茴香酒。

妍晴品了一口茴香酒，味道怪怪的，很辣，又尝了一小口凤尾鱼，这两个一起吃味道很好。

下午，他们游览了阿菲亚神庙，妍晴买了很多开心果，开心果是这里的特产。

当天傍晚，他们抵达了圣托里尼岛。

细腻的银白色沙滩，玲珑剔透的沙，远处红褐色的悬崖上点点白色建筑群，蓝色的圆形弧顶，和纯净透蓝的海面交相辉映，一种清新而纯粹的美感自心头萦绕开来。

散步在小街上，各处都是蓝白相间的小房子，但也不尽然，家家户户都点缀着一些花哨的小饰品，充分运用色彩和线条的精心布置，让人眼前一亮：可能是几盆开得娇艳的小花，可能是几个造型奇特的瓦罐，可能是色彩感强烈的桌桌椅椅，甚至可能是海边拾来的美丽的贝壳。

越是简约的美，越令人心驰神往。

妍晴和陶瑾瑜肩并肩坐在海边。

“妍晴，知道为什么那段时间以来，我们经常会在电梯上遇到吗？”陶瑾瑜的目光缥缈。

“那是因为我想见你。你永远都不知道，当我那次在办公室看到你的时候，有多心动。你信吗？我对你有一种无法自控的迷恋，你给我的就是这种感觉。”

“我从来不知道你会有这样的感觉。”妍晴的眼神也变得有些缥缈。

“我承认我无法放弃你。每天，我必须见到你一次。早上起来，开车到公司门口，希望可以看到你来上班的身影。白天，希望可以在电梯见到你。下班后，早早地等在公司大楼门口，希望可以看到你。如果还看不到，我会开车到你住的小区，希望可以看到阳台前的你。我时常会去你最常去的便利店，希望偶尔可以看到你一次。”

这一刻的妍晴，很动心，这样的景色，这样的男人，这样的气氛，相信任何女人都无法抗拒。

陶瑾瑜捧起妍晴的脸，一阵迷乱而深情的拥吻。

当晚，两人住进了一间悬崖边上的别墅。

那晚，妍晴生涩而娇柔。陶瑾瑜先是温柔的呵护，而后是无尽的索取。

一滴眼泪顺着妍晴的眼角滑下，陶瑾瑜心疼地吻上了那滴小泪花，温柔得让人心碎。

继而，令人震撼的男人味粉墨登场。

陶瑾瑜的爆发感，在那夜得到了最好的诠释。

他的柔情、他的强势、他的冷漠，得到了最恰到好处的彰显。

希腊，爱琴海，缱绻缠绵的一夜。

清晨，妍晴迷迷糊糊醒来，身上的痛感还未消尽，但她还是挣扎着起来。陶瑾瑜用一只手把她轻轻拥回怀里，“妍晴，你就是我早餐最可口的甜点。”

妍晴挣脱他，起身，煎了两个金黄色的蛋饼。

用毕，“我们去看日出。”妍晴说。

太阳刚刚升起，湛蓝的海面像蒙了一层橙色的淡淡薄纱。点点波光粼粼，慢慢地晕染。柔和的金调子，逐渐弥散开来，周围的建筑物也逐渐晕染了一层金色的光芒，羽衣一般。

陶瑾瑜牵着妍晴的手在松软的沙滩上漫步，然后，倏地松开。他坐下来，双手抱膝，望着远处出神。

“梁妍晴，你会后悔吗?”

“不后悔。”

“很好，梁妍晴，我已经在你身上得到我最想要的，我想回去之后，我们也没有必要再联系。”他的语气变得很冷漠。

“陶瑾瑜，我终于明白，雅芙是你的奢侈品，而我只是仿冒品而已。你在我身上，只是想寻找一种暴发户的感觉。”妍晴的语气极其冷静。

“你不是仿冒品。如果她曾是我的 Versace，你就是我的小丑鱼，但也只是曾经的，你现在只是我的一个女人而已。”

“陶瑾瑜，你相信吗？你对我的感情应该很复杂，但至少有一丝报复的成分，因为我的存在，雅芙永远不能独占邱雨泽的心了，对吗？”

“你开始学会揣摩我的心思了吗？”

“陶瑾瑜，你并不爱我，你骨子里从来都没有正眼看过我。”

“不完全是。”陶瑾瑜的声音有些颤抖，“我只想占有你，前提是你心甘情愿，我和你一样也喜欢平等。”

“但结果却变成了拥有，不是吗？”妍晴眼里含着泪质问他。

“梁妍晴，你真的很聪明。我承认，昨夜我很动情，有些意乱情迷。我承认，我对你甚至付出了比对雅芙多的感情。但这只是暂时的，我很快会对你没感觉。如果我想，你很快就会变得一无所有，你信吗？我可以坦率地告诉你，我只想让你痛苦，以偿还雅芙所受的痛苦。”

“陶瑾瑜，你很会折磨你自己，也很会折磨我。但是邱雨泽会爱我，说明我至少在某方面比雅芙有魅力，虽然最后我也输得一败涂地，但我爱邱雨泽这件事情，我永远不后悔。”

“梁妍晴，你果然活得很有自尊，也够骄傲，关于这一点，我不得不承认你和邱雨泽很像。”

“陶瑾瑜，我对你从来没抱有任何幻想，以后也不会。”

妍晴起身离开，陶瑾瑜一把揽过她的纤腰，“梁妍晴，我是你的第一个男人。”“男人”两个字，他说得妩媚而煽情，“如果你想和我在一起，就必须源源不断地勾引我，让我为你疯狂，这是你驾驭我唯一的途径。”

“陶瑾瑜，我的爱情观念里没有‘驾驭’这个词，一切都是顺其自然的，前提是双方是平等的。我过去一直在自欺欺人，但这一次我不想再这样。即使没有雅芙，即使真的和你在一起，我也会预见，在不久的将来会撞到你和其他女人在床上，我不希望那个时候才开始后悔当初做了一个多么愚蠢的决定。况且，和你在一起，除了不停地小心翼翼地维护自己的自尊，我真的不知道如何和你相处。”

“不可以！”陶瑾瑜的眼睛已经涌出了泪花，但是手就是坚决地不放。

“妍晴，”陶瑾瑜的声音颤抖，“男人的爱和性是可以分得很清楚的，和自己真正所爱的人的性对男人来说，也是很神圣的。但对其他女人的需要，就像吃饭和睡觉一样，只是一种基本的需求，并不含有感情成分。”

“就像 sex-partner 那样吗？陶瑾瑜，如果你真的爱我，请和我结婚，做一个有责任感的男人，你能做到吗？”妍晴轻蔑地说。

“我承认，我虽然很喜欢你，但离谈婚论嫁还有一段距离，对我来说，责任感也只存在于婚姻范畴。”陶瑾瑜的声音恢复一丝理性。

“很好，陶瑾瑜，我昨夜才发现，其实你和我骨子里都是那种桀骜不驯的人。我改变不了你，你也改变不了我，既然这样，不如我们在心中设定一个小小角落，彼此珍藏。”

陶瑾瑜掉下一滴泪，滑过脸庞。

“我真的很幸福，得到了一滴一直期盼的纯粹为我而流的眼泪。陶瑾瑜，我已经很满足了。我记得你说过，我是你的小丑鱼，既然这样，请放我自由。”

陶瑾瑜的手终于慢慢松开。

妍晴白色的衣裙飘飘，脚丫在银白色的沙滩上踩出无数不规则的脚印。陶瑾瑜慢慢站起来，侧头看着妍晴窈窕妩媚的背影。阳光照在她如丝般的长发上，闪着金色的光芒，越发飘逸而华丽。那个背影渐行渐远，而他，仿佛要在心里勾勒出她的轮廓。

一年后。

阳光明媚的下午。

陶瑾瑜坐在宽大的布艺沙发上，手中微微摇晃着白色的液体。

远处微微起伏的山峦，被一团烟雾笼罩着，有种雾里看花的隐约美好。

“至今还是一个人吗？瑾瑜表哥。”

陶瑾瑜微微一笑，“感情就像外面的迷雾，拨开之后，尽是连绵起伏的山峦，永远没有停止的一刻。”

“我还以为你心中有放不下的人。”

“我心中的小丑鱼，还在汪洋大海中漂泊，只希望它在累了的时候，偶尔会想起我。”

“瑾瑜表哥，我有一个朋友……”

这时，一阵喧闹的门铃声响起。

门外面是一个满头大汗的快递员。

“投了两次，都没有人，这是最后一次了。”快递员气喘吁吁地说。

看了一下寄件人地址，陶瑾瑜怔了一下，继而脸色变得神采奕奕。

他用颤抖的手慢慢拆开外层包装。

是一个漂亮的雕花鱼缸，里面是两条游动的小丑鱼。红白相间的花纹，一边嬉戏追逐，一边吐着细腻的泡泡。虽然是手工制品，却非常精致灵动。

陶瑾瑜心中一阵无法克制的悸动，“我的小丑鱼，你终于肯上岸了。”

外面的迷雾渐渐散了，连绵不尽的山峦尽头，是他一刻都不想停留于此的希冀。

全文完